Tant que nous n'aurons pas de visage

C.S. Lewis

Tant que nous n'aurons pas de visage

Traduit de l'anglais (Grande-Bretagne) par
Marie de Prémonville

Éditions Anne Carrière

Titre original : Till We Have Faces

ISBN : 978-2-8433-7622-1

www.anne-carriere.fr

Note de l'auteur

L'histoire de Cupidon et de Psyché apparaît pour la première fois dans l'un des rares romans latins qui nous soient parvenus, *Les Métamorphoses* (ou *L'Âne d'or*), d'Apulée, qui naquit autour de 125 après J.-C. En voici les points saillants :

Un roi et une reine avaient trois filles, dont la plus jeune était si belle que les hommes l'adulaient telle une déesse, négligeant le culte de Vénus au profit du sien. L'une des conséquences en fut que Psyché (car tel était son nom) n'avait pas de prétendants ; les hommes vénéraient trop sa nature censément divine pour aspirer à demander sa main. Lorsque son père consulta l'oracle d'Apollon au sujet du mariage de sa benjamine, il reçut cette réponse : « N'espère pas de gendre mortel. Tu dois offrir Psyché sur une montagne, afin qu'elle soit la proie d'un dragon. » Et il obéit au dieu.

Mais Vénus, jalouse de la beauté de Psyché, avait déjà conçu pour elle une punition d'un autre ordre : elle avait ordonné à son fils Cupidon d'affliger la jeune fille d'une passion irrésistible pour l'homme le plus vil que la Terre ait porté. Alors qu'il s'apprêtait à exécuter la volonté de sa mère, Cupidon tomba lui-même amoureux de Psyché dès qu'il l'aperçut. Ainsi, lorsque le père de cette dernière l'eut abandonnée sur la montagne, Cupidon la fit enlever par le vent d'ouest, Zéphyr, qui l'emmena jusqu'à un lieu secret où un somptueux palais l'attendait. Là, Cupidon rendit visite à sa bien-aimée, et leur amour fut consommé ; mais il lui interdit de voir son visage. Psyché le pria rapidement de pouvoir recevoir la visite de ses deux sœurs. Le dieu y consentit à contrecœur et les fit amener jusqu'au palais sur les ailes du vent. Là, elles furent accueillies comme des reines par un banquet fabuleux et firent montre d'une grande joie devant tant de splendeur. Mais elles étaient intérieurement dévorées par la jalousie, car leurs époux n'étaient pas des dieux, et leurs demeures, pas aussi merveilleuses que celle de leur sœur.

Elles fomentèrent donc un plan pour anéantir le bonheur de Psyché. Lors de leur visite suivante, elles la persuadèrent que son mystérieux époux n'était autre qu'un serpent monstrueux. « Tu dois emporter ce soir dans ta chambre, lui dirent-elles, une lampe recouverte d'une cape, ainsi qu'un poignard à la lame affûtée. Lorsqu'il dormira, découvre la lampe – vois l'horreur de cette créature allongée dans ton lit – et poignarde-la. » Tout cela, la crédule Psyché promit de le faire.

Lorsque, à la lueur de la lampe, elle considéra le dieu endormi, ce fut avec un regard d'amour insatiable. Mais une goutte d'huile brûlante coula de la lampe sur l'épaule de Cupidon, qui s'éveilla. Il bondit, déploya ses ailes étincelantes, fit d'amers reproches à Psyché et disparut.

Les deux sœurs n'eurent guère le loisir de profiter de leur malveillance, car Cupidon fit en sorte qu'elles mourussent toutes deux. Psyché se retrouva à errer, seule et abandonnée, et tenta de se noyer dans la première rivière qu'elle rencontra. Mais le dieu Pan contraria ses plans et lui ordonna de ne jamais plus tenter de se tuer. Après de nombreuses péripéties, elle tomba entre les mains de son ennemie jurée,

Vénus, qui la réduisit à l'état d'esclave, la battit et lui imposa quatre tâches irréalisables. La première consistait à trier des graines en tas distincts, ce que Psyché réussit grâce à l'aide de fourmis bienveillantes. Ensuite, elle devait ramasser un écheveau de laine d'or sur le dos de moutons tueurs d'hommes : un roseau au bord de la rivière lui souffla qu'elle pourrait y parvenir en récoltant les lambeaux de laine laissés par les animaux dans les épines des buissons alentour. Pour l'épreuve suivante, Psyché devait aller chercher une coupe d'eau du Styx, que l'on ne pouvait atteindre qu'en gravissant des montagnes impraticables, mais un aigle vint à sa rencontre, lui prit la coupe des mains et la lui rapporta remplie d'eau. Enfin, elle fut envoyée aux enfers pour rapporter à Vénus, dans une boîte, la beauté de Perséphone, reine des Morts. Une voix mystérieuse lui indiqua comment la rejoindre et revenir ensuite dans notre monde : en chemin, divers personnages méritant sa pitié allaient lui demander de l'aide, mais elle devait leur résister. Lorsque Perséphone lui donnerait la boîte (remplie de beauté), elle ne devait sous aucun prétexte l'ouvrir pour en regarder le contenu. Psyché obéit à tous ces ordres et revint à la surface avec son précieux coffret; mais, au dernier moment, sa curiosité l'emporta et elle l'ouvrit. Elle perdit immédiatement connaissance.

Cupidon vint de nouveau à elle, mais cette fois, il lui pardonna. Il intercéda auprès de Jupiter, qui consentit à autoriser leur union et à faire de Psyché une déesse. Les deux amants se réconcilièrent avec Vénus, et ils vécurent heureux.

La modification centrale que j'ai introduite dans ma version de cette histoire est d'avoir rendu le palais de Psyché invisible aux yeux des mortels – bien que « rendre » ne soit pas nécessairement le terme adéquat pour désigner ce qui s'imposa à moi, dès ma première lecture de cette histoire, comme la véritable voie à suivre dans ce récit. Ce changement donne à mon héroïne des motivations plus ambivalentes et un caractère différent, et finit par modifier en profondeur l'économie du récit. Je me suis senti très libre de suivre Apulée, dont je suppose qu'il en fut le messager, et non l'inventeur. Je ne cherchais en aucun cas à rendre fidèlement la qualité si particulière des *Métamorphoses* – cet étrange mélange de récit picaresque, de comédie d'épouvante, de manifeste de mystagogie, de pornographie, et d'expérimentation stylistique. Apulée était, cela va de soi, un homme de génie ; mais, en ce qui concerne mon ouvrage, il est une « source », plutôt qu'une influence ou un modèle.

Sa version fut suivie de près par celle de William Morris (dans *Le Paradis terrestre*) et par celle de Robert Bridges (*Éros et Psyché*). Aucun de ces deux poèmes, selon moi, ne montre le meilleur de son auteur. La dernière traduction complète des *Métamorphoses* en anglais fut réalisée par M. Robert Graves (Penguin Books, 1950).

PREMIÈRE PARTIE

1

Je suis âgée, à présent, et n'ai plus guère à redouter le courroux des dieux. Je n'ai ni époux ni enfants, et pas plus d'amis, par qui ils pourraient m'atteindre. Pour ce qui est de mon corps, cette charogne émaciée qu'il faut pourtant toujours laver, nourrir et changer d'innombrables fois chaque jour, ils peuvent le tuer aussitôt qu'il leur plaira. Ma succession est assurée. Ma couronne ira à mon neveu.

Étant, pour toutes ces raisons, libre de toute crainte, j'écrirai dans ce livre ce que quiconque ayant la moindre raison d'être heureux n'oserait énoncer. J'accuserai les dieux : et, en particulier, celui qui vit au sommet du mont Gris. Je narrerai depuis le début le récit de ses méfaits à mon endroit, comme si je portais mes doléances devant un juge. Mais il n'existe pas de juge entre les dieux et les hommes, et le dieu de la montagne ne me répondra pas. Les terreurs et les fléaux ne peuvent tenir lieu de réponse. Je rédige ceci en grec, comme me l'a enseigné mon vieux maître. Un jour, peut-être, un voyageur venu des Terres grecques résidera de nouveau dans ce palais et lira ce livre. Ensuite, il en parlera parmi les Grecs, chez qui règne une grande liberté de parole, y compris au sujet des dieux eux-mêmes. Peut-être leurs sages sauront-ils démêler si ma plainte contient quelque vérité, ou si le dieu, eût-il fait une réponse, aurait pu se défendre.

J'étais jadis Orual, fille aînée de Trom, roi de Glome. Pour le voyageur venu du sud-est, la cité de Glome se dresse sur la rive gauche du fleuve Shennit, à une journée à peine au-dessus de Ringal, qui est la dernière ville au sud à appartenir au royaume de Glome. La cité est bâtie en retrait du fleuve, à une distance parcourue par une femme en un tiers d'heure environ ; car le Shennit inonde ses berges, au printemps. L'été, à l'époque que je décris, une boue sèche tapissait les deux rives, parsemées de roseaux peuplés d'une quantité de gibier d'eau. À une distance comparable à celle qui sépare le Shennit de notre cité, si l'on chemine dans la direction opposée, se trouve la sainte maison d'Ungit. Et, au-delà de la maison d'Ungit (en poursuivant toujours vers l'est et le nord), l'on arrive rapidement aux contreforts du mont Gris. Le dieu du mont Gris, qui me déteste, est le fils d'Ungit. Toutefois, il ne demeure pas avec elle, Ungit vit seule. Dans le recoin le plus reculé de sa maison, elle reste assise dans une obscurité si dense qu'on ne la distingue qu'à peine, hormis en été, où il tombe assez de lumière des conduits de cheminée pour la discerner un peu mieux. Elle est de pierre noire, sans tête ni mains, et c'est une grande déesse. Mon vieux maître, que nous appelons le Renard, disait que c'était cette même divinité que les Grecs nomment Aphrodite ; mais j'ai pris le parti d'écrire tous les noms de lieux et de personnes dans notre propre langue.

J'entamerai mon récit par le jour où ma mère mourut et où l'on me coupa les cheveux, comme il est d'usage. Le Renard – mais il n'était pas parmi nous, à l'époque – disait que nous avions appris cette coutume des Grecs. Batta, la nourrice, nous tondit ma sœur Redival et moi dehors, derrière le palais, au pied du jardin pentu à flanc de colline. Redival était de trois ans ma cadette, et nous étions encore les seuls enfants. Tandis que Batta maniait les grands ciseaux, de nombreuses autres esclaves se tenaient autour de nous, se frappant de temps à autre la poitrine et pleurant la mort de la reine ; mais entre-temps, elles plaisantaient entre elles et mangeaient des noix. Et, dans le claquement des lames qui faisaient tomber au sol les boucles de Redival, elles se lamentaient : « Oh, quel dommage ! Tout cet or qui disparaît ! » Elles n'avaient rien dit de tel alors que l'on me tondait, moi. Mais ce que je me rappelle le plus clairement, c'est la fraîcheur sur mon crâne et le soleil brûlant sur ma nuque tandis que nous faisions des pâtés dans la glaise, Redival et moi, par cet après-midi d'été.

Batta, notre nourrice, était une femme charpentée, aux cheveux blonds et à la main lourde, que mon père avait achetée à des marchands qui l'avaient prise dans une province plus au nord. Lorsque nous la tourmentions, elle avait coutume de dire : « Attendez un peu que votre père ramène une nouvelle reine à la maison, et qu'elle devienne votre belle-mère. Alors les choses changeront, pour vous. Vous n'aurez que du fromage sec au lieu de gâteaux au miel, et du lait maigre au lieu de vin rouge. Attendez un peu. »

Il se trouva finalement que nous reçûmes une autre surprise, avant une belle-mère. Ce jour-là, il gelait à pierre fendre. Redival et moi portions des bottes (la plupart du temps, nous allions pieds nus ou en sandales) et nous nous essayions à des glissades dans la cour qui se trouve derrière l'aile la plus ancienne du palais, où les enceintes sont en bois. Il y avait assez de glace sur tout le chemin, depuis la porte de l'étable jusqu'au gros tas de fumier, au milieu des flaques gelées de lait renversé et de l'odeur fétide des bêtes ; mais la couche était trop irrégulière pour les glissades. C'est alors que nous vîmes sortir Batta, le nez rougi par le froid, et qui nous appelait : « Vite, hâtez-vous ! Ah, petites souillons ! Venez vous laver, le roi veut vous voir. Vous verrez qui vous attend là-bas. Ma parole ! Voilà qui va changer les choses, pour vous !

— Est-ce la Belle-Mère ? demanda Redival.

— Oh, c'est pire que ça ; vous verrez, répondit Batta en essuyant le visage de Redival du coin de son tablier. Vous allez connaître la cravache, les oreilles qui chauffent et le dur labeur. »

Elle nous entraîna ensuite dans la partie plus récente du palais, en brique peinte, avec gardes en armure aux portes et têtes et peaux de bêtes suspendues aux murs. Dans la salle du Pilier, notre père se trouvait debout près du foyer, face à trois hommes en tenue de voyage, que nous connaissions fort bien – des marchands qui se présentaient à Glome trois fois par an. Ils étaient justement en train de remballer leurs listes de tarifs, aussi nous fut-il aisé de deviner qu'ils venaient d'être payés pour quelque bien – en outre, l'un d'eux avait entre les mains des fers, qui indiquaient qu'ils avaient sans doute vendu un esclave à notre père. Devant eux se tenait un homme courtaud et robuste ; aux plaies laissées à ses jambes par les entraves, il nous apparut qu'il devait s'agir de l'esclave en question. Pourtant, il ne ressemblait à aucun autre que nous ayons connu jusqu'alors. Il avait les yeux très vifs, et, là où ils ne grisonnaient pas, ses cheveux et sa barbe tiraient sur le roux.

« Écoute bien, le Grec, dit mon père en s'adressant à cet homme, je compte bien donner naissance très vite à un prince, et j'ai l'intention qu'il soit élevé dans la sagesse de ton peuple. En attendant, entraîne-toi sur *elles*. (Il nous désignait, ma sœur et moi.) Un homme capable de dresser une fille saura mater n'importe quoi. » Puis, juste avant de nous renvoyer, il ajouta : « Surtout l'aînée. Vois si tu peux lui inculquer quelque sagesse ; c'est à peu près tout ce que tu pourras en tirer. » Je ne compris pas cette remarque, mais je savais qu'elle faisait partie de ces commentaires que j'avais entendu les gens faire à mon propos depuis ma plus tendre enfance.

J'aimais le Renard, comme l'appelait mon père, plus que tout autre être ayant croisé mon chemin. On aurait pu croire qu'un homme qui avait été libre dans les Terres grecques, puis fait prisonnier pendant la guerre et vendu comme esclave chez les barbares loin de chez lui, aurait été abattu. Et il lui arrivait de l'être ; sans doute plus souvent que ce que j'en voyais, dans ma grande puérilité. Mais jamais je ne l'entendis se plaindre ; de même que jamais je ne le surpris à se vanter (comme le faisaient tous les autres esclaves issus de terres étrangères) d'avoir été un grand homme dans son pays d'origine. Il avait toutes sortes de proverbes pour se ragaillardir : « Un homme ne peut se sentir exilé, dès lors qu'il se rappelle que le monde est une seule cité », ou : « Une chose n'est bonne ou mauvaise qu'à travers l'opinion que l'on s'en fait ». Mais je crois que ce qui le maintenait réellement de bonne humeur, c'était sa curiosité. Il n'avait pas d'égal pour les questions. Il voulait tout savoir sur notre pays, notre langue, nos ancêtres et nos dieux, et même sur nos plantes et nos fleurs.

C'est ainsi que j'en vins à lui raconter tout ce que je savais d'Ungit, des jeunes filles retenues dans sa maison, des présents que devaient lui faire les nouvelles épousées. Et aussi que, les mauvaises années, il nous fallait choisir une victime pour le sacrifice, lui trancher la gorge et répandre son sang sur la déesse. En entendant cela, il frémit et marmonna quelque chose à voix basse ; puis, une seconde plus tard : « Oui, c'est à coup sûr Aphrodite, bien qu'elle ressemble plus à la Babylonienne qu'à la Grecque. Mais viens donc, que je te fasse un récit, au sujet de notre Aphrodite. »

Alors sa voix se fit plus grave et plus mélodieuse pour me narrer comment leur Aphrodite tomba jadis amoureuse du prince Anchise, alors que ce dernier gardait les moutons de son père sur les pentes du mont Ida. Tandis que la déesse descendait les pentes herbues vers la cabane du berger, des lions, des lynx et des ours, ainsi que toutes sortes de bêtes féroces, accoururent vers elle en lui faisant la fête tels des chiens domestiques, avant de la quitter par couples, tout pénétrés des délices de l'amour. Mais elle dissimula ses atours sacrés et se présenta à Anchise comme une simple mortelle. Elle le séduisit et ils passèrent la nuit enlacés sur la paillasse du jeune homme. Je pense que le Renard avait prévu d'interrompre là son récit, mais il était si envoûté par son chant qu'il poursuivit : au réveil, Anchise aperçut Aphrodite dans l'embrasure de la porte de sa cabane, non plus en tant que mortelle, mais dans toute sa splendeur divine. Il sut ainsi qu'il avait connu les faveurs d'une déesse, se couvrit les yeux et hurla : « Tue-moi sur-le-champ. »

« Tout cela ne s'est pas réellement produit, s'empressa de préciser le Renard. Ce ne sont que mensonges de poètes, mensonges de poètes, mon enfant. Ils vont contre la nature. » Mais il en avait dit assez pour me laisser entrevoir que, si cette déesse était plus belle en Grèce qu'à Glome, elle était tout aussi redoutable dans les deux pays.

Il en allait toujours ainsi, avec le Renard ; il avait honte de son goût pour la poésie (« Pure folie, mon enfant »), et je devais travailler dur à ma lecture et à mon écriture, et à ce qu'il appelait la philosophie, pour réussir à lui arracher un poème. Mais ainsi, petit à petit, il m'en enseigna un grand nombre. *La quête de la vertu par l'homme, dans le labeur et la peine* était l'un de ceux dont il faisait l'éloge le plus enthousiaste, mais je ne fus jamais dupe. C'est lorsque nous attaquions *Mène-moi au pays où abondent les pommes*, ou bien *La lune s'est couchée, mais / Seule je repose* que sa voix s'animait vraiment et que ses yeux se mettaient à scintiller.

Il chantait toujours ce dernier avec beaucoup de tendresse, comme s'il avait pitié de moi, pour quelque raison obscure. Il me préférait à Redival, qui détestait l'étude et le raillait sans cesse : elle le tourmentait et envoyait les autres esclaves lui jouer des tours.

La plupart du temps (l'été), nous travaillions sur le petit terrain herbeux derrière les poiriers, et c'est là que le roi nous trouva un jour. Nous nous levâmes sur-le-champ, deux enfants et un esclave, les yeux au sol et les mains croisées sur la poitrine. Le roi donna une claque vigoureuse sur le dos du Renard, pour l'enhardir : « Courage, Renard. Il y aura bientôt un prince sur lequel exercer tes talents, plaise aux dieux. Et tu peux les remercier, Renard, car il n'a pas dû arriver souvent à un vulgaire Grec de se voir confier l'éducation du petit-fils d'un si grand souverain que l'est mon futur beau-père. Non que tu t'en soucies le moins du monde, âne bâté. Car vous n'êtes tous guère que des camelots et des bonimenteurs, là-bas, dans les Terres grecques, pas vrai ?

— Tous les hommes ne sont-ils pas du même sang, Sire ? s'enquit le Renard.

— Du même sang ? répéta le roi en écarquillant les yeux et en laissant échapper un énorme éclat de rire qui évoquait un râle de taureau. Tu me verrais bien désolé de croire pareille bêtise. »

Par conséquent, ce fut finalement le roi lui-même, et non notre nourrice Batta, qui nous annonça que l'apparition de la Belle-Mère était bel et bien imminente. Mon père avait conclu un excellent mariage. Il allait recevoir la troisième fille du roi de Caphad, le plus grand souverain dans notre partie du monde. (Je sais aujourd'hui pourquoi Caphad souhaitait une alliance avec un royaume aussi pauvre que le nôtre, et je me demande encore comment mon père put ignorer que son beau-père n'était alors déjà plus qu'une épave en train de sombrer. Ce mariage en était la preuve.)

Il ne dut guère s'écouler plus de quelques semaines avant que le mariage fût conclu, mais dans mon souvenir les préparatifs prirent presque une année. Tous les bâtiments en brique entourant la grande porte furent repeints en écarlate, de nouvelles tapisseries ornèrent la salle du Pilier et le roi acheta un lit magnifique qui lui coûta bien plus qu'il ne pouvait raisonnablement se le permettre. Il était sculpté dans un bois d'Orient dont on disait qu'il possédait de telles vertus que sur cinq enfants conçus dans ce lit, quatre seraient de sexe mâle. (« Pure folie, mon enfant, avait commenté le Renard, ces choses-là viennent par les voies de la nature. ») Et, tandis qu'approchait le grand jour, la seule activité du palais consista à faire acheminer des bêtes et à les abattre – la cour entière empestait les dépouilles –, à cuisiner et à brasser. Mais nous autres enfants n'avions pas le temps d'errer de salle en salle, d'observer et de gêner les opérations, car le roi s'était mis en tête de nous faire chanter l'hymne nuptial, à Redival et à moi, ainsi qu'à douze autres filles de sang noble. Et rien ne trouvait grâce à ses yeux hormis un chant grec, ce qu'aucun souverain des royaumes voisins n'aurait pu fournir. « Mais, Sire..., intervint le Renard, les larmes aux yeux.

— Enseigne-leur, Renard, enseigne-leur, gronda mon père. Quel serait l'intérêt de gaspiller toute cette bonne chère et ce vin pour ton estomac grec, si ce n'était de t'arracher un chant pour le soir de mes noces ? Pourquoi cette réticence ? Personne ne te demande de leur enseigner la langue. Il va de soi qu'elles ne comprendront pas un mot de ce qu'elles chanteront, mais elles savent former les sons. Veille à ce que ce soit fait, ou bien tu auras le dos plus rougeoyant que ta barbe l'a jamais été. »

C'était là une idée folle et le Renard devait raconter plus tard que c'était d'avoir enseigné cet hymne à des barbares qui avait fait blanchir ses derniers cheveux roux. « J'étais un renard, dit-il, je suis désormais un blaireau. »

Lorsque nous eûmes quelque peu progressé dans notre tâche, le roi fit venir le grand prêtre d'Ungit afin qu'il nous entendît. Je redoutais ce prêtre, d'une peur différente de celle que m'inspirait mon père. Ce qui m'effrayait (dans ces jeunes années), c'était cette odeur sacrée qui l'entourait – celle du temple, les relents de sang (provenant surtout de pigeons, mais il sacrifiait également des hommes) et de graisse brûlée, de cheveux carbonisés, de vin et d'encens refroidi. L'odeur d'Ungit. Peut-être sa tenue m'oppressait-elle aussi ; toutes ces peaux de bêtes, ces vessies séchées, et aussi le grand masque en forme de tête d'oiseau, pendant à sa poitrine. On aurait dit que le volatile lui poussait hors du corps.

Il ne comprit pas un traître mot du chant, ni rien à la musique, pour tout dire, mais il demanda : « Ces jeunes filles seront-elles voilées, ou non ?

— La réponse n'est-elle pas évidente ? explosa le roi dans un de ses éclats de rire bestiaux, en orientant le pouce dans ma direction. Crois-tu vraiment que je veuille faire fuir ma reine, frappée de terreur ? Elles seront voilées, cela va de soi. Et de voiles bien épais, encore. » L'une des autres filles gloussa, et je crois que ce fut alors que je compris réellement que j'étais laide.

Ce constat ne fit qu'accroître ma hantise de la Belle-Mère. Je pensais que, du fait de mon aspect, elle se montrerait plus cruelle envers moi qu'envers Redival. Ce n'étaient pas seulement les paroles de Batta qui m'avaient alarmée ; j'avais entendu d'innombrables récits au sujet des belles-mères, par le passé. Et lorsque vint le soir fatidique, qui nous trouva tous réunis sous les piliers du grand portique, presque aveuglés par les torches et tentant de chanter notre hymne grec comme le Renard nous l'avait enseigné – il ne cessait de froncer les sourcils dans un rictus et de hocher la tête, et il porta même une fois les mains à sa bouche d'un air horrifié –, je voyais danser dans mon esprit des images terrifiantes de ce que ces belles-mères avaient fait endurer à des petites filles, dans ces histoires. C'est alors que résonnèrent les cris venus de dehors et qu'apparurent plus de flambeaux encore, tandis qu'on soulevait la jeune mariée d'un char. Elle portait un voile aussi épais que le nôtre, et tout ce que je pus voir, c'est qu'elle était très petite ; on aurait dit qu'on hissait une enfant. Mes angoisses n'en furent aucunement soulagées : « Les petits sont les plus malveillants », dit l'un de nos proverbes. Puis, chantant toujours, nous la conduisîmes jusqu'à la chambre nuptiale, où nous lui retirâmes son voile.

Je sais à présent que le visage que je découvris était beau, mais ce n'est pas la pensée qui me vint alors. Ce qui me frappa, c'est la frayeur que j'y lus, plus grande encore que la mienne ; à vrai dire, elle était affolée. Je songeai à mon père tel qu'il avait dû lui apparaître à elle, un instant auparavant, lorsqu'elle l'avait aperçu pour la première fois, debout sous le grand portique, pour l'accueillir. Son front, sa bouche, sa carrure et sa voix n'étaient pas de nature à adoucir les craintes d'une jeune fille.

Voile après voile, nous la dévêtîmes de sa parure, la faisant paraître plus chétive à chaque étape, puis nous abandonnâmes ce corps blanc et frissonnant, aux yeux écarquillés, dans la couche du roi, et nous nous éclipsâmes. Nous avions fort mal chanté.

2

Je ne saurais me montrer diserte, au sujet de la seconde épouse de mon père, car elle ne survécut pas à sa première année à Glome. Elle se retrouva grosse aussi vite que l'on pouvait raisonnablement l'espérer, ce qui mit le roi de très joyeuse humeur ; il ne croisait jamais le Renard sans lui dire un mot du prince qui allait naître. Chaque mois, pendant toute la grossesse, il offrit des sacrifices considérables à Ungit. Quant à ses relations avec la reine, je n'en sus presque rien. Un jour, toutefois, après la visite de messagers en provenance de Caphad, je surpris mon père lui déclarant : « On dirait bien, ma fille, que j'ai mené mon mouton au mauvais marché. J'apprends aujourd'hui que ton père a perdu deux villes – non, trois, bien qu'il tente de minimiser l'affaire. Je lui aurais été reconnaissant de m'avertir qu'il était en perdition, avant de me convaincre de m'embarquer dans ce navire. » (J'avais la tête appuyée contre le rebord de ma fenêtre afin de faire sécher mes cheveux après le bain, et le couple royal déambulait dans le jardin.) Quel que fût l'état de ces affaires, toujours est-il qu'elle avait le mal du pays, et je crois que notre hiver fut trop rigoureux pour son corps venu du sud. Bientôt, on la vit pâle et amaigrie. J'appris que je ne n'avais rien à craindre d'elle. Au début, ce fut plutôt elle qui eut peur de moi ; mais bientôt, elle se montra très aimante en dépit de ses manières timides, et se comporta plus en sœur qu'en belle-mère, à mon égard.

La nuit où l'enfant naquit, personne ne se coucha, car il est dit qu'alors le nouveau-né refusera de s'éveiller au monde. Nous restâmes tous assis dans la grande pièce entre la salle du Pilier et la Chambre royale, dans le rougeoiement des flambeaux de naissance. Les flammes tremblaient et crachotaient terriblement, car toutes les portes devaient demeurer ouvertes ; si une seule se refermait, la matrice de la mère risquait de faire de même. Au milieu de la grande salle brûlait un feu gigantesque. Toutes les heures, le grand prêtre d'Ungit en faisait le tour neuf fois, en y jetant les offrandes appropriées. Le roi se tint assis sur son trône toute la nuit, sans esquisser le moindre mouvement, pas même de la tête. J'avais pris place près du Renard.

« Grand-Père, lui chuchotai-je, j'ai terriblement peur.

— Mon enfant, nous devons apprendre à ne pas redouter ce que la nature nous envoie », me répondit-il à mi-voix.

Après cela, je dus m'assoupir, car la seule chose que je me rappelle ensuite fut les gémissements des femmes, qui se frappaient la poitrine comme le jour de la mort de ma mère. Pendant mon sommeil, tout avait basculé. Je tremblais de froid. Le feu avait décliné, le trône était vide et la porte de la Chambre royale enfin refermée ; à l'intérieur, les bruits atroces avaient cessé. Il devait y avoir eu un sacrifice – car l'odeur du massacre planait, du sang était répandu au sol et le prêtre essuyait son couteau sacré. Je devais encore être dans les brumes du rêve, car je fus saisie de l'idée la plus saugrenue qui fût : me rendre auprès de la reine. Le Renard me rattrapa bien avant que je pusse atteindre la porte de la Chambre royale. « Ma fille, ma fille. Pas maintenant. As-tu perdu l'esprit ? Le roi… »

À cet instant précis, la porte s'ouvrit à la volée, et mon père apparut. La vision de son visage me tira brusquement de mon songe, car la rage le rendait blafard. Je savais que la fureur rouge le faisait tempêter et proférer des menaces, mais qu'elle était sans grande conséquence. Mais dans sa fureur blanche, il devenait une arme mortelle. « Du vin », ordonna-t-il, sans lever la voix, ce qui était aussi très mauvais signe. Les esclaves poussèrent en avant un garçonnet qui était de ses favoris – c'est ce que font les esclaves, en cas de panique. L'enfant, aussi blême que son maître et vêtu de ses plus beaux atours (mon père habillait les jeunes esclaves avec beaucoup de goût), apporta en courant la cruche et la coupe royale ; mais, glissant sur le sang répandu, il perdit l'équilibre, et lâcha l'une et l'autre. Vif comme le mercure, mon père se saisit de sa dague et poignarda l'enfant au flanc. Il s'écroula, mort, dans la flaque de sang et de vin, et dans sa chute envoya la cruche rouler. Dans ce silence, le roulis résonna comme un grand fracas; jusqu'alors, je n'avais jamais mesuré combien le sol de cette salle était inégal. Je l'ai depuis fait repaver.

Pendant un instant, mon père fixa la lame dans sa main, d'un air qui me parut stupide. Puis il se dirigea vers le prêtre, avec une grande douceur.

« Qu'as-tu à dire pour Ungit, à présent? demanda-t-il, toujours d'une voix mesurée. Tu ferais mieux de me rendre ce qu'elle me doit. Quand comptes-tu me rembourser tout cet excellent bétail ? » Puis il ajouta : « Dis-moi, prophète, que se passerait-il si je fracassais Ungit et la réduisais en poudre, sans oublier de t'attacher entre le pilon et la pierre ? »

Mais le grand pontife ne redoutait aucunement le souverain.

« Ungit entend vos paroles, Sire, même en cet instant. Et Ungit saura se les rappeler. Vous en avez d'ores et déjà dit assez pour attirer sa malédiction sur toute votre descendance.

— Ma descendance, répéta le roi, tu parles de descendants. » Il était toujours très calme, mais il tremblait maintenant de tous ses membres. La glace de sa rage menaçait de rompre à tout moment. Il aperçut le cadavre du garçon. « Qui a fait ça ? » demanda-t-il. Puis il nous vit, le Renard et moi. Le sang afflua brusquement à ses joues, et sa voix jaillit enfin de son torse, tel un rugissement, assez puissant pour soulever le toit.

« Des filles, des filles, des filles ! hurla-t-il. Et encore une fille de plus. Cela n'aura-t-il pas de fin ? Le fléau des filles submerge-t-il à ce point les cieux que les dieux se soient vus contraints de m'en envoyer autant ? Toi… toi… » Il m'attrapa par les cheveux, me secoua violemment et me lança loin de lui. Je m'effondrai au sol, impuissante. Par moments, même un enfant sait qu'il vaut mieux ne pas pleurer. Lorsque l'obscurité se dissipa et que je pus de nouveau voir, mon père tenait le Renard par la gorge et le malmenait à son tour.

« Voici un vieux bonimenteur qui mange mon pain depuis trop longtemps, s'exclama-t-il. J'aurais mieux fait d'acheter un chien, je le vois aujourd'hui. Mais j'en ai fini de te nourrir à ne rien faire. Qu'on l'emmène aux mines, dès le lever du jour. Il doit bien rester dans ses vieux os assez de force pour travailler une semaine. »

De nouveau, un silence funeste tomba sur la grande salle. Soudain, le roi leva les bras au ciel, frappa du pied et s'écria : « Des visages, encore des visages ! Qu'est-ce que vous regardez tous, avec cet air ébahi ? Il y a de quoi rendre un homme fou. Disparaissez ! Immédiatement ! Hors de ma vue, tous autant que vous êtes ! »

Nous nous ruâmes tous vers les portes.

Le Renard et moi empruntâmes le petit passage qui donnait sur le jardin d'herbes aromatiques, à l'est du palais. Il faisait presque jour et une pluie fine s'était mise à tomber.

« Grand-Père, sanglotai-je, tu dois fuir sans tarder. Immédiatement, avant qu'ils t'emmènent aux mines. »

Il secoua la tête. « Je suis trop vieux pour courir bien loin. Et tu sais quel sort le roi réserve aux esclaves fugitifs.

— Mais… les mines, les mines ! Écoute, je viendrai avec toi. Si tu es pris, je dirai que je t'ai forcé. Nous serons presque sortis de Glome, passé *ça*. » Je désignai la crête du mont Gris, encore sombre mais nimbée du halo blanc de l'aube naissante, qui perçait à travers l'averse oblique.

« Ce serait idiot, ma fille, répliqua-t-il en me tapotant la tête comme si j'étais un petit enfant. Ils penseraient que je t'ai enlevée pour te vendre. Non, je dois fuir plus loin. Et tu pourras m'aider. En bas, près de la rivière, tu sauras reconnaître cette petite plante, mouchetée de pourpre sur sa tige ? C'est de ses racines que j'ai besoin.

— Le poison ?

— Eh bien, oui. Mon enfant, ne pleure donc pas ainsi… Ne t'ai-je pas souvent dit que pour un homme, quitter la vie de son propre gré s'il a une bonne raison de le faire est l'un des actes conformes à la nature ? Nous devons considérer la vie comme –

— On dit que ceux qui partent ainsi rampent à jamais dans la fange – là-bas, au pays des morts.

— Chut, chut. Es-tu donc restée barbare ? Nous sommes résolus à la mort dans notre corps même. Que j'accepte la naissance et que je chicane…

— Je sais, je sais. Mais, Grand-Père, ne crois-tu réellement, dans ton cœur, à rien de ce qui se dit sur les dieux et Ceux du Dessous ? Si, je suis certaine que si. Tu trembles.

— C'est là ma disgrâce. Le corps tremble. Il menace d'ébranler le dieu qui est en moi. N'ai-je pas déjà porté cette carcasse trop longtemps, si elle fait de moi pareil couard pour mes derniers instants ? Mais nous perdons du temps.

— Écoute ! Qu'est-ce ? » J'étais dans un tel état que chaque son m'épouvantait.

« Des chevaux, répondit le Renard en scrutant l'horizon à travers la haie, les yeux plissés contre la pluie. Ils s'approchent de la grande porte. Des messagers en provenance de Phars, d'après leur apparence. Voilà qui ne va guère adoucir l'humeur du roi. Pourras-tu… Ah, Zeus, il est déjà trop tard. »

Car de l'intérieur monta un appel : « Le Renard, le Renard, auprès du roi, immédiatement. »

« Autant obéir, avant de s'y faire traîner, décida mon maître. Adieu, mon enfant. » Sur ces mots, il m'embrassa, à la manière grecque, sur les yeux et sur la tête. Mais je l'accompagnai. J'avais dans l'idée d'affronter le roi ; pour le supplier, le maudire ou le tuer, je n'en savais rien encore. Mais lorsque nous pénétrâmes dans la salle du Pilier, elle grouillait de nombreux étrangers, et le roi s'écria par la porte ouverte : « Par ici, Renard, j'ai du travail pour toi. » Puis il m'aperçut : « Et toi, face de lait caillé, file dans les quartiers des femmes et ne te montre plus ici. Tu fais déjà tourner le vin des hommes, de si bon matin. »

Je n'ai pas souvenir d'avoir connu pareille terreur (pour ne parler que des affaires des mortels) que celle que j'endurai tout ce jour, cette sensation d'un vide entre l'estomac et la poitrine. Je n'osais me laisser réconforter par les derniers mots du roi ; on aurait dit que sa fureur avait passé, mais elle pouvait s'enflammer de nouveau à n'importe quel moment. En outre, je le savais capable d'actions cruelles, non pas par colère, mais en une sorte de moquerie meurtrière, ou bien parce qu'il se rappelait subitement qu'il avait juré, sous le coup de la rage, d'accomplir telle action. Il avait déjà envoyé des esclaves vieux et dévoués aux mines, auparavant. Je n'eus pas le loisir de rester seule avec mon épouvante, car je vis s'approcher Batta, les ciseaux à la main, pour nous tondre Redival et moi comme elle l'avait fait à la mort de ma mère, et j'entendais déjà le récit éloquent (avec force claquements de langue) qu'elle allait faire du décès de la reine en couches (que j'avais deviné dès les premiers gémissements des pleureuses), après avoir donné naissance à une petite fille, saine et sauve. Je m'assis donc et me laissai tondre, en me faisant la réflexion que, si le Renard devait périr au fond des mines, je pouvais bien offrir ma chevelure. Elle gisait, raide et terne, petit tas insignifiant à côté des boucles d'or de Redival.

Le soir même, le Renard vint me trouver pour m'annoncer qu'il n'était plus question des mines – pour le moment. Ce qui me contrariait fréquemment depuis quelque temps s'était révélé cause de notre salut. Récemment, le roi avait pris l'habitude de nous retirer le Renard afin de le faire travailler dans la salle du Pilier. Il s'était subitement rendu compte que notre maître était doué en calcul, ainsi que pour lire et rédiger des lettres (seulement en grec au début, puis, bientôt, dans notre langue également) ; il était aussi meilleur conseiller que n'importe quel autre homme à Glome. Ce jour-là, le Renard avait suggéré au roi le moyen de conclure avec le souverain de Phars un meilleur marché qu'il n'aurait su en concevoir de lui-même. Le Renard était un véritable Grec ; là où mon père ne savait dire que « oui » ou « non » à un monarque voisin ou à un noble dangereux, le Renard avait l'art de réduire le « oui » au strict nécessaire et d'adoucir le « non » jusqu'à le faire passer aussi aisément qu'une coupe de vin. Il savait faire croire à l'ennemi le plus faible qu'il était son meilleur ami, et à l'ennemi le plus fort, qu'il l'était deux fois plus que lui. Il était bien trop utile pour être envoyé aux mines.

On brûla la défunte reine le troisième jour, et mon père nomma l'enfant Istra. « C'est un bon nom, commenta le Renard, un très bon nom. Et tu en sais suffisamment pour me dire ce qu'il donnerait en grec.

— Ce serait Psyché, Grand-Père », répondis-je.

Les nouveau-nés n'étaient pas rares, dans le palais ; les lieux grouillaient des bébés des esclaves et des bâtards de mon père. Parfois, le roi disait : « Bande de canailles libidineuses ! On se croirait dans la maison d'Ungit, et non dans la mienne » et il menaçait d'en noyer une douzaine, comme des chiots aveugles. Mais au fond de lui il avait plus d'estime pour un esclave s'il était capable d'engrosser la moitié des servantes, surtout s'il concevait des garçons (quant aux filles, hormis si elles avaient l'heur d'attirer sa royale attention, elles étaient pour la plupart vendues, le moment venu ; certaines étaient données à la maison d'Ungit). Néanmoins, parce que j'avais ressenti une certaine tendresse pour la reine, je me rendis auprès de Psyché le soir même, dès que le Renard eut apaisé mes craintes. Et ainsi, en une heure de temps, je passai de l'angoisse la plus effroyable au commencement de toutes mes joies.

L'enfant était très grande – elle n'avait rien d'une petite chose frêle, comme aurait pu le laisser présager la faible corpulence de sa mère –, avec un teint très clair. Elle semblait illuminer le coin de la pièce où on l'avait placée. Elle dormait (et sa respiration n'était qu'un souffle minuscule). Mais jamais on ne vit nourrisson plus silencieux que Psyché, dans ses mois de berceau. Tandis que je la contemplais, le Renard s'approcha à pas de loup pour regarder par-dessus mon épaule. « Par tous les dieux, chuchota-t-il, quel vieux fou je fais, je pourrais presque croire qu'il y a du sang divin dans votre famille. Hélène elle-même, à la naissance, devait avoir ce visage. »

Batta l'avait mise en nourrice auprès d'une femme rousse maussade et (comme Batta elle-même) portée sur la cruche à vin. Je réussis rapidement à retirer l'enfant de leurs soins. Je lui trouvai pour nourrice une femme libre, épouse d'un paysan, aussi honnête et saine que possible et les gardai toutes deux dans mes appartements, nuit et jour. Batta n'était que trop heureuse de voir son travail se faire sans effort, et le roi n'en sut rien, et ne s'en préoccupa guère. Le Renard me dit un jour : « Ne t'épuise pas, mon enfant, à un trop dur labeur, même si cette petite a la beauté d'une déesse. » Mais je lui ris au nez. Je crois que je me réjouis plus à cette époque que je ne l'avais fait de toute ma vie. Du labeur ? Je perdais plus le sommeil à contempler Psyché par pure joie que pour tout autre motif. Et je riais, car elle-même riait sans cesse, avant même d'avoir atteint son troisième mois. Et elle me reconnaissait, j'en suis certaine (bien que le Renard affirmât le contraire) avant même le deuxième.

Ainsi débuta la période la plus heureuse de ma vie. L'amour que le Renard portait à cette enfant était extraordinaire ; j'en déduisis que, bien longtemps auparavant, lorsqu'il était libre, il devait avoir eu une fille. Il était désormais comme un vrai grand-père. Et nous passions tout notre temps seuls tous les trois – le Renard, Psyché et moi. Redival avait toujours détesté nos leçons et, sauf par crainte du roi, ne s'approchait jamais volontairement du Renard. Selon toute apparence, le roi avait écarté ses trois filles de son esprit, et Redival vivait sa vie de son côté. Elle était devenue grande, sa poitrine s'arrondissait, et ses longues jambes se galbaient. Elle promettait de déployer une grande beauté, mais en aucun cas comparable à celle de Psyché.

De la splendeur de Psyché – et à chaque âge les atouts qui lui sont propres –, il n'y a qu'une chose à dire : dès lors qu'on l'avait vue, l'on ne pouvait être partagé, qu'on fût homme ou femme. C'était une beauté qui ne sidérait pas, jusqu'au moment où, l'ayant juste quittée, on y songeait de nouveau. Tant que l'on se trouvait près d'elle, on n'était pas frappé, car elle semblait la chose la plus naturelle au monde. Comme le Renard se plaisait à le répéter, elle était « selon la nature ». Ce que toute femme, et même toute chose, aurait dû être, car tel était son but – mais les aléas du hasard avaient faussé cette loi. Cependant, à la regarder elle, on pouvait croire l'espace d'un instant que le monde entier s'était conformé à cette loi. Istra créait la beauté tout autour d'elle. Lorsqu'elle marchait dans la boue, la boue était d'or; lorsqu'elle courait sous la pluie, la pluie était d'argent. Si elle prenait dans sa main un crapaud – elle avait cet amour fort étrange et, me disais-je, fort innocent, pour toutes les brutes imaginables –, ce crapaud même était une œuvre d'art.

Les années se déroulèrent sans doute comme elles le font depuis toujours, mais je n'en garde que le souvenir d'une suite continuelle de printemps et d'étés. Il me semble que les amandiers et les cerisiers étaient en fleurs plus tôt, à l'époque, et que la floraison durait plus longtemps. Comment les fruits réussissaient-ils à tenir bon par de tels vents, voilà qui demeure un mystère, car je revois les branches se balançant et bondissant sur fond de ciel bleu et blanc, et leurs ombres dansant comme de l'eau sur les vallées et les collines du corps de Psyché. J'aurais voulu être une épouse, afin de pouvoir être sa vraie mère. J'aurais voulu être un garçon, afin qu'elle tombât amoureuse de moi. J'aurais voulu qu'elle fût complètement ma sœur, au lieu de ne l'être qu'à moitié. J'aurais voulu qu'elle fût une esclave, pour pouvoir l'affranchir et faire sa richesse.

Le Renard bénéficiait désormais d'une telle confiance qu'il lui était permis, lorsque le souverain n'avait pas besoin de lui, de nous emmener où bon lui semblait, même à des kilomètres du palais. Et nous étions souvent dehors tout le jour, pendant l'été, au sommet des collines au sud-ouest, contemplant Glome en contrebas, et le paysage jusqu'au mont Gris. Nous nous épuisions le regard sur cette arête déchiquetée, jusqu'à en connaître les moindres aspérités, car aucun de nous n'était jamais allé si loin, ni de l'autre côté. Dès son plus jeune âge, Psyché (qui était une petite fille vive et réfléchie) était tombée amoureuse de la montagne. Elle inventait toutes sortes d'histoires à son sujet. « Quand je serai adulte, annonça-t-elle un jour, je serai une très bonne reine, mariée au plus grand roi de tous, et il me fera construire un palais d'or et d'ambre, là-haut, tout au sommet. »

Le Renard applaudit à ses paroles et se mit à chantonner : « Plus charmante qu'Andromède, plus charmante qu'Hélène, plus charmante qu'Aphrodite elle-même.

— Ne provoque pas le courroux des dieux par tes paroles, Grand-Père », le mis-je en garde, même si je savais qu'il me gronderait et se moquerait de ma réaction. Car il avait à peine prononcé ces mots que, par cette journée d'été où les cailloux étaient trop brûlants pour qu'on y posât la main, j'avais cru sentir contre mon flanc gauche une main douce et glacée, et j'avais frissonné.

« *Babai !* s'exclama en grec le Renard. Ce sont tes mots qui sont de mauvais augure. La nature divine n'est pas ainsi faite. Elle ne ressent aucune envie. »

Mais il avait beau dire, je savais qu'il n'était guère prudent de parler ainsi d'Ungit.

3

Ce fut Redival qui mit fin à cette période idyllique. Elle avait toujours été légère, mais voilà qu'elle devint dévergondée, et ne trouva rien de mieux que d'embrasser un garde (un certain Tarin) et de se laisser conter fleurette sous les fenêtres même de Batta, une heure après minuit. Batta avait cuvé son vin dans son premier sommeil, et se trouvait alors bien alerte. Cette fouineuse, qui ne chérissait rien tant que les ragots, s'en alla trouver immédiatement le roi, qui l'injuria copieusement, mais la crut. Il se leva, emmena quelques hommes armés, et apparut dans le jardin pour surprendre les jeunes amoureux, avant même qu'ils eussent le moindre soupçon d'avoir été découverts. Toute la maison s'éveilla en sursaut aux cris qui résonnèrent. Par la main du barbier du château, le roi fit sur-le-champ de Tarin un eunuque (dès qu'il eut cicatrisé, il fut vendu comme esclave à Ringal). Les hurlements du garçon s'étaient à peine éteints que le roi se tourna vers le Renard et moi, et nous fit porter le blâme de toute cette aventure. Pourquoi le Renard n'avait-il pas surveillé son élève ? Et moi, ma sœur ? Il finit par nous ordonner de ne plus jamais la quitter des yeux. « Allez où vous voulez, faites ce que bon vous semble, mais que cette traînée vous accompagne en permanence. Je te préviens, Renard, que si elle perd sa virginité avant que je lui trouve un mari, les hurlements les plus déchirants seront les tiens. Je te tannerai le cuir ! Et toi, répugnante créature, fais ce pour quoi tu es bonne. Par Ungit ! Si avec ce visage tu n'effraies pas tous les hommes des environs, ce sera un miracle. »

Redival fut réellement intimidée par la colère du roi, et lui obéit. Elle ne nous quittait plus. Et cela refroidit bientôt le peu d'amour qu'elle avait pu ressentir pour Psyché et moi. Elle bâillait sans cesse, cherchait querelle et se moquait de Psyché, qui était une enfant si joyeuse, si éprise de vérité et si obéissante qu'elle était (au dire du Renard) l'incarnation même de la Vertu – ce qui n'avait aux yeux de Redival aucune valeur. Un jour, cette dernière frappa l'enfant. Alors, je ne me reconnus pas, et lorsque je recouvrai mes esprits, j'étais à califourchon sur Redival, que j'avais plaquée au sol et dont le visage était baigné de sang ; de mes mains, j'enserrais sa gorge. C'est le Renard qui me força à la lâcher et nous finîmes par conclure une sorte de trêve.

C'est ainsi que disparut tout le bien-être dont nous jouissions entre nous trois, lorsque Redival se joignit à nous. Et ensuite, petit à petit, un à un, résonnèrent les coups de marteau qui allaient nous détruire tous.

L'année qui suivit cet affrontement entre Redival et moi fut la première des mauvaises récoltes. Mon père tenta de se marier (comme me l'apprit le Renard) dans deux maisons royales environnantes, et aucune ne voulut de lui. Le monde changeait, la grande alliance avec Caphad s'était révélée un piège. Le vent tournait, et contre Glome.

Toujours cette même année, un petit événement me causa un très grand trouble. Le Renard et moi, nous marchions derrière le rideau de poiriers, absorbés dans notre leçon de philosophie. Psyché se promenait alentour en chantonnant parmi les arbres qui délimitaient les jardins royaux, au-dessus de la route. Redival la rejoignit. Je gardais un œil sur elles deux, et une oreille tendue vers le Renard. Il me sembla soudain qu'elles s'entretenaient avec quelqu'un, sur le chemin, et elles réapparurent peu après.

Redival, d'un air sarcastique, s'inclina deux fois devant Psyché et entreprit de s'enduire la tête de poussière. « Pourquoi n'honorez-vous pas la déesse ? nous demanda-t-elle.

— Que veux-tu dire, Redival ? répondis-je avec lassitude, car je savais que c'était encore le dépit qui l'animait.

— Ne savais-tu pas que notre demi-sœur était devenue une déesse ?

— Qu'est-ce que cela signifie, Istra ? (Je ne l'appelais plus jamais Psyché, depuis que Redival nous avait rejoints.)

— Allons, demi-sœur, parle donc, l'enjoignit Redival. On m'a tellement vanté les mérites de ta franchise que je suis certaine que tu ne nieras pas avoir été vénérée.

— Ce n'est pas vrai, répliqua Psyché. Tout ce qui s'est passé, c'est qu'une femme enceinte m'a demandé de l'embrasser.

— Ah, mais pourquoi ? insista Redival.

— Parce que… parce que ainsi le bébé serait beau, a dit cette femme.

– *Car vous êtes si belle vous-même*. N'oublie pas cette partie, car c'est ce qu'elle a dit.

— Et qu'as-tu fait, Istra ? demandai-je.

— Je l'ai embrassée. C'était une femme agréable. Je l'aimais bien.

— Tu ne dis pas qu'ensuite elle a déposé une branche de myrte à tes pieds, qu'elle s'est inclinée et s'est mis de la poussière sur la tête, conclut Redival.

— Cela s'était-il déjà produit, Istra ?

— Oui. Parfois.

— Combien de fois ?

— Je ne sais pas.

— Deux fois, déjà ?

— Plus.

— Disons, dix fois ?

— Non, plus. Je ne sais pas. Pourquoi me regardes-tu de cette manière ? Est-ce que c'est mal ?

— Oh, c'est dangereux, oui, dangereux. Les dieux sont jaloux. Ils ne peuvent tolérer…

— Mon enfant, c'est sans importance, intervint le Renard. La nature divine est sans jalousie. Ces dieux – le genre de dieux auxquels tu penses sans cesse – ne sont que folies et mensonges de poètes. Nous en avons débattu au moins cent fois.

— Eh bien ! bâilla Redival en s'allongeant de tout son long sur l'herbe et en secouant les jambes jusqu'à ce que son intimité soit dévoilée aux yeux de tous (ce qu'elle faisait uniquement pour décontenancer le Renard, car le vieil homme était très pudique). Eh bien, une divinité en guise de demi-sœur, et un esclave pour conseiller. Qui voudrait être princesse à Glome ? Je me demande bien ce qu'Ungit pense de notre nouvelle déesse.

— Il n'est guère aisé de deviner ce que pense Ungit », fit remarquer le Renard.

Redival roula sur le côté et vint poser la joue contre le tapis moelleux. Puis elle leva les yeux vers notre maître, et proposa d'une voix douce : « Mais il serait facile de découvrir ce qu'en pense le grand prêtre d'Ungit. Je pourrais essayer ? »

C'est alors que la terreur ancienne que m'inspirait le pontife ainsi que d'autres alarmes liées à l'avenir, que je n'aurais su nommer, me pétrifièrent.

« Ma sœur, donne-moi ton collier aux pierres bleues, celui que t'a offert notre mère, exigea Redival.

— Prends-le, lui dis-je, tu l'auras dès que nous rentrerons.

— Et toi, esclave, lança-t-elle au Renard, surveille tes manières. Et fais en sorte que mon père me donne en mariage à quelque roi ; et qu'il soit jeune, valeureux, à barbe blonde, et vigoureux. Tu fais ce que tu veux de mon père, lorsque vous êtes tous deux enfermés dans la salle du Pilier. Tout le monde sait que c'est toi, le véritable roi de Glome. »

L'année qui suivit nous apporta une révolte, fomentée par le hongre de mon père, Tarin. Lui-même n'était pas de lignée illustre (rien qui s'approchât d'une maison royale), et mon père avait cru que les siens n'auraient aucun moyen de le venger. Mais il s'allia à d'autres plus puissants que lui, et neuf imposants seigneurs du nord-ouest du royaume se soulevèrent contre nous. Mon père prit les armes lui-même (lorsque je le vis surgir à cheval, en armure, je me sentis plus près de l'aimer que je ne l'avais été de ma vie), et fit plier les rebelles. Mais au prix de grands massacres des deux côtés et, je pense, plus qu'il n'était nécessaire dans le camp des vaincus. L'événement laissa derrière lui une puanteur et une grande désaffection. À l'issue des combats, le roi se trouva plus affaibli encore qu'auparavant.

Cette année signa également la deuxième mauvaise récolte, et le début de la fièvre. À l'automne, le Renard l'attrapa et faillit bien en périr. Je ne pouvais me tenir à son chevet car, dès qu'il fut déclaré atteint, mon père me fit appeler : « Eh bien, tu sais lire, écrire et parler le grec. J'aurai du travail pour toi. Tu dois prendre la place du Renard. » Aussi me retrouvai-je dans la salle du Pilier la majeure partie du temps, car il y avait à l'époque beaucoup d'affaires à mener. J'avais beau être morte d'inquiétude à propos du Renard, le travail auprès de mon père me fut bien moins éprouvant que je ne l'avais craint. Et, durant cette période, il en vint à moins me détester. À la fin, il s'adressait à moi, je ne dirais pas avec amour, certainement pas, mais amicalement, comme un homme à un autre. J'appris combien sa situation était désespérée. Nulle maison voisine de sang divin (et la nôtre ne peut en aucun cas s'apparier ailleurs) ne voulait prendre ses filles, ou lui donner les siennes. La succession faisait murmurer les nobles. La guerre menaçait de toutes parts, sans aucune force chez nous pour y faire face.

C'est Psyché qui prit soin du Renard, bien qu'on le lui eût souvent défendu. Elle se battait, oui, et mordait quiconque se dressait entre elle et sa porte ; car elle aussi avait hérité le sang chaud de notre père, bien que ses colères à elle fussent de celles que l'amour fait éclater. Le Renard se rétablit de sa maladie, plus maigre et gris qu'auparavant. Et voyez toute la subtile cruauté du dieu qui est contre nous. Le récit de ce rétablissement et des soins prodigués par Psyché s'étendit hors de nos frontières ; Batta aurait suffi à faire croître le mythe, et elle n'était pas la seule à répandre les ragots. L'on entendit partout l'histoire d'une belle princesse capable de soigner la fièvre par la simple imposition des mains ; bientôt, l'on raconta même qu'elle seule pouvait la guérir. Dans les deux jours, la moitié de la ville se massa aux portes du château – autant d'épouvantails tirés de leur couche, de vieux gâteux avides de sauver leur misérable existence, comme si cette vie avait la moindre valeur, des nourrissons, des malades moribonds que l'on amenait dans des charrettes. De la fenêtre à barreaux, je les regardais, saisie d'effroi autant que de pitié par l'odeur de sueur, de fièvre, d'ail et de vêtements souillés.

« Princesse Istra, suppliaient-ils, envoyez la princesse Istra, avec ses mains qui guérissent. Nous sommes mourants ! Qu'on nous soigne ! Qu'on nous soigne !

— Et du pain ! » D'autres voix s'élevaient. « Les greniers royaux ! On meurt de faim ! »

Au début, ils se tenaient à quelque distance. Mais ils finirent par s'approcher, et bientôt ils tambourinaient aux portes. Quelqu'un cria : « Du feu, qu'on apporte du feu. » Et derrière eux, les voix les plus faibles gémissaient : « Soignez-nous, soignez-nous. La princesse aux mains qui guérissent !

— Il va falloir la faire sortir, déclara mon père, on ne peut pas les contenir. (Les deux tiers de nos gardes étaient eux-mêmes malades.)

— Peut-elle les guérir ? demandai-je au Renard. T'a-t-elle soigné ?

— C'est possible. Il peut être selon la nature que certains soulagent avec leurs mains. Qui sait ?

— Laissez-moi sortir, exigea Psyché. C'est notre peuple.

— Notre plaie, tu veux dire ! rectifia mon père. Ils me paieront cette journée de travail gaspillée, si je reprends le dessus sur eux. Mais pressons. Qu'on habille la petite. Elle est belle, il est vrai. Et intelligente. »

On vêtit Psyché d'une robe de reine, on lui déposa une guirlande de fleurs sur la tête, puis on la fit sortir. Vous connaissez cette sensation, lorsque l'on ne verse pas une larme, ou très peu, mais que celles que l'on retient nous oppriment toute la tête. C'est ainsi qu'il en va pour moi, aujourd'hui encore, lorsque je revois ma sœur, mince et droite comme un sceptre, quitter la fraîcheur et la pénombre du vestibule pour s'engouffrer dans la touffeur aveuglante et pestilentielle qui l'attendait dehors. Dès l'ouverture des portes, le peuple recula dans une bousculade. Ils devaient s'attendre à voir surgir un bataillon de lanciers. Mais une minute plus tard, tous les cris, toutes les plaintes cessèrent. Tous, hommes et femmes confondus, s'étaient agenouillés. La beauté de Psyché, que la plupart d'entre eux n'avaient jamais aperçue, leur inspirait une admiration mêlée de terreur. Puis un murmure grave, presque un sanglot, monta de la foule ; il s'amplifia, pour éclater en un cri de stupéfaction : « Une déesse, une déesse. » Une voix de femme résonna clairement dans le brouhaha : « C'est Ungit elle-même, dans le corps d'une mortelle. »

Psyché s'avança, d'un pas lent et solennel, au beau milieu de l'immonde infection, comme une enfant allant réciter sa leçon. Elle les toucha. Ils tombèrent à genoux pour embrasser ses pieds, l'ourlet de sa robe, son ombre et même le sol qu'elle avait foulé. Et elle continuait à poser les mains sur eux, encore et encore. Cela paraissait ne pas devoir finir ; au lieu de diminuer, la foule augmentait. Pendant des heures, elle toucha des corps. L'air était étouffant, même pour nous qui nous tenions dans l'ombre fraîche du portique. Toute la terre, tout l'air suppliait le ciel d'envoyer cet orage qui, nous le savions désormais, ne viendrait pas. Je vis ma sœur pâlir au fil des heures, et sa démarche se faire chancelante.

« Sire, dis-je, cela va finir par la tuer.

— Eh bien, c'est fort dommage. Ils nous échineront, si elle s'arrête. »

La cérémonie prit fin vers le coucher du soleil. Nous la portâmes jusqu'à son lit, et le lendemain elle était aux prises avec la fièvre. Mais elle remporta la bataille. Dans ses divagations, elle parla de nouveau de son château d'ambre et d'or, sur la crête du mont Gris. Au plus mal, elle n'affichait aucun présage de trépas sur son visage ; on aurait dit que même la mort n'osait approcher pareille splendeur. Lorsque les forces lui revinrent, Psyché en ressortit plus belle que jamais. Elle avait perdu ses airs enfantins. Il émanait d'elle un nouveau rayonnement, plus sévère. « Ah, il n'y aura rien d'étonnant, chantonnait le Renard, si les Achéens et les Troyens sont précipités dans le malheur perpétuel pour une telle femme. Elle ressemble terriblement à un esprit éternel. »

Parmi les malades de la ville, certains moururent, d'autres se rétablirent. Seuls les dieux savent si ceux qui ne périrent pas étaient de ceux qu'avait touchés Psyché, et les dieux ne disent rien. Mais le peuple n'eut sur le moment aucun doute sur ce miracle. Chaque matin, nous découvrions des offrandes déposées devant le palais ; des branches de myrte, des guirlandes de fleurs et bientôt des gâteaux au miel et des pigeons, espèce particulièrement chère à Ungit.

« Tout cela est-il bien ? demandai-je au Renard.

— Je serais très inquiet, n'était un détail : le grand prêtre d'Ungit est lui-même frappé par la fièvre. Je ne pense pas qu'il puisse beaucoup nous nuire pour l'instant. »

C'est vers cette période que Redival devint subitement très pieuse et se rendit de plus en plus à la maison d'Ungit, pour y faire des offrandes. Le Renard et moi veillions à ce qu'elle fût toujours accompagnée d'un vieil esclave de confiance, qui l'empêchait de s'attirer le moindre ennui. Je pensais qu'elle allait prier pour qu'Ungit lui envoie un mari (c'était devenu pour elle une obsession, depuis que le roi l'avait en quelque sorte enchaînée au Renard et à moi), et aussi qu'elle profitait de cette heure loin de nous, tout comme nous la savourions, nous aussi. Je l'avertis pourtant de n'adresser la parole à personne en chemin.

« Oh, sois sans crainte, ma sœur, me répondit Redival. Ce n'est pas moi qu'ils vénèrent, tu sais. Je ne suis pas la déesse. Les hommes sont tout aussi susceptibles de te regarder toi que moi, maintenant qu'ils ont vu Istra. »

4

Jusqu'à cette époque, je n'avais jamais rien su des gens du peuple. C'est pourquoi le véritable culte qu'ils vouaient à Psyché, s'il m'inquiétait, était aussi pour moi source de réconfort. Car je sentais mon esprit confus : tantôt je songeais à ce qu'Ungit, par son pouvoir divin, pourrait infliger en représailles à tout humain qui aurait l'impudence de lui voler ainsi les honneurs, tantôt je redoutais ce que le grand pontife et nos ennemis dans la ville (mon père en comptait désormais un grand nombre) pourraient provoquer avec leurs langues déliées, des pierres ou des lances. Et contre cette dernière menace, l'adoration du peuple pour Psyché me semblait une protection.

Elle ne dura guère. Pour commencer, le peuple avait appris de cette expérience qu'il suffisait pour faire ouvrir les portes du palais de frapper dessus. Avant même que Psyché fût sauvée de sa fièvre, ils étaient de retour et hurlaient : « Du blé ! Du blé ! Nous mourons de faim. Ouvrez les greniers royaux. » En cette circonstance, le roi leur concéda une aide. Mais il les mit en garde. « Ne revenez pas ! Je n'ai plus rien à vous donner. Par Ungit ! Vous croyez que je peux faire pousser le blé, si les champs n'en donnent pas ?

— Et pourquoi n'en donnent-ils pas ? s'éleva une voix, à l'arrière de la foule.

— Où sont tes fils, roi ? clama une autre. Où est le prince ?

— Le souverain de Phars a treize fils, cria quelqu'un d'autre.

— Les rois stériles font les terres stériles », conclut un quatrième.

Cette fois-ci, le roi avait vu qui avait parlé et il fit signe à l'un des archers qui se tenaient à ses côtés. En un éclair, une flèche vint transpercer la gorge du téméraire, et la foule prit ses jambes à son cou. Mais c'était là un sot calcul ; mon père aurait dû n'en tuer aucun, ou bien les éliminer tous. Il avait cependant raison, lorsqu'il affirmait ne plus rien avoir à donner à ses sujets. C'était la deuxième mauvaise récolte, et il ne restait guère dans les greniers que notre propre blé de semence. Au palais même, nous ne nous nourrissions déjà plus que de poireaux, de pain de fève et de petite bière. Il me fallut des trésors d'invention pour dégotter quoi que ce fût de nourrissant, pendant la convalescence de Psyché.

Voici ce qu'il advint ensuite. Peu après le rétablissement de Psyché, je quittai la salle du Pilier, où j'avais travaillé quelque temps pour mon père (qui garda le Renard près de lui, après m'avoir congédiée), et me mis à la recherche de Redival, dont la préoccupation ne quittait jamais mon esprit. Le roi ne se serait pas privé de me blâmer de ne pas l'avoir gardée à l'œil, même en m'ayant employée toute la journée à son service. Mais il se trouva que je tombai immédiatement sur elle, qui rentrait d'une de ses visites à la maison d'Ungit, accompagnée de Batta. Depuis peu, ces deux-là s'entendaient comme larrons en foire.

« Tu n'as pas besoin de me suivre partout, sœur-geôlière, me lança Redival. Je suis parfaitement en sécurité. Ce n'est pas ici que réside le danger. Quand as-tu vu la petite déesse pour la dernière fois ? Où est ta demi-sœur chérie ?

— Dans les jardins, très probablement. Quant à l'appeler *petite*, elle a une demi-tête de plus que toi.

— Oh, aurais-je blasphémé ? Me châtiera-t-elle par la foudre ? Il est vrai qu'elle est grande. Assez grande pour qu'on puisse la voir, au loin – il y a une demi-heure, environ – dans une petite rue près de la place du marché. En général, la fille d'un roi ne se promène pas ainsi, toute seule, dans les ruelles sombres ; mais sans doute une déesse le peut-elle.

— Istra est en ville, seule ?

— En tout cas, elle l'était, cancana Batta. Elle filait en tenant sa robe, comme ça… comme ça. (Batta imitait très mal, pourtant elle ne pouvait s'en empêcher, et j'en avais le souvenir depuis mes plus jeunes années.) J'aurais bien voulu la suivre, cette jeune effrontée, mais elle s'est enfuie par une porte dérobée, pour sûr.

— Bien, bien. Cette enfant doit savoir ce qu'elle fait. Elle ne causera d'ennuis à personne, et ne s'en attirera pas non plus.

— Elle ne s'attirera pas d'ennuis ! s'exclama Batta. Aucun de nous n'en sait rien !

— Tu es folle, nourrice, répliquai-je. Il y a encore quelques jours, le peuple la vénérait à genoux.

— Je ne sais rien de tout ça, mentit Batta. Mais elle ne sera pas vénérée aujourd'hui. Je savais bien comment finiraient toutes ces histoires de mains et de bénédictions. Quelle excellente idée, pour sûr ! La peste est plus forte que jamais. Rien qu'hier, on a compté une centaine de morts, m'a dit le beau-frère de la femme du forgeron. On rapporte qu'elle n'a pas écarté la fièvre, mais qu'elle l'a transmise, avec ses mains. J'ai parlé à une femme dont le vieux père a été touché par la princesse, et qui est mort avant même d'avoir regagné son logis. Et il n'est pas le seul. Si on avait bien voulu écouter la vieille Batta… »

Mais moi, du moins, je ne l'écoutais plus. Je me rendis sous le portique, afin d'observer la ville. Une demi-heure. Je contemplai l'ombre changeante des piliers qui pivotait lentement et, pour la première fois, constatai que ces choses familières que l'on a connues depuis son plus jeune âge peuvent tout à coup nous paraître nouvelles et étranges, telles des ennemies. Et je vis enfin revenir Psyché, épuisée mais marchant d'un pas hâtif. Elle m'attrapa par le poignet et déglutit avec peine, comme si elle avait un sanglot coincé dans la gorge, puis m'attira à l'écart et m'entraîna sans un mot jusqu'à mes appartements. Là, elle me fit asseoir dans mon fauteuil et s'accroupit à mes pieds, posant la tête sur mes genoux. Je croyais qu'elle pleurait, mais lorsqu'elle releva enfin la tête, son visage était sec.

« Ma sœur, dis-moi ce qui ne va pas, supplia-t-elle. Chez moi, je veux dire.

— Chez toi, Psyché ? Rien. Pourquoi cette question ?

— Pourquoi m'appelle-t-on la Maudite ?

— Qui a osé ? Nous lui ferons arracher la langue. Où étais-tu ? »

Alors elle raconta tout. Elle avait, de sa propre initiative (ce qui me parut d'une grande inconséquence), décidé de se rendre en ville sans en avertir aucun de nous. Elle avait entendu dire que sa vieille nourrice, la femme libre que j'avais jadis engagée pour l'allaiter et qui vivait désormais hors du palais, était atteinte de la fièvre. Psyché était allée la toucher – « car ils disaient tous que mes mains pouvaient soigner ce mal, et qui sait ? peut-être est-ce vrai. C'est l'impression que j'avais ».

Je lui répondis qu'elle avait très mal agi, et ce n'est qu'à ce moment que je perçus pleinement combien elle avait mûri, depuis sa maladie. Car elle n'accepta pas cette remontrance comme un enfant, et ne se défendit pas non plus comme tel ; elle me dévisagea avec calme et gravité, presque comme si elle était l'aînée de nous deux. J'en reçus un coup au cœur.

« Mais qui t'a insultée ? demandai-je.

— Il ne s'est rien passé jusqu'au moment où j'ai quitté la maison de Nourrice ; personne dans les rues ne m'avait saluée, et il m'avait semblé qu'une ou deux femmes ramassaient leurs jupes et s'écartaient, sur mon passage. Mais sur le chemin du retour, il y a d'abord eu ce garçon – un enfant ravissant, de huit ans à peine – qui m'a fixée, avant de cracher par terre. " Voilà qui n'est pas poli ! " me suis-je exclamée en riant, et je lui ai tendu la main. Il m'a jeté un regard mauvais de démon, puis il a perdu courage et s'est enfui par une porte. Je me suis retrouvée seule dans la rue déserte, à l'exception d'un groupe d'hommes à côté desquels je devais passer. Ils m'ont eux aussi adressé des regards noirs et, dès que j'ai eu le dos tourné, je les ai tous entendus dire : " La Maudite ! La Maudite ! Elle s'est prise pour une déesse ! " L'un d'eux a même ajouté : " La malédiction, c'est elle. " Et ils m'ont jeté des pierres. Non, je ne suis pas blessée. Mais j'ai dû courir. Que cela signifie-t-il ? Que leur ai-je fait ?

— Fait ? répétai-je. Tu les as soignés, et bénis, tu leur as ôté leurs miasmes répugnants pour les prendre sur toi. Et voilà comment ils te remercient. Oh, je les déchirerais bien de mes propres mains ! Debout, mon enfant. Laisse-moi passer. Même aujourd'hui, nous sommes encore des filles de roi. Je vais aller le trouver. Il pourra me battre et me traîner par les cheveux autant qu'il le voudra, mais il entendra ce que j'ai à lui dire. Ils veulent du blé ! Je... Je...

— Chut, ma sœur, chut. Je ne supporte pas de le voir te maltraiter. Et je suis si fatiguée. Je veux dîner. Allons, ne sois pas en colère. Tu ressembles à notre père quand tu prononces de telles paroles. Dînons ici même, toi et moi. De sombres heures s'avancent vers nous – je le sens depuis longtemps – mais je ne pense pas qu'elles soient pour ce soir. Il suffit que je tape dans mes mains, et les servantes seront là. »

Bien que ces mots : *Tu ressembles à notre père*, venant d'elle, m'eussent blessée d'une douleur telle qu'elle se rappelle parfois à moi aujourd'hui encore, je laissai retomber ma rage et cédai à sa demande. Nous soupâmes toutes deux et fîmes de notre maigre repas un moment de jeu et de plaisanterie qui nous rendit heureuses. Voilà une chose que les dieux n'ont pu m'ôter ; je me rappelle tout ce qu'elle dit et fit ce soir-là, et je revois son visage, seconde après seconde.

Malgré les vives craintes qu'abritait mon cœur (et je n'avais alors aucune intuition claire de ce qui nous attendait), notre ruine n'advint pas le lendemain. Il se déroula même une longue suite de jours au cours desquels il ne se passa rien, hormis cette lente et fatale dégradation de la situation de Glome. Le Shennit n'était plus désormais qu'un ruisselet ondulant de flaque en flaque au milieu des laisses de vase séchée ; ce n'était plus que le cadavre nauséabond d'un fleuve. Les poissons étaient tous morts, et les oiseaux ayant échappé à l'hécatombe avaient migré. Le bétail avait péri, avait été abattu, ou bien n'avait plus rien sur les os. Les abeilles avaient disparu. Les lions, dont on n'avait plus entendu parler sur nos terres depuis quarante ans, s'aventurèrent par-delà la crête du mont Gris et emportèrent le peu de moutons qu'il nous restait. La peste ne fut pas éradiquée. Et, tandis que passaient les jours, je patientais en écoutant, j'observais (quand je le pouvais) tous ceux qui entraient ou sortaient du palais. Je me réjouissais que le roi nous confiât tant de travail, au Renard et à moi, dans la salle du Pilier. Chaque jour, il arrivait des messagers et des missives des royaumes voisins, exprimant des exigences impossibles ou contradictoires, réveillant d'anciennes querelles ou de vieilles promesses. On savait partout quels fléaux frappaient Glome et l'on s'agglutinait comme des mouches ou des corbeaux autour d'un mouton à l'agonie. Mon père avait une douzaine d'accès de rage par matinée. Au plus fort de sa fureur, il giflait le Renard et me traînait par les cheveux ou les oreilles ; puis, entre les crises, les larmes lui montaient aux yeux et il s'adressait à nous comme un enfant implorant plus que comme un roi demandant conseil.

« Piégé ! s'exclamait-il. Sans aucune issue possible ! Ils vont me tuer à petit feu. Qu'ai-je donc fait pour mériter que s'abattent sur moi tant de malheurs ? Toute ma vie, j'ai craint les dieux. »

Le seul progrès à cette période fut que la fièvre sembla se retirer du palais. Nous avions perdu un grand nombre d'esclaves, mais étions plus chanceux avec les soldats. Il n'en mourut qu'un seul, et le reste se retrouva rapidement sur le pied de guerre.

Puis nous apprîmes que le grand prêtre d'Ungit s'était rétabli. Sa maladie avait été très longue, car il avait contracté et vaincu la fièvre une première fois, puis avait rechuté ; le simple fait qu'il fût en vie tenait du miracle. Mais il faut préciser que la caractéristique étrange et fâcheuse de ce mal était de tuer plus volontiers les jeunes que les vieux. Au septième jour qui suivit cette nouvelle, le grand pontife s'en vint au palais. Le roi, qui l'avait vu arriver (tout comme moi) par une des fenêtres de la salle du Pilier, s'exclama : « Qu'est-ce qu'il prend à ce vieux charognard de se présenter ici avec la moitié d'une armée ? » Car il était en effet escorté d'un grand nombre de lanciers, qui suivaient sa civière – la maison d'Ungit possédait sa propre garde, et il en avait amené une bonne partie. Les hommes plantèrent leurs lances à bonne distance des portes du palais, seule la civière s'avança jusqu'au portique. « Ils feraient bien de ne pas approcher plus, gronda le roi. S'agit-il de trahison, ou simplement d'orgueil ? » Puis il transmit des ordres au capitaine de sa propre garde. Je ne pense pas qu'il craignait qu'on en vînt au combat, mais, étant encore jeune, c'est ce que moi j'espérais. Je n'avais encore jamais vu des hommes se battre et j'étais alors aussi inconsciente que la plupart des jeunes filles : je ne ressentais aucune peur, plutôt un frisson agréable.

Les porteurs déposèrent la civière et on souleva le grand prêtre. Il était désormais très vieux, et aveugle, aussi deux jeunes servantes du temple le guidaient-elles. J'en avais déjà aperçu, mais seulement à la lueur des flambeaux, dans la maison d'Ungit. La lumière du soleil leur conférait un air étrange, avec leurs mamelons dorés, leurs gigantesques perruques de lin et leurs visages peints qui ressemblaient à des masques de bois. Seuls ces trois personnages, le prêtre posant une main sur l'épaule de chacune des jeunes filles, pénétrèrent dans le palais. Dès qu'ils furent entrés, mon père fit dire à nos hommes de verrouiller les portes et de mettre les barres. « Ce vieux loup ne se précipiterait pas ainsi dans les bras de l'ennemi, s'il avait quelque intention malhonnête, commenta-t-il. Mais nous allons nous en assurer. »

Les filles du temple conduisirent le prêtre jusqu'à la salle du Pilier ; on lui avança un fauteuil, dans lequel elles l'installèrent. Il était essoufflé, et demeura un long moment immobile avant de prendre la parole, en remuant la mâchoire comme pour ruminer, à la manière des hommes âgés. Les deux servantes se tenaient de part et d'autre de sa chaise, très raides, le regard vide fixé droit devant elles, par-delà leur masque peint. Les relents de la vieillesse, des huiles et des essences dont on enduisait ces créatures et l'odeur d'Ungit remplissaient la pièce, qui soudain devint sacrée.

5

Mon père souhaita la bienvenue au grand prêtre, le félicita pour son rétablissement et ordonna à un esclave de lui apporter du vin. Mais le pontife leva la main : « Non, roi. C'est un serment puissant qui m'amène, et nulle nourriture, nulle boisson ne doivent franchir mes lèvres tant que je n'aurai pas délivré mon message. » Bien que faible, sa voix avait recouvré de l'assurance, mais je remarquai combien la maladie l'avait amaigri.

« Comme il te plaira, serviteur d'Ungit, répliqua le roi. Et de quel message s'agit-il ?

— Je m'adresse à toi, roi, au nom d'Ungit et de tous les habitants, les anciens et les nobles de Glome.

— Ainsi ils t'ont tous envoyé me porter ce message ?

— Oui. Nous nous sommes réunis hier soir dans la maison d'Ungit – en tout cas, ceux qui pouvaient parler pour tous. Et nous ne nous sommes séparés qu'au lever du jour.

— Vraiment ? La lèpre sur vous ! rumina mon père, en fronçant les sourcils. Voilà qui est nouveau, de se réunir ainsi sans y être invité par le roi. Et il est plus inhabituel encore de ne pas y *avoir invité* le roi.

— Tu n'aurais eu aucune raison de nous inciter à pareille rencontre, roi, puisque nous l'avons menée non pas pour entendre ce que tu avais à nous dire, mais pour déterminer ce que nous te dirions. »

Mon père s'assombrit alors considérablement.

« Et ainsi rassemblés, reprit le grand prêtre, nous avons recensé tous les maux qui nous frappent. D'abord, la famine, qui ne fait qu'empirer. Ensuite, la peste. Troisièmement, la sécheresse. Quatrièmement, l'imminence certaine d'une guerre, au plus tard au printemps prochain. Cinquièmement, les lions. Et enfin, roi, ta propre incapacité à produire des fils, tellement odieuse à Ungit…

— C'est assez ! fulmina le roi. Espèce de vieil imbécile, crois-tu que j'aie besoin que toi ou n'importe quel autre puits de science me rappelle là où je souffre dans ma propre chair ? Odieuse à Ungit, dis-tu ? Dans ce cas, pourquoi Ungit n'y apporte-t-elle pas remède ? Elle a reçu de moi quantité de taureaux, de béliers et de chèvres. Assez de sang pour pouvoir naviguer dessus, quand on fait le compte. »

Le prêtre tourna vivement la tête comme si, bien qu'aveugle, il dévisageait le souverain. Je vis alors combien sa maigreur l'avait changé. L'homme ressemblait à un vautour. Il m'effrayait plus que jamais. Le roi baissa les yeux.

« Des taureaux, des béliers et des chèvres ne gagneront pas les faveurs d'Ungit alors que la terre même est impure. Je sers Ungit depuis cinquante – non, soixante-trois ans –, et si je n'ai appris qu'une chose, c'est celle-ci : son ire ne s'abat jamais sur nous sans motif, et ne cesse jamais sans expiation. J'ai fait des offrandes à la déesse pour ton père et le père de ton père, et il en a toujours été de même. Bien avant ton règne, nous fûmes renversés par le roi d'Essur ; la cause en était qu'un soldat de l'armée de ton grand-père avait couché avec sa sœur et tué l'enfant qu'il avait conçu. Il était le Maudit. Nous le débusquâmes et lui fîmes expier son péché, et dès lors les hommes de Glome décimèrent les hommes d'Essur comme des moutons. Ton père aurait pu te raconter l'histoire de cette femme, encore à peine une enfant, qui maudit en secret le fils d'Ungit, le dieu de la montagne.

À cause d'elle, l'inondation nous frappa. Elle était la Maudite. Nous la trouvâmes elle aussi et elle expia son péché, et le Shennit regagna son lit. Et aujourd'hui, par tous les signes que je t'ai rapportés, nous savons que la colère d'Ungit est bien plus terrible que toutes celles que je lui ai connues. C'est ce que nous avons tous constaté, hier, dans sa maison. Nous avons décidé qu'il nous fallait trouver le Maudit. Et bien que chaque homme présent sût qu'il pouvait s'agir de lui, aucun ne se prononça contre cette décision. Moi-même, je n'avais aucune raison à opposer, bien que sachant que je pouvais être le coupable ; ou bien toi, roi. Car nous savions tous (et tu peux en être certain) qu'il n'y aurait aucun apaisement de nos maux tant que la terre ne serait pas purgée. Ungit aura sa vengeance. Et ce n'est pas un taureau ou un bélier qui calmera son courroux, désormais.

— Tu veux dire qu'elle veut la chair d'un homme ?

— Oui. Ou d'une femme.

— S'ils espèrent que je puisse faire un prisonnier sur le champ de bataille en ce moment, c'est qu'ils sont tous fous. Dès que je prendrai un voleur, vous pourrez lui ouvrir la gorge et répandre tout son sang sur Ungit, si bon vous semble.

— Cela ne suffira pas, roi. Et tu le sais. Nous devons trouver le Maudit. Et il (ou elle) doit mourir par le rite du Grand Sacrifice. Un voleur ne vaut guère mieux qu'un taureau ou un bélier. Il ne s'agit pas là d'une offrande vulgaire. Nous devons procéder à la Grande Offrande. La Brute est de nouveau apparue. Et c'est le signe que le Grand Sacrifice doit avoir lieu. C'est ainsi que le Maudit doit être offert.

— La Brute ? C'est la première fois que j'en entends parler.

— Peut-être bien. Les rois n'entendent pas grand-chose, semble-t-il. Ils ne savent même pas ce qui se passe dans leur propre palais. Mais moi, j'entends. Je reste éveillé des nuits durant, et Ungit me raconte. J'ai ouï dire de méfaits terribles accomplis sur ces terres ; de mortels singeant les dieux et leur volant le culte qui leur est dû… »

C'est alors que je me penchai vers le Renard, et lui dis silencieusement, d'un simple mouvement des lèvres : « Redival. »

Le roi faisait les cent pas dans la grande salle, les mains derrière le dos, en agitant les doigts.

« Tu radotes, répondit-il. La Brute n'est qu'un récit de grands-mères.

— Peut-être bien, car c'est au temps de la tienne que la Brute a été aperçue pour la dernière fois. Nous avons alors procédé au Grand Sacrifice et elle s'en est allée.

— Et qui l'a déjà aperçue, cette Brute ? s'indigna mon père. À quoi ressemble-t-elle, hein ?

— C'est ceux qui l'ont vue de plus près qui peuvent le moins la décrire, roi. Et nombreux sont ceux qui l'ont croisée, récemment. Le chef de tes bergers lui-même, l'autre soir sur le mont Gris, lorsque le premier lion est venu. Il a surpris le fauve avec une torche. Et à la lueur des flammes, il a vu la Brute – derrière le lion –, très noire et très grosse, avec sa silhouette effrayante. »

Les pas du roi l'avaient mené non loin de la table où le Renard et moi étions assis, derrière nos tablettes et nos instruments d'écriture. Mon maître glissa sur son banc pour s'approcher du souverain et lui murmurer quelques mots à l'oreille.

« Bien dit, Renard, marmonna ce dernier. Parle donc. Dis-le au prêtre.

— Avec la permission du roi, le récit de ce berger est très contestable. Si cet homme portait une torche, il paraît inévitable que la lumière ait projeté une grosse ombre noire derrière le lion. L'homme était apeuré, et venait d'être tiré du sommeil. Il a pris une ombre pour un monstre.

— Voilà bien la sagesse des Grecs, commenta le grand prêtre. Mais Glome n'a que faire des conseils d'esclaves, fussent-ils les favoris du monarque. Et si la Brute était une ombre, roi, où est le mensonge ? Beaucoup disent que c'est bel et bien le cas. Mais si cette ombre s'aventure en ville, prends garde à toi. Tu es de sang divin, et ne crains sans doute rien. Mais le peuple s'affolera. Sa terreur sera si grande que même moi, je ne saurai le contenir. Ils brûleront ton palais sous tes yeux. Et ils t'enfermeront à l'intérieur, avant d'y mettre le feu. Tu serais plus sage d'accepter le Grand Sacrifice.

— Comment doit-on procéder ? Jamais cela n'a été fait sous mon règne.

— La cérémonie ne se déroule pas dans la maison d'Ungit, expliqua le pontife. La victime doit être livrée à la Brute. Car le grand mystère veut que la Brute soit ou bien Ungit elle-même, ou bien son fils, le dieu de la montagne ; ou bien les deux. La victime doit être conduite au sommet du mont, jusqu'à l'Arbre sacré, auquel elle est ligotée. Ensuite, la Brute vient la trouver. Voilà pourquoi tu as offensé Ungit, à l'instant, en parlant d'offrir un voleur. Pour la Grande Offrande, la victime doit être parfaite. Car en langage sacré, l'homme ainsi offert deviendra le mari d'Ungit, et la femme, l'épouse de son fils. Dans les deux cas, la victime est désignée comme le souper de la Brute. Lorsque la Brute est Ungit, ce souper est un homme ; lorsque c'est son fils, il faut une femme. Quoi qu'il en soit, l'offrande se fait dévorer… on raconte toutes sortes de choses… maintes histoires sacrées… et autant de grands mystères. Pour certains, dévorer et aimer ne sont qu'un seul et même acte. Car en langage sacré, on dit qu'une femme qui partage la couche d'un homme le dévore. C'est pourquoi tu étais si loin de la vérité, lorsque tu pensais à livrer un voleur, ou un vieil esclave qui ne serait plus bon à rien, ou encore un lâche capturé au combat, en guise de Grand Sacrifice. Ce que cette terre porte de plus beau ne serait pas encore assez noble pour remplir cet office. »

Je vis que le front du roi s'était voilé d'une moiteur. On sentait dans la salle le poids et l'horreur des choses divines croître de seconde en seconde. Brusquement, le Renard eut un coup de sang. « Maître, maître, laissez-moi parler.

— Fais donc, autorisa le roi.

— Ne voyez-vous pas, Sire, que ce prêtre raconte des inepties ? Une ombre serait donc un animal qui serait aussi une déesse mais aussi un dieu, et l'amour reviendrait à manger – un enfant de six ans tiendrait un discours plus cohérent. En outre, il y a un instant, la victime de ce sacrifice abominable devait être le Maudit, l'être le plus vil de toute cette contrée, offert comme punition. Et voilà que tout à coup, il faut que ce soit ce que vos terres abritent de meilleur – une perfection – car elle devra être mariée à un dieu comme récompense. Demandez-lui ce qu'il veut dire. Ce ne peut être les deux à la fois. »

Si j'avais eu une lueur d'espoir en voyant le Renard prendre la parole, elle s'était rapidement éteinte. Ce genre de discours ne pouvait rien apporter de bon. Je savais ce qu'il arrivait au Renard : il avait oublié toute sa finauderie. Et même, en un sens, son amour et ses craintes pour Psyché, simplement parce que les propos du grand prêtre l'avaient mis hors de lui. (J'ai remarqué que tous les hommes, pas seulement grecs, dotés d'un esprit vif et d'une langue acerbe ont ce même travers.)

« Que de sagesse grecque offerte à nos oreilles, ce matin, roi ! ironisa le grand pontife. J'ai déjà entendu tout cela. Je n'ai aucun besoin qu'un esclave me l'enseigne. C'est très subtil. Mais cela ne fait pas tomber la pluie, ni pousser le blé ; le sacrifice, lui, fait les deux. De tels raisonnements ne donnent même pas la hardiesse de mourir. Ce Grec est ton esclave pour la simple raison qu'au combat il a baissé les bras et s'est laissé lier les mains afin qu'on l'emmenât et le vendît sur quelque foire, plutôt que de supporter un coup de lance en plein cœur. Comment espérer que de tels penchants lui confèrent le moindre entendement en matière de choses sacrées ? Ce que veulent les hommes de cette espèce, c'est y voir clair, comme si les dieux n'étaient rien de plus que des lignes inscrites dans un livre. Quant à moi, roi, je côtoie les dieux depuis trois générations, et je sais qu'ils nous éblouissent et s'entremêlent sans fin comme des tourbillons, et que rien de ce qui s'énonce clairement ne peut vraiment s'appliquer à eux. Les lieux saints sont de sombres repaires. Ce que nous y trouvons, c'est la vie et la force, pas le savoir et les mots. La sagesse sacrée n'est pas limpide et transparente comme l'eau, mais épaisse et trouble comme le sang. Pourquoi le Maudit ne pourrait-il incarner à la fois le meilleur et le pire ? »

Le prêtre ressemblait de plus en plus à un oiseau de proie, qui n'était pas sans rappeler le masque posé sur ses genoux. Et sa voix, bien qu'elle ne fût pas puissante, ne tremblait plus comme celle d'un vieillard. Le Renard se voûta sur son banc et baissa les yeux sur la table. Par cette raillerie sur sa capture pendant la guerre, le grand prêtre avait posé un fer chauffé à blanc sur l'ulcère qui consommait son âme. Et en cet instant, si j'en avais eu le pouvoir, j'aurais fait pendre le serviteur d'Ungit et sacrer le Renard roi ; mais il était aisé de voir de quel côté se trouvait la force.

« Bien, bien, intervint le roi en pressant plus encore le pas. Tout cela est peut-être vrai. Je ne suis ni prêtre ni grec. On me disait roi, il fut un temps. La suite de l'histoire ?

— Nous étions donc fermement déterminés à démasquer le Maudit, répondit le grand pontife, c'est pourquoi nous tirâmes les dés sacrés. Nous demandâmes tout d'abord si le Maudit faisait partie du bas peuple. Et les dés répondirent non.

— Continue, continue, le pressa le roi.

— Je ne peux aller plus vite. Je n'en ai plus le souffle. Ensuite, nous demandâmes s'il faisait partie des Anciens. Les dés répondirent non. »

Le visage du roi s'était marbré de plaques étranges ; sa peur et sa colère se livraient bataille à armes égales, et personne, pas même lui, n'aurait su dire laquelle allait finalement l'emporter.

« Puis nous leur avons demandé si le Maudit se trouvait parmi les nobles. Les dés ont répondu par la négative.

— Et ensuite, qu'avez-vous demandé ? insista le roi en s'approchant du prêtre et en baissant la voix.

— Est-il de la maison du roi ? Et les dés ont dit oui.

— Hélas, souffla le roi, hors d'haleine. Hélas, je m'en doutais. Je l'avais senti dès le départ. La trahison, qui avance masquée. Trahison. » Puis, plus fort : « Trahison. » En une seconde, il était à la porte, à tempêter : « Trahison ! Trahison ! Gardes ! Bardia ! Où est ma garde ? Où est Bardia ? Qu'on me l'envoie. »

On perçut une bousculade dans le couloir, des tintements métalliques, puis des soldats accoururent. Bardia, leur capitaine, un homme droit et honnête, pénétra dans la pièce.

« Bardia, s'exclama le roi, il y a trop de monde à ma porte, aujourd'hui. Prends tous les hommes dont tu auras besoin et piège ces rebelles qui se tiennent là-bas avec leurs lances, au-delà des portes. Ne te contente pas de les disperser, tue-les. Tue-les, tu comprends ? N'en laisse pas un seul en vie.

— Que je tue les gardiens du temple, Sire ? s'étonna Bardia, dont le regard passa du roi au grand prêtre, pour se poser de nouveau sur le souverain.

— Ces rats, ces ruffians ! hurla le roi. Es-tu sourd ? As-tu peur ? Je… Je… » Et il s'étouffa de fureur.

« C'est de la bêtise, roi, intervint le grand prêtre. Tout Glome est armé. On trouve un escadron devant chaque porte du palais, en cet instant même. Tes gardes seraient débordés, et lutteraient à un contre dix. Mais ils ne se battront pas. Te battrais-tu contre Ungit, Bardia ?

— Trahirais-tu ton souverain, Bardia ? s'interposa le roi. Après avoir mangé son pain ? Tu étais heureux de trouver mon bouclier pour te couvrir, ce fameux jour, dans le bois de Varin.

— Ce jour-là, vous avez sauvé ma tête, Sire, reconnut Bardia. Jamais je ne dirai le contraire. Puisse Ungit m'envoyer en faire autant pour vous un jour – et il est probable que ce soit le cas dès le printemps prochain. Aussi longtemps que je vivrai, je serai pour le roi de Glome et les dieux de Glome. Mais si le roi et les dieux se querellent, c'est à vous de régler cette affaire, entre puissants. Je ne me battrai pas contre des puissances et des esprits.

— Espèce de… de fillette ! » glapit le roi d'une voix suraiguë, avant d'ajouter : « Disparais de ma vue ! Je viendrai te parler plus tard. »

Après avoir salué, Bardia se retira ; à son expression, il était évident qu'il ne se souciait pas plus de l'insulte du roi qu'un grand chien ne s'inquiète d'un chiot retroussant les babines contre lui.

Dès l'instant où la porte se referma, le roi, de nouveau muet et blême, sortit sa dague (celle-là même avec laquelle il avait tué le petit page, la nuit de la naissance de Psyché), s'approcha du fauteuil du grand prêtre en trois enjambées de chat, écarta les deux jeunes filles d'un coup d'épaule et pointa en un éclair l'arme à travers la robe du grand prêtre, et sa peau.

« Vieux fou, marmonna-t-il. Où est ton complot, maintenant ? Hein ? Tu sens mon épingle à cheveux ? Est-ce qu'elle te chatouille les flancs ? Comme ceci ? Ou plutôt comme cela ? Je peux te transpercer le cœur aussi rapidement, ou aussi lentement qu'il me siéra. D'ordinaire, les abeilles virevoltent dans les jardins, pourtant j'ai leur reine ici avec moi. Et maintenant, que vas-tu faire ? »

Je n'ai jamais rien vu d'aussi incroyable (pour ne parler que des affaires des mortels) que l'immobilité de ce prêtre. Il est déjà très difficile à un homme de se tenir tranquille lorsqu'on lui plante un doigt entre deux côtes, sans parler d'une lame. Pourtant celui-là ne cilla pas. Ses mains ne se crispèrent pas sur les bras de son fauteuil. Il ne bougea pas la tête, et ne changea pas de voix pour prononcer les paroles suivantes :

« Trucide-moi donc, roi, vite ou lentement, comme il te plaira. Cela ne fera aucune différence. Sois certain que le Grand Sacrifice aura lieu, que je sois mort ou vif. Je suis ici par la force d'Ungit. Tant que j'aurai du souffle, il transmettra la voix d'Ungit. Peut-être au-delà. Un prêtre ne meurt jamais totalement, et il se peut que je rende visite à ce palais plus souvent, de jour comme de nuit, si tu me tues. Les autres ne me verront pas. Mais toi si, je pense. »

L'horreur avait atteint son comble. Le Renard m'avait entraînée à concevoir le grand pontife – du moins dans mon discours – comme un pur stratège et un politique hors pair, qui mettait dans la bouche d'Ungit les propos les plus susceptibles d'accroître son pouvoir ou son territoire, ou de nuire à ses ennemis. Je vis qu'il n'en était pas ainsi. L'homme était sûr d'Ungit. Et en le regardant assis là, la dague pointée entre les côtes, avec son regard aveugle et fixe posé sur le roi et son visage en tête d'aigle, j'étais sûre d'Ungit, moi aussi. Notre véritable ennemi n'était pas parmi les mortels. Cette salle grouillait d'esprits, et du sacré dans toute son horreur.

Dans un grondement de bête, à la fois râle et grognement, mon père se détourna du grand prêtre pour s'affaler dans son fauteuil ; il se passa les mains sur le visage, puis ébouriffa sa chevelure comme un homme épuisé.

« Va. Qu'on en finisse.

— Ensuite, reprit le prêtre, nous avons demandé si le Maudit était le roi, et les dés ont dit non.

— Quoi ? » glapit mon père.

Et je dois avouer que ce fut là la plus grande honte qu'il me fut donné d'affronter durant toute mon existence. Subitement, son visage s'éclaira. Il s'en fallut de peu qu'il se mît à sourire. Tout le long, j'avais cru qu'il avait vu la lame sous la gorge de Psyché, qu'il avait craint pour elle, s'était battu pour elle. Mais il n'avait pas songé à elle une seconde, ni à aucune autre d'entre nous. Pourtant, des témoins intègres m'ont narré combien il se montrait brave, au combat.

« Poursuis », commanda-t-il. Mais sa voix avait changé. Il paraissait soudain dix ans plus jeune.

« Les dés ont désigné ta plus jeune fille, roi. C'est elle, la Maudite. La princesse Istra doit être le Grand Sacrifice.

— Voilà qui est très difficile », répliqua le roi. Il avait un air grave et lugubre, pourtant je vis clairement qu'il jouait. Il dissimulait simplement l'ampleur de son soulagement. Cette vision me rendit folle. Je me jetai à ses pieds, m'accrochai à ses genoux comme le font les suppliants, bafouillai je ne sais quoi, pleurai, implorai, l'appelant « père » – ce que je n'avais jamais fait auparavant. Je crois qu'il se réjouit d'une telle diversion. Il tenta de me repousser à coups de pied, mais, voyant que je ne lâchais pas prise, que je me roulais par terre, meurtrie au visage et à la poitrine, il se leva, m'attrapa par les épaules et me projeta loin de lui, de toutes ses forces.

« Toi ! hurla-t-il. Toi ! Tu oses lever la voix au milieu d'un conseil d'hommes ? Espèce de poison, de gorgone, de racine de mandragore ! Ne suis-je pas accablé par les dieux de suffisamment de fléaux et de malheurs, sans que tu viennes t'agripper à moi et me déchirer de tes griffes ? Et tu m'aurais volontiers mordu, si je t'avais laissée faire. En cet instant, ton visage est celui d'une mégère. Encore un peu, et je t'envoyais te faire flageller au corps de garde. Par Ungit ! Les dieux, les grands prêtres, les lions et les Ombres-Brutes, les traîtres et les lâches ne suffisent-ils pas ? Faut-il que je sois en outre accablé de filles ? »

Plus il se répandait en injures contre moi, plus il paraissait recouvrer son assurance. Le choc m'avait ôté le souffle, aussi ne pouvais-je ni sangloter, ni me lever ou m'exprimer. Je les entendais parler au-dessus de ma tête, régler les détails de l'exécution de Psyché. Elle serait retenue prisonnière dans ses appartements – ou, mieux encore, dans la salle à cinq murs, bien plus sûre. Les gardiens du temple viendraient prêter main-forte aux nôtres ; toute la maison devait être placée sous surveillance étroite, car les gens étaient de véritables girouettes – il pouvait se produire un changement d'humeur, voire un sauvetage. Ils dissertaient avec sobriété et prudence, comme s'ils organisaient un voyage ou un banquet. Puis je sombrai dans l'obscurité et le vacarme.

6

« La voilà qui revient à elle, dit la voix de mon père. Place-toi de l'autre côté, Renard, que nous la portions jusqu'à ce fauteuil. » Je me sentis soulevée ; les mains de mon père étaient plus douces que je ne l'aurais cru. J'ai découvert depuis que tel était souvent le cas, chez les soldats. Nous étions seuls, tous les trois.

« Voilà qui te fera du bien, jeune fille », annonça-t-il en approchant une coupe de vin de mes lèvres, une fois que l'on m'eut assise. « Attention, tu le renverses comme un bébé. Doucement. Voilà, c'est mieux. S'il reste un peu de viande crue dans ce trou à rats qui fut jadis un palais, tu la poseras sur tes blessures. Et écoute-moi bien, ma fille, tu n'aurais pas dû me mettre ainsi en colère. Un homme ne peut se permettre de laisser des femmes – et encore moins ses propres filles – se mêler de ses affaires. »

Il planait un sentiment de honte, autour de lui ; était-ce de m'avoir battue, ou bien d'avoir livré Psyché sans la moindre lutte, qui pourrait le dire ? Il me parut alors un roi bien infâme et bien pitoyable.

Il reposa la coupe. « Cela doit être fait, se justifia-t-il. Les cris et les simagrées n'y changeront rien. D'ailleurs, le Renard ici présent me disait à la seconde que ce rite s'accomplit même dans tes chères Terres grecques – dont je commence à me dire que j'ai été très imprudent de te laisser t'y frotter.

— Maître, objecta le Renard, je n'ai pas terminé mon récit. Il est vrai qu'un roi grec sacrifia sa propre fille. Mais ensuite, son épouse l'assassina, puis son fils, l'épouse, et Ceux du Dessous firent sombrer ce fils dans la folie. »

Le roi se contenta de se gratter la tête d'un air interdit. « C'est bien des dieux, de se comporter ainsi. Ils vous poussent à des actions pour lesquelles ils vous punissent ensuite. Mon seul réconfort, c'est de n'avoir ni femme ni fils, Renard. »

J'avais entre-temps recouvré la voix. « Sire, vous n'êtes pas sérieux. Istra est votre fille. Vous ne pouvez l'offrir ainsi. Vous n'avez rien tenté pour la sauver. Il doit bien exister un moyen. Entre maintenant et la date…

— Mais écoute-la ! s'indigna le roi. Idiote, c'est demain qu'elle doit être sacrifiée. »

J'étais tout près de défaillir de nouveau. Cette nouvelle était aussi mauvaise que celle de son exécution. Non, bien pire. Je me rendis soudain compte que je n'avais jamais connu de véritable chagrin jusqu'alors. Il me semblait que, si je disposais ne fût-ce que d'un mois – une éternité ! –, nous serions tous heureux.

« Il vaut mieux qu'il en soit ainsi, mon enfant, me murmura le Renard, en grec. Pour elle comme pour nous.

— Qu'est-ce que tu marmonnes, Renard ? s'impatienta le roi. Vous me regardez tous deux comme si j'étais un géant à deux têtes qui effraie les enfants, mais que vouliez-vous que je fasse ? Qu'aurais-tu fait toi-même à ma place, Renard, avec toute ton intelligence ?

— Pour commencer, je me serais battu sur la date. Je me serais arrangé pour gagner du temps. J'aurais dit que la princesse ne pouvait se marier à cette période du mois, pas cette semaine. J'aurais raconté avoir été prévenu en rêve de ne pas exécuter le Grand Sacrifice avant la nouvelle lune. J'aurais payé des hommes pour prétendre que le grand prêtre avait biaisé les dés. Il y a de l'autre côté du fleuve une demi-douzaine de paysans à qui il loue de la terre, et qui n'aiment pas leur propriétaire. J'organiserais une fête. N'importe quoi, pour gagner du temps. Avec dix jours devant moi, j'aurais fait parvenir un message secret au roi de Phars, dans lequel je lui offrirais tout ce qu'il voudrait, sans résistance – à la condition qu'il vînt sauver la princesse. Je lui livrerais Glome, et ma couronne.

— Quoi ? gronda le roi. Montre-toi un peu moins dispendieux avec les richesses d'autrui, si tu tiens à ta tête.

— Mais, Sire, j'irais jusqu'à livrer non seulement mon royaume, mais ma propre vie, pour sauver la princesse, si j'étais un roi, et un père. Battons-nous. Armez les esclaves et promettez-leur la liberté, si vous l'emportez. Nous pouvons résister, à nous tous, votre maison, même maintenant. Au pire, nous mourrons tous innocents. Plutôt cela que de descendre Au-Dessous avec le sang de sa propre fille sur les mains. »

Le roi se laissa une nouvelle fois tomber dans son fauteuil et s'adressa au Renard avec une patience feinte, comme s'il expliquait une leçon à un élève très stupide (j'avais vu le Renard faire de même avec Redival).

« Je suis roi. Je t'ai demandé un conseil. Ceux qui entourent ainsi les puissants leur enseignent en général les moyens de renforcer ou de sauver leur royaume et leur terre. C'est ce qu'on entend par “ conseiller le roi ”. Et ton conseil à toi serait que je jette ma couronne aux orties, que je vende mon pays à Phars, et me fasse trancher la gorge. Dans un instant, tu vas me dire que le meilleur moyen de soigner la migraine, c'est de couper la tête.

— Je vois, maître, s'inclina le Renard. Je vous demande pardon. J'avais oublié que votre propre sécurité était le but pour lequel nous nous battions tous, coûte que coûte. » Moi qui connaissais si bien le Renard, je voyais à son expression qu'il n'aurait pu faire plus grand outrage au roi en lui crachant au visage. Et je l'avais souvent vu regarder son maître de cette manière, sans que ce dernier s'en rendît jamais compte. J'étais déterminée à ce que, cette fois-ci, il le sût.

« Sire, le sang des dieux coule dans nos veines. Une maison telle que la nôtre peut-elle supporter pareille honte ? Faudra-t-il, après votre mort, que les hommes racontent que vous vous êtes réfugié derrière le corps d'une pauvre enfant pour sauver votre vie ?

— Tu l'entends, Renard, tu l'entends ? Et ensuite elle se demande pourquoi je la bats ! Je ne dirai pas “ pourquoi je la défigure ”, car elle ne saurait l'être davantage qu'au naturel. Écoute-moi bien, jeune fille, je serais désolé d'avoir à te frapper deux fois dans la même journée, mais ne m'y pousse pas trop fort. » Il bondit sur ses pieds et se remit à arpenter la pièce. « La lèpre sur toi ! Tu rendrais fou n'importe qui. On dirait que c'est *ta* fille qu'on va livrer à la Brute. Me réfugier derrière une enfant, dis-tu. Personne ne semble se rappeler de quelle enfant il est question. De la mienne, le fruit de mon propre corps. C'est mon deuil. Si quelqu'un a le droit d'être en furie et de pleurer comme un veau, c'est bien moi ! À quoi bon l'avoir conçue, si je ne peux être juge de ce qu'il y a de mieux à faire pour les miens ? Qu'est-ce que cela peut te faire ? Il y a derrière tes sanglots et tes remontrances quelque ruse maudite que je n'ai pas encore débusquée. N'essaie pas de me faire croire qu'une femme, surtout une créature à faire peur telle que toi, puisse ressentir tant d'amour pour sa ravissante demi-sœur ? C'est contre nature. Mais je découvrirai bien ton stratagème. »

Je ne sais dans quelle mesure il croyait ce qu'il avançait, mais il est possible qu'il fût sincère. Lors de ses sautes d'humeur, il était capable de se convaincre de n'importe quoi et il était en outre le plus mal informé du palais sur la vie de ses propres filles.

« Oui, reprit-il plus calmement, c'est de moi que l'on devrait avoir pitié. C'est à moi que l'on demande de sacrifier une partie de moi-même. Mais je me soumettrai à mon devoir. Je ne conduirai pas ce pays à la ruine pour sauver ma fille. Vous deux, vous me poussez à faire trop de cas de tout cela. Cela s'est déjà produit. Je suis désolé pour la petite. Mais le prêtre a raison. Ungit doit recevoir son dû. Qu'est-ce qu'une fille – et même, que serait un homme – en échange de notre sécurité à tous ? Il est sensé qu'un seul doive mourir pour le bien de tous. C'est ce qui se produit dans toutes les batailles. »

Le vin et la passion m'avaient rendu mes forces. Je me levai de ma chaise, et constatai que je pouvais tenir debout.

« Père, vous avez raison. Il est juste qu'un seul doive mourir pour le peuple. Livrez-moi à la Brute, à la place d'Istra. »

Sans un mot, le roi s'avança vers moi, me saisit par le poignet (sans violence) et me tira sur toute la longueur de la grande salle, jusqu'à un haut miroir. Il pouvait paraître étrange qu'il ne le gardât pas dans sa chambre, mais la vérité était qu'il en était trop fier pour le cacher aux yeux de ses visiteurs. Il avait été fabriqué dans quelque contrée lointaine et nul roi dans les environs n'en possédait de semblable. Nos miroirs ordinaires étaient faussés, et ternis ; dans celui-là, on voyait son image parfaitement fidèle. Ne m'étant jamais retrouvée seule dans la salle du Pilier, je ne l'avais jamais approché. Mon père me planta devant et nous vîmes s'y refléter nos deux silhouettes, côte à côte.

« Ungit a exigé ce qu'il y a de mieux dans ce royaume, comme épouse pour son fils, et tu voudrais lui donner *ça* ? » Il me maintint en place devant mon image pendant une minute entière, en silence ; peut-être pensait-il que j'allais me mettre à sangloter, ou détourner le regard. Enfin, il ajouta : « Maintenant, disparais. Il est impossible de comprendre ton comportement, aujourd'hui. Trouve-toi ce morceau de viande pour ton visage. Le Renard et moi avons à faire. »

La première chose que je remarquai en sortant de la salle du Pilier fut la douleur qui me cisaillait le flanc ; en tombant, je m'étais froissé quelque muscle. Mais je l'oubliai bien vite en constatant à quel point, en si peu de temps, notre maison avait changé. Elle grouillait de monde. Tous les esclaves, occupés ou non, déambulaient et se réunissaient par petits groupes, en arborant un air important et en marmonnant dans leur barbe, avec une sorte d'allégresse lugubre (c'est ainsi qu'ils font toujours, lorsqu'une grande nouvelle s'abat sur une maison, et aujourd'hui cela ne m'incommode plus guère). De nombreux gardiens du temple paressaient sous le portique ; certaines des servantes sacrées étaient assises dans le grand vestibule. De la cour montait le parfum entêtant de l'encens, on préparait le sacrifice. Ungit s'était emparée des lieux ; les relents du sacré imprégnaient tout.

Au pied du grand escalier, je tombai par malchance sur Redival, qui se précipita vers moi en larmes pour m'accabler de son exaspérant babil. « Oh, ma sœur, comme c'est horrible ! Oh, pauvre Psyché ! Ils ne prendront que Psyché, n'est-ce pas ? Ils ne vont pas toutes nous exécuter de cette manière, pas vrai ? Je ne pouvais pas deviner – je ne pensais pas à mal – ce n'est pas moi qui – et oh, oh, oh… »

J'approchai mon visage au plus près du sien et, à voix très basse, j'articulai clairement : « Redival, si un jour je dois devenir reine de Glome, ou même maîtresse de cette maison, ne fût-ce que pour une heure, je te ferai pendre par les pouces et te laisserai mourir à petit feu.

— Cruelle, comme tu es cruelle ! geignit Redival. Comment peux-tu dire des choses pareilles, alors que je suis déjà si malheureuse ? Ma sœur, ne sois pas fâchée, réconforte-moi… »

Je la repoussai vivement et poursuivis mon chemin. Je connaissais si bien les larmes de Redival. Elles n'étaient pas totalement feintes – ni plus précieuses que de l'eau croupie. Je sais aujourd'hui, et j'en avais l'intuition à l'époque, qu'elle avait colporté à la maison d'Ungit des ragots sur le compte de Psyché, et avec méchanceté. Il était probable qu'elle n'avait pas voulu causer autant de tort qu'elle l'avait fait (elle méconnaissait jusqu'à ses propres intentions) et qu'à sa manière elle s'en trouvait maintenant désolée. Mais une nouvelle broche ou, mieux encore, un nouveau galant sécheraient ses larmes et lui rendraient très vite toute sa joie.

En arrivant au sommet de l'escalier (car contrairement à l'usage dans les demeures grecques, nous avons dans ce palais des chambres à l'étage, et même des balcons), j'étais quelque peu essoufflée et la douleur au flanc se réveilla. En outre, il me semblait que je boitais méchamment d'un pied. Je poursuivis mon chemin avec toute la hâte dont j'étais capable dans un tel état, jusqu'à la salle à cinq murs dans laquelle on retenait Psyché captive. La porte était lourdement verrouillée de l'extérieur (j'ai ensuite utilisé cette pièce comme prison, moi-même) et un homme en armes gardait l'entrée. C'était Bardia.

« Bardia, suppliai-je, hors d'haleine, laisse-moi entrer. Je dois voir la princesse Istra. »

Il m'adressa un regard bienveillant, mais secoua la tête. « C'est impossible, madame.

— Mais, Bardia, tu pourras nous enfermer toutes deux à l'intérieur. Il n'y a pas d'autre sortie que cette porte.

— C'est ainsi que commence toute évasion, madame. Je suis navré pour vous et pour l'autre princesse, mais c'est impossible. J'ai reçu des ordres on ne peut plus stricts.

— Bardia, insistai-je, des sanglots dans la voix et en me tenant le côté gauche (car la douleur était désormais difficilement supportable), c'est sa dernière nuit en vie. »

Il détourna les yeux et répéta : « Je suis navré. »

Sans un mot de plus, je fis volte-face. Il avait beau être le visage le plus affable que j'avais vu de la journée (hormis celui du Renard), j'étais en cet instant animée d'une haine farouche, plus vive que celle que je ressentais à l'égard de mon père, du grand prêtre, ou même de Redival. Ce que je fis ensuite montre bien combien j'approchais de la folie. Aussi vite que je le pus, je me rendis dans la Chambre royale. Je savais que le roi y conservait des armes. Je me saisis d'une bonne épée toute simple, la tirai de son fourreau pour l'inspecter et la soupeser. Elle n'était pas trop lourde pour moi. Je passai le doigt sur le fil et la pointe de la lame ; ils me parurent affûtés, ce qu'aurait contesté un soldat entraîné. Je retournai en grande hâte à la porte de Psyché. Même dans cet accès de rage féminine, j'avais assez de virilité en moi pour m'écrier : « Prends garde, Bardia », avant de me jeter sur lui.

C'était, bien sûr, de la part d'une jeune fille qui n'avait jamais tenu une arme de sa vie, une tentative des plus folles. Et quand bien même j'eusse maîtrisé le geste, mon pied meurtri et ma blessure au flanc (qui me mettait à la torture à chaque inspiration) m'entravaient. Pourtant, je contraignis Bardia à faire montre d'une certaine adresse ; principalement parce qu'il ne se battait pas pour me blesser. En une seconde, il avait réussi à m'arracher mon épée. Je me retrouvai debout près de lui, me tenant le côté avec plus de force que jamais, toute suante et tremblante. Son front à lui était sec et sa respiration, égale ; tout cela ne lui avait coûté aucun effort. La conscience de mon extrême vulnérabilité m'accabla comme un malheur supplémentaire ou bien contint soudain tout le reste de mon malheur. J'éclatai en sanglots puérils ; comme Redival.

« Il est mille fois dommage, madame, que vous ne soyez pas un homme, dit alors Bardia. Vous avez une portée d'homme et l'œil vif. Aucune de nos nouvelles recrues ne saurait faire si bien, pour un premier coup ; j'aimerais vous entraîner. Il est mille fois…

— Ah, Bardia, Bardia, me lamentai-je, si seulement tu m'avais tuée. Je serais libérée de ma souffrance à présent.

— Non, car vous seriez mourante, mais pas morte. Il n'y a que dans les contes qu'un homme périt à l'instant où le fer le transperce. À moins bien sûr qu'on ne lui coupe la tête. »

Je ne pouvais plus prononcer une parole. Il me semblait que le monde entier était prisonnier de mes sanglots.

« Au diable, s'exclama soudain Bardia. Je ne puis le supporter. » Il avait lui aussi les larmes aux yeux ; c'était un homme très bon. « Cela ne m'atteindrait pas tant, si l'une n'était pas si courageuse, et l'autre si belle. Madame ! Séchez vos larmes. Je vais risquer ma vie, et le courroux d'Ungit. »

Je le dévisageai, toujours incapable d'articuler un mot.

« Je donnerais ma vie pour cette jeune fille enfermée là, si cela pouvait être utile. Vous vous êtes peut-être demandé pourquoi moi, qui suis chef de la garde, je me tiens en faction ici, comme une vulgaire sentinelle. Je n'aurais laissé personne d'autre le faire. Je me suis dit que, si cette pauvre petite appelait, ou si je devais entrer dans sa geôle pour une raison quelconque, ce serait pour elle moins douloureux que de voir le visage d'un inconnu. Elle s'asseyait sur mes genoux lorsqu'elle était petite… je me demande si les dieux savent ce que c'est, d'être un homme.

— Tu vas me laisser entrer ?

— À une seule condition, madame. Vous devez me promettre de sortir dès que je frapperai. Pour l'instant, tout est calme, ici, mais il y aura sous peu des allées et venues. Deux filles du temple viendront bientôt auprès d'elle ; on m'en a prévenu. Je vous donnerai autant de temps que je le pourrai. Mais je dois être certain que vous ressortirez dès que j'enverrai le signal. Trois coups – comme ceci.

— Je sortirai dans la seconde, dès que je t'entendrai.

— Jurez-le, madame ; là, sur le fil de mon épée. »

Je lui en fis le serment. Il inspecta le couloir à droite puis à gauche, défit le verrou et se tourna vers moi. « Faites vite. Que les cieux vous réconfortent toutes deux. »

7

Dans cette salle, la fenêtre est si étroite et élevée qu'il faut éclairer dès midi. C'est pourquoi elle peut servir de prison ; elle était appelée à être le deuxième étage d'une tour dont mon arrière-grand-père avait entrepris la construction, mais qu'il n'acheva jamais.

Psyché était assise sur le lit, une lampe auprès d'elle. Je me précipitai dans ses bras, aussi ne vis-je ce tableau que le temps d'un éclair ; pourtant, il demeure ancré dans ma mémoire pour l'éternité – Psyché, un lit et une lampe.

Avant que j'eusse retrouvé la force de parler, elle se pencha vers moi : « Ma chère sœur, que t'a-t-on fait ? Ton visage, ton œil ! Il t'a de nouveau battue. » Je me rendis compte avec une certaine lenteur que c'était elle qui me câlinait et me réconfortait, comme si c'était moi l'enfant, et la victime. Et, même au cœur de cette angoisse noire, ce constat provoqua en moi un autre petit tourbillon de douleur. Cet amour était si différent de celui qui nous animait, dans nos jours heureux.

Elle était si vive et si tendre qu'elle devina immédiatement mes pensées, et m'appela *Maia*, l'ancien nom de bébé que le Renard lui avait enseigné. C'était l'un des tout premiers mots qu'elle avait appris.

« Maia, Maia, dis-moi. Que t'a-t-il fait ?

— Oh, Psyché, quelle importance ? Si seulement il m'avait tuée ! Si seulement ils me prenaient à ta place ! »

Mais elle ne se laissa pas décourager. Elle m'arracha le récit complet, gaspillant ainsi le peu de temps dont nous disposions. Mais comment avoir le cœur de le lui refuser ?

« Petite sœur, cela suffit, finis-je par conclure. Qu'est-ce que cela, pour moi ? Que représente-t-il, pour nous ? Je ne ferai pas honte à ta mère ou à la mienne en disant qu'il n'est pas notre père. Ou bien, c'est que le mot *père* est un juron. Désormais, je suis prête à croire que sur le champ de bataille, il serait prêt à se cacher derrière une faible femme. »

Et c'est alors qu'elle sourit, ce qui provoqua en moi une terreur indicible. Elle avait très peu pleuré, et essentiellement, me semblait-il, par amour et par pitié envers moi. Elle était assise là, grande et immobile, avec toute la noblesse d'une reine. Nul signe de sa mort imminente ne se lisait sur elle, hormis dans ses mains glacées.

« Orual, me dit-elle, à t'écouter, je pourrais croire que j'ai mieux retenu les leçons du Renard que toi. As-tu oublié ce que nous sommes censées nous répéter, chaque matin ? “ Aujourd'hui je rencontrerai des hommes cruels, des lâches et des menteurs, des envieux et des ivrognes. Ils seront ainsi car ils ne savent pas distinguer le bien du mal. Ce sont eux que ce fléau accable, et non moi. Je leur dois de la pitié, et non… ” »

Elle répétait les paroles du Renard en imitant tendrement sa voix. Elle était aussi douée pour l'exercice que Batta y était exécrable.

« Oh, mon enfant, comment peux-tu… » Mais je hoquetai de nouveau, et ne parvins pas à achever ma phrase. Tout ce qu'elle disait me paraissait si léger, si éloigné de notre chagrin. J'avais la conviction qu'il ne nous fallait pas parler de cette manière, pas en cet instant. Mais de quoi aurais-je préféré parler, je ne sais.

« Maia, intervint Psyché, tu dois me faire une promesse. Tu ne tenteras rien d'extravagant, n'est-ce pas ? Tu ne te tueras pas. Tu ne le dois pas, pour le Renard. Nous avons été trois amis, tellement liés. (Pourquoi fallait-il qu'elle emploie ce terme fade, *amis* ?) Désormais, vous ne serez plus que tous les deux. Vous devez vous épauler, et tenir bon. Non, Maia, tu le dois. Comme des soldats au cœur de la bataille.

— Oh, tu as un cœur de fer.

— Quant au roi, fais-lui part de mon consentement, ou ce qui se fait dans pareilles circonstances. Bardia est un homme prudent et courtois. Lui saura te dire ce qu'une jeune fille doit exprimer à son père, au moment de mourir. Il ne faut point paraître grossier, ou ignorant, dans ses derniers instants. Mais je ne puis lui envoyer d'autre message. Cet homme est pour moi un étranger ; je connais mieux le bébé de notre dernière paysanne que je ne le connais, lui. Quant à Redival…

— Envoie-lui ta malédiction. Et si les morts peuvent…

— Non, non. Il lui arrive de ne point savoir ce qu'elle fait.

— Même pour toi, Psyché, je ne pourrai prendre Redival en pitié, quoi qu'en dise le Renard.

— Aimerais-tu être Redival ? Quoi ? Non ? Alors elle est digne de pitié. Si l'on m'autorise à donner mes bijoux comme je l'entends, tu devras garder tout ce que toi et moi avons véritablement aimé. Laisse-lui tout ce qui est volumineux et voyant, et qui n'a pas d'importance. Toi et le Renard, prenez tout ce qui vous plaira. »

Je n'en pus supporter davantage, aussi posai-je ma tête sur ses genoux et me mis-je à sangloter. Si seulement c'était elle qui avait posé sa tête sur les miens !

« Regarde-moi, Maia. Tu vas me briser le cœur, alors que je dois me marier. » Elle parvenait à prononcer ces paroles. Mais les entendre était au-dessus de mes forces.

« Orual, insista-t-elle d'une voix très douce, le sang des dieux coule dans nos veines. Nous ne devons pas faire honte à notre lignée. Maia, c'est toi qui m'as appris à ne pas pleurer lorsque je tombais.

— Je crois que tu n'éprouves aucune peur. » Et, bien que telle ne fût pas mon intention, on eût dit au timbre de ma voix que je lui en faisais reproche.

« Je ne crains qu'une chose, corrigea-t-elle. Il plane un doute glacial, une ombre horrible, dans un recoin de mon âme. Supposons… supposons… qu'il n'y ait pas de dieu sur cette montagne, ni même d'Ombre-Brute, et que ceux qu'on attache ainsi à l'arbre se contentent de mourir, lentement, de soif et de faim, exposés au soleil et au vent, ou même déchiquetés à petit feu par les corbeaux et les lynx ? Et c'est cela que… Oh, Maia, Maia… »

Et, enfin, elle céda aux larmes et redevint une enfant. Que pouvais-je faire, sinon la cajoler, et sangloter avec elle ? Cependant (et je l'avoue ici avec une grande honte), pour la première fois, je trouvai en cet instant une certaine douceur à notre malheur. C'était pour l'assister ainsi que j'étais venue la rejoindre dans sa prison.

Elle se remit avant moi. Elle redressa la tête, de nouveau royale, et dit : « Mais je ne peux le croire. Le grand prêtre m'a rendu visite. Jusqu'à ce jour, je ne le connaissais pas. Il n'est pas tel que le Renard l'imagine. Sais-tu, ma chère sœur, que j'en viens de plus en plus à penser que le Renard ne détient pas toute la vérité ? Oh, il en sait une grande partie. Sans son enseignement, il ferait à l'intérieur de moi aussi sombre que dans un cachot. Et pourtant… je ne saurais l'exprimer clairement. Il dit que le monde entier est une cité. Mais sur quoi est bâtie une cité ? Il y a de la terre, en dessous. Et hors des murs ? Toute la nourriture ne vient-elle pas de là, ainsi que tous les dangers ? Ces choses qui poussent et pourrissent, qui rendent la force ou empoisonnent, des choses qui miroitent comme la surface de l'eau. En un sens – et je ne sais pas lequel –, le monde ressemble plus, oui, à la maison d'…

— … d'Ungit, oui. La nature tout entière n'est-elle pas imprégnée de son odeur ? Toi et moi avons-nous vraiment besoin de flatter encore les dieux ? Ils nous arrachent l'une à l'autre… oh, comment pourrais-je le supporter ? Et que peuvent-ils faire de pire ? Bien sûr que le Renard se trompe. Il ne sait rien d'elle. Il prête trop de crédit au monde. Il a cru que les dieux n'existaient pas, ou bien – quel sot – qu'ils valaient mieux que les hommes. Il ne lui est jamais venu à l'esprit – car trop bonne est sa nature – que les dieux pussent être réels, et plus ignobles que le plus ignoble des hommes.

— Ou alors, suggéra Psyché, les dieux existent bien, et ils n'ont point de desseins aussi abominables. Ou même – pourquoi pas – ils accomplissent de tels actes, mais qui ne sont pas ce qu'ils semblent. Et si je devais bel et bien épouser un dieu ? »

Ses propos m'irritèrent. J'aurais donné ma vie pour elle (voilà une chose dont je sais au moins qu'elle est vraie) et pourtant, la veille du jour où elle allait sacrifier la sienne, j'éprouvais de la colère à son égard. Elle s'exprimait de manière si posée, si réfléchie, comme si nous disputions de quelque sujet philosophique avec le Renard, à l'ombre des poiriers, et que les heures et les jours s'étiraient inlassablement devant nous. La séparation semblait si peu lui coûter.

« Oh Psyché, m'impatientai-je, presque dans un cri, quelles sont ces choses que tu décris, sinon ce qu'elles paraissent : un meurtre plein de lâcheté ? Te prendre, toi qu'ils ont adorée et qui n'as jamais fait le moindre mal, ne serait-ce qu'à un crapaud, et te donner en pâture à un monstre… »

Vous m'objecterez – moi-même je l'ai pensé un millier de fois – qu'en voyant en elle quelque velléité de s'en remettre au récit enchanteur du prêtre et de croire qu'elle allait être l'épouse d'un dieu et non la proie d'une Brute, j'aurais dû abonder dans son sens et l'encourager. N'étais-je point venue pour lui apporter du réconfort, si je le pouvais ? En tout cas, pas pour le lui ôter. Mais je ne pouvais m'en empêcher. Peut-être s'agissait-il en moi d'une certaine fierté, assez semblable à la sienne : celle de ne pas nous aveugler, de ne point cacher les choses horribles ; ou bien une impulsion amère, mue par l'angoisse, de dire, de continuer à prononcer le pire.

« Je vois, dit Psyché à voix basse. Tu penses qu'il dévore l'offrande. C'est aussi ce que je pense moi-même. Quoi qu'il en soit, l'issue est la mort. Orual, tu ne m'as pas crue puérile au point de ne pas le savoir ? Comment pourrais-je servir de rançon pour tout Glome, si je ne meurs ? Et si je dois aller au dieu, il est évident que ce sera par la mort. Ainsi, même la partie la plus étrange des prophéties sacrées pourrait bien se réaliser. Être mangée ou épousée par le dieu ne sont peut-être pas deux choses si différentes. Nous ne comprenons pas. Il doit y avoir tant d'éléments que même le grand prêtre et le Renard ignorent. »

Cette fois-ci, je me mordis la lèvre pour ne pas répondre. D'ignobles et indicibles ripostes bouillonnaient en moi : S'imaginait-elle que la luxure de la Brute valait mieux que sa faim ? Se voyait-elle s'accoupler à un ver, un triton géant, ou un spectre ?

« Pour ce qui est de la mort, poursuivit-elle, eh bien, Bardia qui est là – et combien j'aime ce Bardia ! – l'affronte six fois par jour et sifflote même quand il part la chercher. Nous avons fait peu d'usage de l'enseignement du Renard, si nous devons craindre la mort. Et tu sais, ma sœur, il a parfois laissé échapper qu'il existait d'autres maîtres grecs que ceux dont il applique lui-même les enseignements ; des maîtres qui professent que la mort ouvre la porte dans une petite pièce sombre – qui représente toute la vie que nous avons connue auparavant – sur un vaste lieu, réel, où le soleil brille vraiment, et où nous rencontrerons…

— Comme tu es cruelle ! me lamentai-je. Cela ne t'affecte donc pas, de me laisser ici toute seule ? Psyché, as-tu jamais éprouvé de l'amour pour moi ?

— De l'amour ? Mais, Maia, qu'ai-je jamais aimé d'autre que toi, et notre grand-père le Renard ? »

Mais en cet instant, je ne voulais même pas entendre mentionner le Renard.

« Ma chère sœur, poursuivit-elle, tu me rejoindras très bientôt. Ne crois-tu pas que toute une vie de mortelle me paraisse longue, ce soir ? Et que je me demande s'il aurait mieux valu que je vive ? Je suppose qu'on aurait fini par me donner à quelque roi, peut-être même aurait-il ressemblé à notre père. Et tu vois de nouveau combien la différence est ténue, entre mourir et se marier. Quitter sa maison – vous perdre, toi, Maia, et le Renard – perdre sa virginité – porter un enfant – ce sont autant de morts. Vois-tu, Orual, je me demande si celle vers laquelle je m'achemine ne serait pas la meilleure.

— Comment ?

— Oui. Qu'aurais-je pu espérer, si j'avais vécu ? Est-ce que le monde – ce palais, notre père – est une si grande perte ? Nous avons déjà eu ce qui demeurera le meilleur de notre vie. Je dois te confier un secret, Orual, que je n'ai jamais avoué à personne, pas même à toi. »

Je savais qu'il en était ainsi, même entre les cœurs les plus épris. Mais qu'elle me l'annonçât ce soir-là était comme un coup de poignard en pleine poitrine.

« Quel est-il ? demandai-je en fixant nos quatre mains jointes sur ses genoux.

— Le voici : depuis toujours – du moins, d'aussi loin que je me souvienne – j'ai une certaine attirance pour la mort.

— Ah, Psyché, t'ai-je donc rendue si peu heureuse ?

— Non, non, protesta-t-elle. Tu ne comprends pas. Pas ce genre d'attirance. C'est quand j'étais le plus heureuse que la mort exerçait son attrait le plus vif. C'était lors des jours heureux, lorsque nous montions sur les collines, tous les trois, dans le vent et le soleil… on ne voyait plus ni Glome ni le palais. Te rappelles-tu ? Les couleurs, les odeurs, et la silhouette du mont Gris, au loin ? C'est toute cette beauté qui créait en moi cet appel, incessant. Il devait exister un ailleurs où tout était ainsi. Autour de moi, tout semblait me dire : “ Psyché, viens ! ” Mais à l'époque je ne le pouvais pas encore, et je ne savais pas où aller. C'en était presque douloureux. Je me sentais comme un oiseau en cage, qui regardait tous ses congénères rentrer chez eux. »

Elle embrassa mes deux mains, en dégagea les siennes, et se leva prestement. Elle avait ce trait commun avec son père, de faire les cent pas quand elle évoquait un sujet qui l'émouvait. Et entre ce moment et la fin, je ressentis (avec la plus grande horreur) que je la perdais déjà, que le sacrifice du lendemain ne ferait qu'achever une mécanique inexorable, déjà amorcée. Elle était hors de ma portée, dans un lieu à elle ; depuis combien de temps, sans que j'en eusse la moindre idée ?

Puisque j'écris ce livre à charge des dieux, il est juste que j'y inscrive également ce qui peut être retenu à la mienne. Aussi dois-je ajouter ceci : tandis qu'elle parlait, et malgré tout mon amour, je ressentais une pointe d'amertume. Il était si patent que ses propos lui donnaient courage et réconfort que je lui en voulais de les éprouver. On aurait dit que quelqu'un ou quelque chose s'était glissé entre nous. Si cette amertume est le péché pour lequel les dieux me haïssent, c'en est un que j'ai bien commis.

« Orual, me dit ma sœur, les yeux brillants, je vais à la montagne, vois-tu. Tu te rappelles comme elle nous faisait rêver, quand nous la contemplions ? Et toutes ces histoires au sujet de ma maison d'ambre et d'or se dressant contre le ciel, où nous pensions que jamais nous n'irions vraiment. Le plus grand roi de tous devait la construire pour moi. Si seulement tu pouvais y croire, ma sœur ! Non, écoute. Ne laisse pas le chagrin t'assourdir et durcir ton cœur…

— C'est donc *mon* cœur qui est endurci ?

— Jamais à mon égard, ni le mien envers toi. Mais écoute. Ces choses sont-elles aussi mauvaises qu'il y paraît ? Les dieux veulent du sang de mortel. Mais ils disent bien lequel. S'ils avaient choisi qui que ce fût d'autre en cette contrée, ce n'aurait été là qu'épouvante et pure cruauté. Mais c'est moi qu'ils ont désignée. Et je suis précisément celle qui s'y est préparée depuis qu'elle était un tout petit enfant dans tes bras, Maia. La chose la plus douce que j'aie vécue a été cette attirance – ce désir d'atteindre la montagne, de trouver le lieu d'où provenait toute cette beauté…

— Et c'était là le plus doux ? Oh, méchante enfant. Ton cœur n'est pas de fer, mais plutôt de pierre », sanglotai-je. Je ne crois pas qu'elle m'entendit.

« Mon pays, ce lieu où j'aurais dû naître. Tu crois vraiment que cela ne signifiait rien, cette invincible envie ? Ce désir de rentrer chez moi ? Car aujourd'hui on ne dirait pas que je pars, mais que je rentre. Toute ma vie, le dieu de la montagne m'a courtisée. Oh, relève les yeux au moins une fois avant de me quitter, et souhaite-moi d'être heureuse. Je vais rejoindre mon amant. Ne vois-tu pas à présent…

— Ce que je vois, c'est que tu ne m'as jamais aimée. Peut-être après tout vas-tu réellement rejoindre les dieux. Car tu deviens certainement aussi sadique qu'eux.

— Oh, Maia, gémit Psyché, les yeux enfin mouillés de larmes. Maia, je… »

C'est alors que Bardia frappa à la porte. Le temps manquait pour échanger de meilleurs vœux, ou pour retirer la moindre parole. Bardia redonna un coup, plus fort. Mon serment fait sur son épée pesait sur nous, telle une épée lui-même.

Ainsi vint la dernière étreinte, à la hâte. Heureux ceux qui n'en comptent point dans leurs souvenirs. Car pour les autres, comment pourraient-ils endurer que je la décrive ?

8

Dès que j'eus quitté la galerie, ma douleur, que je n'avais pas perçue tant que j'étais auprès de Psyché, se réveilla furieusement. Mon chagrin même s'en trouva émoussé pendant un moment, tandis que mes idées s'éclaircissaient et s'aiguisaient. J'étais bien décidée à accompagner Psyché sur la montagne, jusqu'à l'Arbre sacré, à moins qu'on ne m'enchaînât pour m'en empêcher. Je songeais même à me cacher là-bas, afin de la libérer lorsque le prêtre, le roi et tous les autres s'en seraient allés. « Ou bien, s'il y a vraiment une Ombre-Brute, pensai-je, et que je ne peux sauver Psyché, je la tuerai de mes mains avant de la livrer aux griffes de ce monstre. » Je savais que pour accomplir tout cela, il me fallait manger, boire et me reposer – le crépuscule approchait, et j'avais toujours l'estomac creux. Mais avant tout, je devais découvrir à quelle heure ce meurtre, leur Grand Sacrifice, devait avoir lieu. Aussi, me tenant le côté, boitillai-je le long de la galerie jusqu'à croiser un vieil esclave, le majordome du roi, qui put me renseigner. La procession devait quitter le palais une heure avant l'aube. Je me rendis ensuite dans mes propres appartements et ordonnai à mes femmes de m'apporter de quoi me restaurer. Tandis que je patientais, une grande lourdeur de corps et d'esprit s'empara de moi ; je ne pensais ni ne ressentais plus rien, hormis que j'étais glacée. Lorsque arriva mon souper, bien que je me forçasse, je fus incapable d'avaler une bouchée ; c'était comme me remplir la bouche de tissu. Mais je bus ; un peu de la petite bière, qui était tout ce qu'elles avaient pu trouver, puis – car mon estomac se soulevait à la première gorgée – beaucoup d'eau. Je dus m'assoupir avant même d'avoir terminé, car je me rappelai seulement que j'étais dans un grand chagrin, sans plus pouvoir dire lequel.

Mes esclaves me soulevèrent pour me porter jusqu'à ma couche, et à leur contact je me raidis et gémis, avant de sombrer immédiatement dans un sommeil sourd et stupide. Il me sembla qu'il ne s'était écoulé qu'un battement de cœur lorsque je les sentis de nouveau me toucher – deux heures avant l'aube, comme je le leur avais commandé. Je m'éveillai en hurlant, car toutes mes plaies s'étaient engourdies pendant mon sommeil, et le moindre mouvement me faisait l'effet d'une tenaille chauffée à blanc emprisonnant mes membres. Voyant combien je souffrais d'être bougée du lit, elles me supplièrent de rester immobile, l'une d'elles arguant qu'il était inutile d'essayer de me mouvoir, le roi ayant décrété qu'aucune des princesses ne serait autorisée à assister au Grand Sacrifice. Une autre demanda si elle devait appeler Batta. Je lui répondis d'un ton cinglant de tenir sa langue, et si j'en avais eu la force je l'aurais frappée, ce qui eût été mal de ma part, car c'était une bonne fille. (J'ai toujours eu de la chance avec mes femmes, depuis que j'ai pu les avoir pour moi seule, et les extraire de la mauvaise influence de Batta.)

Elles réussirent toutefois à me vêtir et tentèrent de me donner à manger. L'une d'elles m'avait même trouvé un peu de vin – volé, je n'en doutai point, dans une bonbonne destinée au roi. Toutes pleuraient ; moi pas.

L'habillage avait pris un temps considérable, tant j'étais percluse de douleurs, aussi avais-je à peine avalé une gorgée de vin que nous entendîmes résonner les premiers accords : de la musique de temple, celle d'Ungit, tambours et cornes, crécelles et crotales, tous ces instruments sacrés et mortels. Ces bruits funestes et détestables me mirent au bord de la folie.

« Vite ! ordonnai-je. C'est l'heure, ils partent. Oh, je ne peux pas me lever. Aidez-moi. Non, plus vite ! Traînez-moi, s'il le faut. Ne vous souciez pas de mes cris et de mes grognements. »

Dans un état de torture effroyable, je fus ainsi menée jusqu'en haut du grand escalier. J'apercevais le grand vestibule en contrebas, entre la salle du Pilier et la Chambre royale. Il était illuminé de torches, et grouillait de monde. Les gardes étaient nombreux. Des jeunes filles de sang noble, voilées et parées de guirlandes de fleurs, semblaient venues assister à quelque noce. Mon père s'y trouvait également, en habit d'apparat, ainsi qu'un grand homme à tête d'oiseau. D'après les relents et la fumée qui me parvenaient, je pus déduire que les sacrifices avaient commencé depuis un moment, sur l'autel dans la cour – il faut toujours trouver de la nourriture pour les dieux, même sur une terre affamée. La grande porte était béante, et je voyais percer l'aurore glacée. Dehors, des prêtres et des servantes du temple chantaient, sans doute entourés d'une vaste populace ; entre les couplets, je percevais le grondement de la rumeur. Comment s'y tromper ? Aucun animal en troupeau n'a de voix plus odieuse que l'homme.

Pendant un long moment, je ne vis pas Psyché. Les dieux sont plus intelligents que nous et fomentent toujours quelque vilenie que nous n'aurions jamais songé à craindre. Lorsque je l'aperçus enfin, ce fut le pire instant. Elle était assise, bien droite sur une couche découverte, entre le roi et le grand prêtre. Si je ne l'avais point reconnue, c'est qu'on l'avait peinte, parée et ornée d'une perruque, telle une fille du temple. Je ne sus dire si elle me voyait. Ses yeux, qui seuls saillaient de ce lourd masque sans vie dont on avait affublé son visage, brillaient d'une lueur étrange ; il était même impossible de dire dans quelle direction elle regardait.

Cette tuerie divine était, en elle-même, une chose admirable. Il ne suffisait pas aux dieux de la tuer, il fallait que son meurtrier fût son père. Il ne leur suffisait pas de me l'ôter, il fallait me l'arracher à trois reprises, et autant de fois le cœur. D'abord, la sentence ; puis cette singulière discussion, la dernière nuit ; et à présent, cette vision épouvantable, toute de fard et d'or, pour empoisonner mon dernier souvenir d'elle. Ungit avait pris la plus belle chose qui eût jamais vu le jour et l'avait transformée en une poupée hideuse.

On m'apprit plus tard que j'avais essayé de descendre l'escalier, et que j'étais tombée. On m'avait ensuite portée jusqu'à mon lit.

Pendant de nombreux jours, je fus malade, et je n'en garde presque aucun souvenir. Je n'étais pas dans mon état habituel et ne dormais point du tout. Je délirais et, pour autant qu'il m'en souvienne, dans ces transes confuses la torture prenait mille visages, tout en demeurant semblable. Chaque vision se transformait avant que j'eusse pu la nommer, pourtant chaque nouvelle image me poignardait au même endroit. Une menace constante habitait toutes ces chimères, et elle illustre une fois encore la perversité sans bornes des dieux. Il est impossible de leur échapper, ni dans le sommeil, ni dans la démence, car ils nous poursuivent jusque dans nos rêves. C'est même alors que nous sommes le plus à leur merci. Le seul moyen dont nous disposions pour nous garder d'eux (même s'il n'existe en réalité aucune défense) est de rester éveillé et sobre, de travailler sans relâche, d'éviter la distraction de la musique, de ne pas nous laisser aller à la contemplation du ciel ou de la terre et, surtout, de n'aimer personne. Ainsi, en cet instant où mon cœur était brisé de chagrin par le sort de Psyché, les dieux décidèrent d'accabler mes fièvres et mes rêves d'une hantise commune, par laquelle Psyché devenait ma pire ennemie. Toute ma colère, l'intolérable tort qui m'était fait se dirigeaient dans ces visions contre elle, avec férocité. C'était elle qui me haïssait ; c'était d'elle que je voulais me venger. Parfois, nous étions toutes trois enfants, Psyché, Redival et moi, et elles m'écartaient de leurs jeux, et se riaient de moi, bras dessus, bras dessous. Parfois, j'étais belle et avais un soupirant, auquel la rêverie prêtait de manière absurde les traits du pauvre Tarin, le garde devenu eunuque, ou de Bardia (sans doute parce que ce devait être le dernier visage d'homme que j'avais vu avant de sombrer dans la fièvre). Mais sur le seuil même de la chambre nuptiale – ou même, depuis le lit –, Psyché, en perruque et masque et de la taille de mon avant-bras, le congédiait en pointant simplement le doigt. Et lorsqu'ils atteignaient la porte, ils se retournaient tous deux et se moquaient de moi. Mais il s'agissait là des visions les plus claires. Pour la plupart, elles étaient vagues et confuses – Psyché me poussant du haut d'une falaise dans un profond précipice, Psyché (bien qu'elle ressemblât alors beaucoup au roi, c'était toujours elle) me donnant des coups de pied et me traînant par les cheveux, Psyché armée d'une torche, d'une épée ou d'un fouet, me pourchassant à travers de vastes marais et de sombres montagnes, tandis que je courais pour sauver ma vie. Et toujours le mal, la haine, la raillerie et ma détermination à obtenir vengeance.

Je peux dater le début de ma convalescence du jour où les visions cessèrent, ne laissant derrière elles que le sens profond d'une grande offense que Psyché m'aurait infligée, bien que je ne pusse rassembler suffisamment mes esprits pour préciser laquelle. On me raconta que j'étais restée allongée des heures à répéter : « Cruelle. Cruelle Psyché.

Ton cœur est de pierre. » Pourtant je fus bientôt rétablie et revins à la raison ; je sus de nouveau combien je l'aimais et qu'elle ne m'avait jamais causé aucun tort intentionnellement. Je demeurai toutefois blessée qu'elle eût trouvé le temps, lors de notre toute dernière entrevue, et alors qu'elle me parlait si peu de moi, de m'entretenir si longuement du dieu de la montagne, du roi, du Renard, de Redival et même de Bardia.

Peu après mon réveil, je pris conscience d'un bruit plaisant, qui durait depuis un certain temps déjà.

« Qu'est-ce ? » demandai-je. Je fus étonnée par ma propre voix, qui n'était plus qu'un râle rauque.

« Quoi donc, mon enfant ? répondit le Renard, et je sus immédiatement qu'il m'avait veillée là pendant de nombreuses heures.

— Ce bruit, Grand-Père. Au-dessus de nous.

— C'est la pluie, ma chère. Remercie Zeus pour cette pluie, et pour ton rétablissement. Quant à moi... Mais tu dois prendre encore du sommeil. Après avoir bu cela. » Je vis les larmes sur ses joues, lorsqu'il me tendit la coupe.

Je n'avais aucune fracture, mes bleus avaient disparu, ainsi que mes autres douleurs. Mais j'étais très faible. La fatigue et le travail sont deux réconforts dont les dieux ne nous ont pas privés. Je n'écrirais point cela (craignant qu'ils ne profitassent de cette occasion pour nous les ôter aussi) s'ils ne le savaient déjà. J'étais trop épuisée pour ressentir du chagrin ou de la colère. Les jours qui suivirent, durant lesquels je recouvrai mes forces, furent presque heureux. Le Renard se montra tendre et aimant (et très affaibli lui aussi), et mes femmes furent elles aussi très prévenantes. J'étais aimée ; plus que je ne le pensais. Mon sommeil avait retrouvé sa sérénité, il pleuvait beaucoup et, entre deux averses, le doux vent du sud entrait par la fenêtre, ainsi que le soleil. Pendant longtemps, nous n'évoquâmes point

Psyché. Lorsque nous parlions, ce qui était rare, c'était de choses banales.

Ils avaient beaucoup à me raconter. Le temps avait changé le lendemain du début de ma maladie. Le Shennit était de nouveau gros. La fin de la sécheresse avait été trop tardive pour sauver les récoltes, hormis dans deux ou trois champs qui reprirent quelque peu, mais dans les jardins tout poussait de nouveau. L'herbe surtout se rétablissait merveilleusement et, pour le bétail, il en serait sauvé bien plus qu'on n'avait osé l'espérer. La fièvre était éradiquée. Mon propre mal avait été d'une autre nature. Les oiseaux revenaient à Glome, aussi chaque femme dont le mari savait se servir d'un arc ou d'un collet aurait bientôt de quoi remplir sa marmite.

J'appris toutes ces bonnes nouvelles par les esclaves ainsi que par le Renard. Lorsque nous étions seuls, il m'en révélait d'autres. Mon père était désormais, sans qu'on sût pour combien de temps néanmoins, le grand favori de son peuple. Il semblait (et c'est ainsi que nous approchâmes pour la première fois le sujet qui nous tenait tant à cœur) qu'on l'avait beaucoup glorifié et pris en pitié, au Grand Sacrifice. Là-haut, près de l'Arbre sacré, il avait gémi, pleuré, déchiré ses robes et enlacé Psyché à maintes reprises (ce qu'il n'avait jamais fait auparavant), tout en répétant qu'il ne retiendrait pas la plus chère à son cœur alors que son peuple réclamait sa mort. La foule entière était en larmes, avait-on rapporté au Renard ; car, esclave et étranger, il n'avait pu assister au rituel.

« Savais-tu, Grand-Père, que le roi était pareil charlatan ? (Nous parlions en grec, bien sûr.)

— Pas vraiment, mon enfant. Il était sincère, sur le moment. Ses larmes ne sont pas plus fausses – ou plus vraies – que celles de Redival. »

Puis il me narra les grandes nouvelles en provenance de Phars. Un idiot dans la foule s'était écrié que ce souverain avait treize fils. La vérité était qu'il en avait eu huit, dont l'un était mort dans l'enfance. Le plus âgé était simple d'esprit et ne pourrait jamais régner ; le roi (comme l'y autorisaient leurs lois) avait nommé Argan, le troisième, comme son successeur. Il apparaissait à présent que Trunia, le deuxième, prenait mal d'être écarté du trône – et fomentait à n'en pas douter quelque complot comme on en voit fleurir fréquemment dans toutes les contrées. Il avait soulevé une révolte, fort suivie, pour reconquérir ce qu'il appelait son dû. Le résultat en était que tout Phars se retrouvait plongé dans la guerre civile pour au moins une année, et que les deux parties en présence étaient tout miel à l'égard de Glome, qui n'avait plus rien à craindre sur ce front.

Quelques jours plus tard, alors que le Renard se trouvait avec moi (ce qui était rare, car le roi le sollicitait beaucoup), je lui posai une question :

« Grand-Père, penses-tu toujours qu'Ungit n'est qu'un mensonge de poètes et de prêtres ?

— Pourquoi aurais-je changé d'avis, mon enfant ?

— Si elle était vraiment une déesse, quels autres effets que ceux que nous constatons auraient suivi la mort de ma pauvre sœur ? Tous les dangers et les fléaux qui planaient au-dessus de nos têtes ont été dispersés. Car le vent a dû changer le lendemain même du… » Je constatai que je ne pouvais nommer cet événement. Avec la force me revenait le chagrin. Il en allait de même pour le Renard.

« Le hasard, ce maudit hasard, marmonna-t-il, le visage tordu en partie par la colère, en partie par ses efforts pour retenir ses larmes (comme les femmes, les hommes grecs pleurent facilement). Ce sont ces hasards mêmes qui nourrissent les croyances des barbares.

— Combien de fois m'as-tu répété, Grand-Père, que le hasard n'existait pas ?

— Tu dis vrai. C'était une vieille ruse de langue. Je voulais dire par là que ces circonstances n'avaient pas plus à voir avec ce meurtre qu'avec quoi que ce soit d'autre. Tout cela fait partie de la même trame, que l'on nomme Nature, ou Grand Tout. Pour parvenir jusqu'à nous, le vent du sud-ouest traverse des milliers de milles de mer et de terre. C'est le climat de la terre tout entière qui aurait dû être différent dès l'origine, si ce vent n'avait soufflé. Une seule et même trame ; on ne peut ni y ajouter des fils ni en retirer.

— Ainsi, conclus-je en me redressant sur un coude, elle est morte en vain. Si le roi avait patienté quelques jours, nous aurions pu la sauver, car tout se serait arrangé de soi-même. Et tu appelles cela un réconfort ?

— Non. Cet acte odieux était inutile et plein d'ignorance, comme toutes les mauvaises actions. Notre réconfort, c'est que ce mal ait été leur fait, et non le sien. On dit qu'elle n'a pas versé une larme, que même sa main n'a pas tremblé, lorsqu'on l'a ligotée à l'Arbre sacré. Et que lorsqu'ils s'en sont allés, elle n'a pas supplié. Elle a péri emplie de tout ce qui est bon : le courage, la patience et… et… *Aiai ! Aiai !* Oh Psyché, oh ma petite… » Et c'est alors que son amour prit le dessus sur sa philosophie et que, rabattant sa cape sur son visage, il se retira, en laissant enfin libre cours à ses larmes.

Le lendemain, il vint me trouver. « Hier tu as vu de tes yeux, ma fille, combien j'ai peu progressé. Je me suis mis trop tard à philosopher. Tu es plus jeune, et peux aller plus loin. Aimer, et perdre l'objet de notre amour, sont deux attributions inhérentes à notre nature. Si nous ne sommes pas en mesure de supporter décemment la seconde, c'est notre faute. Cela n'est pas arrivé à Psyché. Si nous considérons les choses avec notre raison et non nos passions, n'a-t-elle pas gagné ce que cette vie offre de bon ? La chasteté, la tempérance, la prudence, l'humilité, la clémence, la bravoure – et, bien que la renommée ne soit que futilité, s'il fallait en tenir compte, elle a gagné un nom à l'égal d'Iphigénie et d'Antigone. »

Bien sûr, il m'avait maintes fois conté leurs histoires, si souvent que je les connaissais par cœur, presque dans les paroles mêmes des poètes. Je lui demandai toutefois de me les narrer de nouveau ; en grande partie pour lui, car j'étais assez âgée pour savoir qu'un homme (et, entre tous, un Grec) peut trouver quelque réconfort dans les mots qui sortent de sa propre bouche. Mais j'étais moi aussi heureuse de les entendre. Il s'agissait de récits paisibles et familiers, qui tiendraient en respect l'immense désolation qui, à mesure que me revenait la santé, se mêlait peu à peu à chacune de mes pensées.

Le lendemain, jour où je me levai pour la première fois, je déclarai : « Grand-Père, je n'ai su être Iphigénie, mais je pourrais être Antigone.

— Antigone ? Comment cela, mon enfant ?

— Elle a offert un tombeau à son frère. Moi aussi... Peut-être reste-t-il quelque chose. Même la Brute ne dévorerait pas des os. Je dois me rendre à l'Arbre sacré. Je ramènerai... ce que je trouverai, si je peux le brûler comme il se doit. Et, s'il y en a trop, j'enterrerai ma sœur là-haut.

— Voilà qui serait pieux, et s'accorderait avec la coutume, sinon avec la nature. Si tu le peux. Il est tard dans l'année, pour monter dans la montagne.

— C'est pourquoi il ne faut plus tarder. Je pense qu'il reste vingt-cinq jours avant les premières neiges.

— Si tu le peux, mon enfant. Tu as été très malade.

— C'est tout ce que je puis faire. »

9

Je fus bientôt capable de me déplacer de nouveau dans la maison et dans les jardins. Je le faisais à la dérobée, car le Renard avait dit au roi que j'étais toujours souffrante. S'il avait su la vérité, il m'aurait moi aussi convoquée dans la salle du Pilier afin que je travaille pour lui. Il demandait souvent : « Que fabrique-t-elle ? Est-ce qu'elle compte paresser au lit jusqu'à la fin de ses jours ? Je n'ai pas l'intention de nourrir éternellement des bourdons fainéants dans ma ruche. » La perte de Psyché ne l'avait pas du tout adouci à notre égard, bien au contraire. « À l'écouter, disait le Renard, on croirait que nul père n'a jamais mieux chéri un enfant que lui Psyché. » Les dieux lui avaient retiré sa favorite, ne lui laissant que la lie : la jeune catin (Redival) et le laideron (moi). Mais je pouvais deviner tout cela sans les comptes rendus du Renard.

Pour ma part, je réfléchissais activement au moyen d'entreprendre mon excursion jusqu'à l'Arbre sacré, pour en rapporter ce qui resterait de Psyché. J'en avais parlé avec une certaine légèreté, pourtant j'étais déterminée à mener ce projet à terme, bien que les difficultés fussent de taille. Jamais on ne m'avait enseigné à monter quelconque bête, aussi devrais-je m'y rendre à pied. Je savais qu'il fallait six heures à un homme connaissant l'itinéraire pour rallier l'Arbre, depuis le palais. Étant une femme et devant trouver seule mon chemin, j'élevais ce chiffre à huit heures au moins. Auxquelles s'ajoutaient deux de plus, afin d'accomplir ma tâche ; et, disons, six pour le trajet du retour. Ce qui faisait seize heures en tout. Voilà qui ne se réalisait pas en un battement de cils. Il me faudrait inventer quelque mensonge pour passer une nuit sur la montagne, emporter de la nourriture (pour l'eau, je saurais la trouver), ainsi que de quoi me vêtir chaudement. Toutes choses impossibles avant d'avoir pleinement recouvré mes forces.

Et, en vérité (je le vois aujourd'hui), je désirais repousser ce périple aussi longtemps que possible. Non par crainte de quelque péril ou de l'effort qu'il m'en coûterait ; mais parce qu'une fois cette tâche accomplie je ne pouvais imaginer ce qu'il me resterait à faire au monde. Tant que cette perspective s'étirait devant moi, il me semblait qu'il existait une barrière entre moi et le désert mort qui serait le reste de ma vie. Une fois que j'aurais réuni les os de Psyché, alors tout ce qui la concernait aurait définitivement disparu. Même tant que cet acte capital demeurait à accomplir, un abattement tel que je n'en avais jamais connu me submergeait à la pensée de ces années vides de sens qui s'écouleraient, ensuite. Cela ne ressemblait en rien aux souffrances que j'avais déjà traversées, ou que j'ai endurées depuis. Je ne pleurais ni ne me tordais les mains. Je me sentais comme une eau enfermée dans une bouteille et abandonnée au fond d'une cave : totalement immobile, jamais bue ni servie, secouée ni renversée. Les journées étaient interminables. Les ombres mêmes paraissaient clouées au sol, comme si le soleil ne bougeait plus.

Un jour, alors que cette immobilité morbide était à son comble, j'entrai dans la maison par la petite porte qui ouvrait sur un étroit couloir, entre les quartiers des soldats et la crémerie. Je m'assis sur le seuil, non pas tant fatiguée dans mon corps (car les dieux m'ont faite solide, et non par miséricorde) qu'incapable de trouver la moindre raison de faire un pas de plus dans une quelconque direction, ou d'accomplir quelque action que ce fût. Une mouche grasse rampait le long du chambranle. Je me rappelle m'être dit que cette reptation léthargique, apparemment sans but, ressemblait à ma vie, ou même à la vie du monde entier.

« Madame », dit une voix dans mon dos. Je levai les yeux ; c'était Bardia. « Madame, je vous parlerai librement. J'ai moi aussi connu le chagrin, j'ai été tel que vous vous trouvez maintenant. Je suis resté assis, à compter les heures qui s'étiraient comme des années. Ce qui m'a sauvé, c'est la guerre. Je ne crois pas qu'il existe d'autre remède.

— Mais je ne peux pas partir à la guerre, Bardia, objectai-je.

— Vous le pouvez, presque. Lorsque vous m'avez attaqué, devant la porte de l'autre princesse – que la paix l'accompagne, enfant bénie ! –, je vous ai dit que vous aviez l'œil vif et une bonne portée. Vous avez cru que c'était pour vous réconforter. Eh bien, peut-être était-ce un peu le cas. Mais c'était aussi la vérité. Il n'y a personne dans les quartiers, et on y trouve des épées émoussées. Entrez, et laissez-moi vous instruire.

— Non, répondis-je d'une voix monocorde. Je ne le veux pas. Quelle en serait l'utilité ?

— L'utilité ? Essayez, et vous verrez. Nul ne saurait demeurer triste, en usant de son poignet, de sa main, de son œil et de chaque muscle de son corps. C'est la vérité, madame, que vous le croyiez ou non. Et puis, ce serait grand dommage de ne pas entraîner quelqu'un d'aussi doué pour l'action que vous semblez l'être.

— Non, répétai-je. Laisse-moi. Sauf si nous nous servons d'armes bien aiguisées, et que tu peux me tuer.

— C'est du langage de bonne femme, si vous me permettez. Jamais vous ne diriez une chose pareille, si vous l'aviez vu de vos yeux. Venez. Je ne vous laisserai pas en paix avant de vous avoir convaincue. »

Un homme aimable et charpenté, plus vieux de quelques années, vient sans mal à bout de la volonté d'une jeune fille, fût-elle triste et morose. Je finis donc par me lever et le suivre.

« Ce bouclier est trop lourd, dit-il. Voici celui qu'il vous faut. Enfilez-le, comme cela. Et comprenez bien son utilité : votre bouclier est une arme, pas un mur. On s'en sert tout autant que de son épée. Regardez-moi, à présent. Voyez comment j'incline mon égide – je la fais danser comme un papillon. Imaginez des flèches, des lances et des pointes d'épées volant en tout sens, si j'étais réellement en plein combat. Maintenant : voici votre épée. Non, pas comme cela. Il faut la tenir d'une main ferme, mais légère. Ce n'est pas un animal sauvage essayant de s'échapper. C'est mieux. Maintenant, avancez le pied gauche. Et ne regardez pas mon visage, surveillez mon épée. Ce n'est pas mon visage qui va vous attaquer. À présent, je vais vous montrer quelques gardes. »

Il m'occupa ainsi pendant une pleine demi-heure. C'était la tâche la plus ardue qu'il m'eût été donné d'accomplir et, tant que dura l'entraînement, il était impossible de penser à quoi que ce fût d'autre. J'ai dit il y a peu que le travail et la fatigue sont des réconforts. Mais la sueur est la créature la plus aimable des trois ; bien plus efficace que la philosophie, quand il s'agit de remédier aux mauvaises pensées.

« C'est assez pour aujourd'hui, décréta Bardia. Vous progressez très bien. Me voilà certain de pouvoir faire de vous une fine lame. Vous reviendrez demain ? Mais votre robe vous gêne. Il serait préférable que vous portiez une tenue qui ne descende pas plus bas que le genou. »

J'étais si échauffée que je me rendis directement à la crémerie au bout du passage, et que j'y bus un plein bol de lait.

Ce fut le premier aliment que je dégustai vraiment depuis le début de cette sombre période. Alors que je me trouvais là, l'un des soldats (dont je suppose qu'il avait aperçu notre entraînement) vint dire quelques mots à Bardia, dans le couloir. Je n'entendis pas sa réponse. Puis il parla plus fort : « Eh bien, oui, quel dommage pour son visage. Mais c'est une fille courageuse, et droite. Si elle n'était la fille du roi, et pour un homme aveugle, elle ferait une bonne épouse. » Ce fut de toute ma vie ce qu'on m'offrit qui ressemblât le plus à une déclaration d'amour.

Après cela, je pris ma leçon avec Bardia chaque jour. Et je sus bientôt qu'il s'était montré un excellent médecin. Mon chagrin demeurait vif, mais l'abattement avait disparu et le temps avait repris son cours normal.

Bientôt, je révélai à Bardia mon intention de me rendre sur le mont Gris, et dans quel but.

« Voilà qui est bien pensé, madame. J'ai honte de ne pas l'avoir fait moi-même. Nous devons au moins cela à la Bénie, tous autant que nous sommes. Mais vous n'avez pas besoin de vous y rendre. J'irai pour vous. »

Je répondis que je voulais y aller.

« Alors, que ce soit avec moi. Jamais vous ne trouverez seule l'emplacement. Et puis, vous pourriez rencontrer un ours, ou bien des loups, ou un homme des montagnes, un hors-la-loi, ce qui serait pire encore. Savez-vous monter à cheval, madame ?

— Non, on ne m'a jamais appris. »

Il réfléchit quelques instants, en fronçant les sourcils. « Un cheval suffira. Moi en selle, et vous derrière moi. Il ne faudra pas six heures pour monter ; je connais un raccourci. Mais ce que nous aurons à faire là-bas risque de prendre plus longtemps. Il faudra passer une nuit sur la montagne.

— Le roi te laissera-t-il t'absenter si longtemps, Bardia ? »

Il gloussa. « Oh, je saurai inventer sans mal quelque histoire à raconter au roi. Il ne se comporte pas avec nous comme avec vous, madame. Malgré ses violentes remontrances, il n'est pas un mauvais maître pour ses soldats, ses bergers, ses chasseurs et ses gens en général. Il les comprend, et la réciproque est vraie. Vous le voyez sous son pire jour avec les femmes, les prêtres et les politiciens. La vérité, c'est qu'il les craint un peu. » Voilà qui était très nouveau pour moi.

Six jours plus tard, nous partîmes Bardia et moi à l'heure de la traite, au point du jour ; le temps était si couvert qu'il faisait presque nuit noire. Personne au palais n'avait connaissance de notre expédition, hormis le Renard et mes femmes. Je portais une cape noire toute simple, à capuche, et m'étais voilé le visage. Sous ce manteau, j'avais gardé la culotte courte que j'avais adoptée pour nos entraînements, retenue par un ceinturon d'homme pourvu d'une épée, cette fois-ci affûtée. « Nous ne rencontrerons très probablement rien de plus dangereux qu'un chat sauvage ou un renard, avait dit Bardia. Mais nul, qu'il soit homme ou jeune fille, ne devrait s'aventurer dans les collines sans arme. » J'étais installée derrière Bardia, en amazone, une main à sa ceinture. De l'autre, je maintenais une urne en équilibre sur mes genoux.

À l'exception du bruit des sabots de notre monture, la ville était silencieuse, bien qu'une lampe brûlât çà et là aux fenêtres. Une pluie drue se mit à tomber, nous fouettant dans le dos tandis que nous descendions vers les berges du Shennit, mais qui cessa dès que nous traversâmes l'onde. Les nuages se dispersèrent alors. L'aube ne semblait pas devoir poindre, car c'était à l'est que s'amoncelaient les nuées.

Nous laissâmes sur notre droite la maison d'Ungit : un amas de pierres immémoriales, hautes comme deux hommes et larges comme quatre, disposées au milieu d'un anneau en forme d'œuf. Elles étaient très anciennes, et nul ne savait qui les avait installées là, ni comment. L'espace entre les pierres était comblé par des murs de brique. Le toit était de chaume de joncs, non pas plat mais en forme de dôme, donnant à l'ensemble l'allure d'un mamelon, d'une énorme limace gisant au milieu d'un champ. C'est là une forme sacrée et les prêtres prétendent qu'elle ressemble (ou qu'elle est réellement, ce qui est un grand mystère) à l'œuf duquel le monde entier a éclos, ou à la matrice dans laquelle il s'est construit. Chaque printemps, le grand prêtre s'y enferme et lutte (ou bien fait semblant de lutter) pour en ressortir par la porte ouest, ce qui indique le début de la nouvelle année. De la fumée s'élevait de l'édifice lorsque nous le dépassâmes, car le foyer offert à Ungit ne s'éteint jamais.

Je constatai que mon humeur changeait dès que nous eûmes laissé ce lieu derrière nous, en partie car nous nous aventurions désormais dans une contrée que je n'avais jamais traversée, mais aussi car l'air paraissait plus doux, loin de tout ce sacré. La montagne, qui se dressait plus haute que jamais devant nous, nous cachait toujours la lumière du jour ; mais en me retournant, je vis, au-delà de la ville, les collines où Psyché, le Renard et moi déambulions jadis, et perçus que le matin y était déjà levé. Et, plus loin encore, les nuages amoncelés à l'ouest viraient lentement au rose pâle.

Nous gravissions et redescendions des coteaux, mais le mouvement demeurait ascendant. La route était assez bonne, bordée de part et d'autre de vastes étendues herbues. À notre gauche se dessinait une sombre forêt, vers laquelle s'incurvait la route. C'est alors que Bardia la quitta pour prendre à travers champs.

« C'est la route sacrée, indiqua-t-il en montrant les bois. C'est par ici qu'ils ont emmené la Bénie – la paix soit avec elle. Nous allons emprunter un chemin plus raide et plus court. »

Nous avançâmes longuement sur l'herbe, montant lentement mais sûrement en direction d'une crête si haute et si proche que la montagne en elle-même en était presque cachée. Lorsque nous l'atteignîmes et prîmes quelques instants pour laisser le cheval souffler, tout avait changé. Et ma lutte commença.

Nous étions entrés dans la lumière du soleil, trop vive pour les yeux, et chaude, au point que je pus enlever ma cape. L'abondante rosée parsemait l'herbe de diamants miroitants. La montagne, bien plus imposante et toutefois plus lointaine que je ne l'avais cru, couronnée par le soleil qui reposait sur ses arêtes les plus hautes, ne paraissait pas solide. Entre elle et nous s'étendait un vaste fouillis de vallées et de collines, de bois et d'à-pics, et une multitude de petits lacs que je n'aurais su compter. À droite et à gauche, ainsi que derrière nous, un décor de couleurs vives s'entassait jusqu'au ciel en collines ondulantes avec, au loin, le scintillement de ce que nous appelons la mer (bien qu'on ne puisse la comparer à la Grande Mer des Grecs). Une alouette chantait; autour de nous régnait une immobilité ancestrale.

Voici quelle était ma lutte. L'on imagine aisément dans quelle triste disposition d'esprit j'avais quitté le palais; ma mission était lugubre. Et à présent il me semblait entendre monter une voix, pleine d'espièglerie et d'insolence – elle ne prononçait pas de paroles distinctes, mais si tel avait été le cas, elle aurait dit ceci : « Pourquoi ton cœur ne danserait-il pas ? » Et ma folie d'alors était telle que mon cœur faillit bien répondre : « Pourquoi pas ? » Je dus me réciter, comme une leçon, les mille raisons pour lesquelles je ne devais pas me réjouir. Comment ce cœur l'aurait-il pu, alors qu'on l'avait vidé de tout l'amour qu'il contenait ? Comment l'aurais-je pu, moi l'informe princesse qui ne devait espérer trouver d'autre amour, la bête de somme du roi, la geôlière de la détestable Redival, qui serais peut-être assassinée ou réduite à l'état de mendiante à la mort de mon père (car qui pouvait prédire ce que deviendrait Glome, alors) ? Et pourtant, j'avais toutes les peines du monde à entendre cette leçon. La vision du monde immense me mettait en tête les idées les plus folles ; comme si je pouvais gambader, errer à tout jamais, contempler de belles et étranges choses jusqu'à la fin des temps.

La fraîcheur humide qui m'entourait (dans les mois qui avaient précédé ma maladie, je n'avais guère vu qu'une nature flétrie par la sécheresse) me donnait l'impression que j'avais mal jugé le monde ; il me paraissait bon, riant, comme si son cœur dansait, lui aussi. Je ne croyais plus même à ma laideur. Qui pourrait se *sentir* laid, alors que son cœur nage en plein délice ? Quelque part à l'intérieur, malgré le hideux visage et les membres osseux, l'être est doux, agile et désirable.

Nous n'étions demeurés qu'un court moment sur la crête. Mais pendant les heures qui suivirent, tandis que nous montions et descendions, serpentant au milieu des vastes collines, mettant souvent pied à terre et guidant le cheval à la main, parfois dans de périlleux passages, la lutte ne cessa pas.

N'avais-je pas raison de combattre cette sotte humeur joyeuse ? La décence, pour le moins, l'exigeait. Je ne me rendrais pas en riant aux funérailles de Psyché. Car si j'en étais capable, comment croire de nouveau que je l'avais jamais aimée ? La raison me l'interdisait. Je connaissais trop bien le monde pour admettre ce soudain regain de vitalité. Comment une femme pourrait-elle faire confiance à un homme qui, l'ayant déjà trahie trois fois, pourrait encore se laisser emporter par ses bas instincts serviles ? Je ne vaudrais guère mieux que cette sorte de femme, si la simple combinaison d'un temps clément, d'un peu de verdure après la sécheresse et de santé après la maladie suffisait à me réconcilier avec ce monde tyrannique, en ruine, hanté par les dieux et père de tous les fléaux. J'avais vu clair. Je n'étais pas dupe. Je ne savais pas alors, cependant, la meilleure raison de ne pas me fier aux apparences. Les dieux ne nous envoient pareille invitation à la joie, avec autant de bonne volonté et de force, que lorsqu'ils préparent quelque nouvelle torture. Nous sommes leurs bulles de savon : ils nous gonflent autant qu'ils le peuvent, avant de nous écraser d'une main.

Mais je me disciplinai sans avoir conscience de cette réalité. Je me mis au pas. S'imaginaient-ils que je n'étais rien d'autre qu'une flûte sur laquelle ils pouvaient jouer quand la fantaisie les en prenait ?

Le combat intérieur prit fin lorsque nous franchîmes le dernier col avant d'atteindre vraiment la montagne. Nous étions arrivés si haut que, bien que le soleil fût très chaud, le vent était glacé. À nos pieds, entre nous et la paroi, s'étendait une vallée noire et maudite : de la mousse sombre, des tourbières opaques, des galets, de gros rochers et des éboulis qui évoquaient le pus écoulé des blessures de la montagne. La masse gigantesque se dressait sur fond de ciel en blocs si monstrueux, semblables aux molaires d'un géant, qu'il nous fallait incliner la tête pour les contempler. Le versant qui nous faisait face n'était pas plus pentu qu'un toit, à l'exception de certains à-pics effrayants, sur la gauche, mais il se dressait comme un mur, noir lui aussi. C'est là que les dieux cessèrent de m'inviter à la joie. Plus rien ici n'aurait encouragé le cœur le plus prompt à danser.

Soudain, Bardia tendit le bras devant lui, vers notre droite. Là, la montagne redescendait en pente douce vers un col, en léger contrebas du sol où nous progressions, mais derrière lequel n'apparaissait toujours que le ciel, à perte de vue. C'est alors que, sur ce palier, j'aperçus un arbre solitaire, sans feuilles.

Nous descendîmes à pied dans la vallée noire, car le passage était mauvais et les pierres roulaient sous nos semelles. Arrivés au point le plus bas, nous rejoignîmes la route sacrée (elle pénétrait dans la vallée par le nord, à notre gauche). Nous étions si proches du but qu'il était inutile de remonter à cheval. Quelques boucles de la route nous menèrent jusqu'au palier de pierre, nous exposant de nouveau au vent mordant.

À présent que nous étions presque à l'Arbre sacré, la peur me tenaillait. La peur de quoi, je ne saurais dire, mais je sentais que trouver les ossements, ou même le corps, l'aurait apaisée. Je crois que j'étais prise dans une frayeur irraisonnée d'enfant, celle que Psyché ne fût ni vivante ni morte.

Nous y étions. La ceinture de fer et la chaîne qui la rattachait au tronc squelettique (car il n'était pas recouvert d'écorce) pendaient là dans le vent, qui par rafales les faisait tinter tristement. Il n'y avait point d'os, point de haillons ou de traces de sang, rien.

« Comment interprètes-tu ces signes, Bardia ?

— Le dieu l'a emmenée, répondit-il, la voix basse et le visage pâle, car il craignait les dieux. Nulle bête terrestre n'aurait si bien nettoyé les lieux. Il y aurait des os. Une bête – n'importe quelle bête hormis la Brute elle-même – n'aurait pu sortir tout le corps de ses fers. Et elle aurait abandonné les bijoux. Un homme, quant à lui… Mais un homme n'aurait pu la libérer, à moins d'avoir des outils sur lui. »

Je n'avais pas imaginé que notre voyage pût se révéler si vain ; rien à faire, ou à rapporter. Le vide de ma vie allait commencer sur-le-champ.

« Nous pouvons chercher un peu, proposai-je sottement, car je savais qu'il n'y avait plus d'espoir de rien trouver.

— Oui, oui, madame. Nous pouvons chercher. » Je savais que c'était le bon cœur de Bardia qui parlait.

Nous fouillâmes donc les environs, en cercles de plus en plus larges, lui dans une direction et moi dans l'autre, les yeux rivés au sol. Nous étions transis de froid, nos capes claquaient au vent et nous frappaient les jambes et les joues jusqu'à la brûlure.

Bardia progressait en avant, vers l'est, à l'autre extrémité du plateau, lorsque soudain il m'appela. J'écartai vivement les cheveux qui me fouettaient le visage et l'aperçus. Je me précipitai vers lui, presque en volant, car le vent d'ouest faisait de ma cape une voile. Il me montra ce qu'il avait trouvé : un rubis.

« Je ne l'ai jamais vue porter pareille pierre, dis-je.

— Ce fut pourtant le cas, madame. Pour son dernier voyage. Ils l'ont vêtue de leur panoplie sacrée. Les lanières de ses sandales étaient ornées d'une multitude de rubis.

— Oh, Bardia ! Cela signifie que quelqu'un – ou quelque chose – l'a portée si loin.

— Ou peut-être seulement les sandales. Un choucas l'aurait pu.

— Nous devons poursuivre dans cette direction.

— Prudence, madame. Dans ce cas, c'est moi qui irai. Vous feriez mieux de rester en arrière.

— Pourquoi ? Qu'y a-t-il à craindre ? Et même, je ne resterai pas en retrait.

— À ma connaissance, personne ne s'est jamais aventuré au-delà de ce palier. Lors du Sacrifice, même les prêtres ne dépassent pas l'Arbre sacré. Nous sommes tout près du mauvais côté de la montagne. La partie sacrée, je veux dire. Au-delà de l'Arbre, on dit que c'est entièrement le pays des dieux.

— Alors c'est toi qui dois rester en arrière, Bardia. Ils ne peuvent m'infliger pire qu'ils ne l'ont déjà fait.

— J'irai où vous irez, madame. Mais ne parlons pas tant d'eux, pas du tout, même. Et je dois avant tout aller chercher le cheval. »

Je le perdis de vue pendant quelque temps, et me retrouvai seule au bord de la contrée périlleuse, tandis qu'il retournait au petit buisson chétif auquel il avait attaché notre monture. Puis il me rejoignit, l'air très grave, et nous reprîmes notre route.

« Prudence, répéta-t-il. Nous pourrions découvrir à tout instant que nous nous trouvons tout en haut d'une falaise. » Et en effet, pendant quelques mètres, il nous sembla marcher droit vers le ciel vide, jusqu'au moment où nous identifiâmes sous nos pieds le sommet d'une pente raide ; au même instant, le soleil – que les nuages avaient voilé depuis que nous étions descendus dans la sombre vallée – surgit devant nous.

On eût dit que nous contemplions un nouveau monde. À nos pieds, nichée au sein d'un vaste entremêlement de montagnes, apparaissait une petite vallée qui étincelait comme un joyau et ouverte au sud, à notre droite. Par cette échancrure se détachait une vision de terres bleues et hospitalières, de collines et de forêts, loin en contrebas. La vallée elle-même ressemblait à une crevasse dans le versant sud de la montagne. Même en tenant compte de l'altitude des lieux, l'année semblait y avoir été bien plus clémente qu'en bas, à Glome. Jamais je n'avais vu herbe plus verte. Les ajoncs en fleur côtoyaient les vignes sauvages et une multitude de petits bosquets luxuriants. L'eau miroitait partout – en flaques, en ruisseaux, en petites cataractes. Et quand, après nous être inquiétés de la meilleure inclinaison pour permettre au cheval d'avancer, nous commençâmes notre descente, nous sentîmes l'air embaumant se réchauffer de seconde en seconde. Nous étions désormais à l'abri du vent et nous entendions de nouveau parler ; à nos voix se joignirent bientôt le gazouillis des cours d'eau et le bourdonnement des abeilles.

« Voilà qui pourrait bien être la vallée secrète des dieux, suggéra Bardia à voix basse.

— Il est vrai qu'elle est secrète. »

Une fois en bas, l'air était si doux que j'eus la tentation de plonger les mains et le visage dans l'onde vive et ambrée de la rivière qui nous séparait du reste de la vallée. J'avais déjà levé les mains pour écarter mon voile, lorsque j'entendis deux voix crier : l'une était celle de Bardia. Je relevai les yeux. Un frisson, un choc sans nom (mais qui s'approchait de la terreur à l'état pur) me terrassa des pieds à la tête. Là, à trois mètres à peine, sur l'autre rive, se tenait Psyché.

10

Je ne sais ce que je balbutiai, entre rire et larmes, dans la folie de ma joie, de l'autre côté du cours d'eau. La voix de Bardia me rappela à la réalité.

« Prudence, madame. C'est peut-être son spectre. C'est peut-être… *Ai! Ai!…* Hélas, c'est l'épouse du dieu. C'est une déesse. » Il était blême, et se pencha pour s'enduire le front de poussière.

Comment l'en blâmer ? Elle était si radiante, comme disent les Grecs. Mais je ne ressentis aucune terreur sacrée. Comment ? Je devais redouter la Psyché que j'avais portée dans mes bras, à qui j'avais appris à marcher et à parler ? Elle était dorée par le soleil et l'air vif, et vêtue de haillons ; mais elle riait, ses yeux scintillaient comme des étoiles, ses membres étaient lisses et arrondis et, hormis son accoutrement, elle ne montrait aucun signe d'avoir manqué de rien.

« Bienvenue, bienvenue ! s'exclama-t-elle. Oh, Maia, j'ai tant attendu ce moment. C'était mon seul désir. Je savais que tu viendrais. Oh, comme je suis heureuse ! Et ce bon Bardia, aussi. C'est lui qui t'a amenée ici ? Bien sûr ; j'aurais dû le deviner. Viens, Orual, tu dois traverser la rivière. Je vais te montrer le passage le plus sûr. Mais, Bardia… je ne peux t'inviter. Cher Bardia, ce n'est pas…

— Non, non, Istra la Bénie, se défendit Bardia avec ce que je perçus comme du soulagement, je ne suis qu'un soldat. » Puis il ajouta à mon intention, à voix basse : « Voulez-vous passer, madame ? C'est un lieu redoutable. Peut-être...

— Si je le veux ? Je compte bien franchir cette rivière, même si l'eau se transformait en flammes.

— Bien sûr. Il n'en va pas de même pour vous que pour nous. Le sang des dieux coule dans vos veines. Je resterai ici avec le cheval. Nous sommes à l'abri du vent, et l'herbe est bonne. »

J'étais déjà au bord de l'eau.

« Un peu plus haut, Orual, me recommanda Psyché. C'est là, le meilleur gué. Va tout droit, en contournant cette grosse pierre. Doucement ! Tâte d'abord du pied. Non, pas sur la gauche. Il y a des trous profonds. Par ici. Voilà, encore un pas. Tends-moi la main. »

Je devais être affaiblie par mon long alitement et les suites de ma maladie. La froideur de l'eau me coupa le souffle ; et le courant était si puissant que, sans l'aide de Psyché, il m'eût sans doute renversée et entraînée au loin. Tandis qu'elle me hissait sur l'autre bord, je me surpris à penser, parmi une foule d'idées : « Comme elle est devenue forte. Elle sera plus vigoureuse que je l'ai jamais été. Elle aura aussi cela, en plus de sa beauté. »

La suite ne fut que confusion – nous voulions parler, pleurer, nous embrasser et reprendre notre souffle tout ensemble. Mais elle me mena quelques pas à l'écart et me fit asseoir dans la bruyère tiède, avant de prendre place à mes côtés. Nos quatre mains s'entrelacèrent, comme la dernière nuit, dans sa prison – sur mes genoux, cette fois.

« Eh bien, chère sœur, lança-t-elle d'une voix joyeuse, tu as trouvé le seuil de ma maison bien froid et abrupt. Tu es hors d'haleine. Mais je vais te revigorer. »

Elle se releva prestement et s'éloigna de quelques mètres, pour me rapporter une pleine poignée de petites baies noires de la montagne, dans une grande feuille verte. « Mange donc. N'est-ce pas là une nourriture faite pour les dieux ?

— Je n'en connais pas de meilleure. » Car j'étais bien affamée et assoiffée, et il était plus de midi. « Mais je t'en prie, Psyché, dis-moi comment...

— Attends ! Après le banquet, et le vin. »

Tout près de nous, un petit ruisseau argenté coulait au milieu de pierres tapissées de mousse, pareilles à des coussins. Psyché tendit les deux mains dessous et, lorsqu'elle les eut remplies, les porta à mes lèvres.

« As-tu jamais goûté vin plus noble ? demanda-t-elle. Ou servi dans une coupe plus douce ?

— Voici en effet un excellent breuvage. Mais la coupe est plus merveilleuse encore. C'est la coupe que j'aime le mieux au monde.

— Alors elle est à toi, ma sœur. » Elle le dit avec une telle grâce, en hôtesse royale distribuant des présents, que les larmes me montèrent de nouveau aux yeux. Il me revenait tant d'images de ses jeux d'enfant.

« Merci, ma chère petite. J'espère en effet qu'elle est mienne. Mais, Psyché, nous devons retrouver notre sérieux ; oui, il y a beaucoup à faire. Comment as-tu survécu ? Comment t'es-tu échappée ? Et, oh – nous ne devons pas laisser la joie de cet instant nous le faire oublier – qu'allons-nous faire, à présent ?

— Faire ? Eh bien, nous réjouir, voilà tout. Pourquoi nos cœurs ne danseraient-ils pas ?

— Ils dansent, oui. Ne penses-tu pas... Eh bien, je pourrais pardonner aux dieux mêmes. Peut-être même pourrais-je bientôt pardonner à Redival. Mais comment... L'hiver sera là dans un mois tout au plus. Tu ne peux... Psyché, comment es-tu restée en vie jusqu'ici ? J'ai réfléchi, j'ai pensé... » Mais ce souvenir me paralysa.

« Chut, Maia, chut, m'interrompit-elle. (Une fois encore, c'était elle qui me réconfortait.) Toutes ces peurs sont derrière nous. Tout est pour le mieux. Je ferai en sorte qu'il en soit de même pour toi. Je n'aurai de repos que lorsque tu seras aussi heureuse que je le suis. Mais tu ne m'as toujours pas demandé de te raconter mon histoire. N'as-tu point été surprise de découvrir ce lieu splendide, et de me voir y vivre, ainsi ? N'es-tu pas émerveillée ?

— Si, Psyché, j'en suis subjuguée. Bien sûr, je veux entendre ton histoire. Sauf si nous décidons d'abord de parler de nos projets.

— Chère Orual, toujours aussi solennelle, répondit-elle avec une pointe de moquerie. Tu as toujours élaboré des projets. Et tu as bien fait, Maia, avec une jeune écervelée telle que moi à élever. Et tu t'es acquittée de cette tâche avec un talent remarquable. » D'un baiser léger, elle relégua toutes ces journées, tout ce qui comptait pour moi dans ma vie, dans le passé. Et elle entama son récit.

« Lorsque nous quittâmes le palais, je n'étais plus moi-même. Avant de m'habiller et de me maquiller, les deux servantes sacrées me donnèrent à boire une potion épaisse et sucrée – une drogue, je pense, car peu après l'avoir avalée, je sentis que tout ce qui m'entourait flottait comme dans un rêve, et cette impression se renforça pendant un long moment. Et ce que je crois, ma sœur, c'est que l'on agit ainsi avec tous ceux dont on doit verser le sang pour Ungit ; c'est pourquoi on les voit périr si placidement. Et ces couleurs sur mon visage faisaient partie de la rêverie, elles aussi. Elles me raidirent les traits, au point que ce n'était plus ma figure. Je ne ressentais plus que c'était moi que l'on allait sacrifier. Puis vinrent la musique, l'encens et les flambeaux. Et je te vis, Orual, en haut de l'escalier, mais je ne pouvais même pas soulever une main pour te faire signe ; j'avais les bras aussi lourds que le plomb. Et j'ai pensé que cela n'avait guère d'importance, car toi aussi tu allais bientôt sortir du sommeil, et constater que tout cela n'avait été qu'un rêve.

En un sens, c'était le cas, n'est-ce pas ? Et tu es bientôt réveillée, à présent. Pourquoi restes-tu si grave ? Je dois donc t'ouvrir plus grand les yeux.

» On pourrait penser que, lorsque la procession atteignit les grandes portes, l'air frais m'aurait rendu mes esprits, mais la drogue devait encore faire pleinement effet. Je ne ressentais aucune peur, aucune joie non plus. Me trouver assise là, sur cette litière, au-dessus des têtes de la foule amassée, me paraissait néanmoins une bien curieuse posture… et les cornes et les crécelles ne cessaient pas leur vacarme. Je ne sais si l'ascension de la montagne fut courte ou longue. Chaque seconde me semblait une éternité ; je remarquai chaque pierre de la route, j'observai très longuement les arbres qui la bordaient. Pourtant le voyage dans son ensemble me parut durer le temps d'un battement de cils. Ce qui suffit cependant à me rendre une partie de ma lucidité. Je commençai à comprendre qu'on me faisait là quelque chose d'atroce. Aussi, pour la première fois, je souhaitai parler. Je tentai de leur hurler à tous qu'ils commettaient une terrible erreur, que je n'étais que la pauvre Istra et que ce ne pouvait être moi qu'ils avaient l'intention de tuer. Mais il ne sortait de ma bouche qu'une sorte de grognement ou de babil. Puis un grand homme à tête d'oiseau, ou un oiseau à corps d'homme…

— Le grand prêtre, sans doute, suggérai-je.

— Oui. S'il est bien encore un prêtre, lorsqu'il enfile son masque. Peut-être devient-il alors un dieu. En tout cas, il ordonna : “ Qu'on lui en redonne. ” Et l'un des jeunes flamines se hissa sur les épaules de quelqu'un, et porta de nouveau à mes lèvres la coupe de breuvage sirupeux. Je ne voulus pas le prendre, mais, tu sais, Maia, cela me rappela la fois où tu me fis retirer par le barbier une épine que j'avais dans la main, il y a longtemps – t'en souviens-tu ? Tu me serrais contre toi en me disant d'être sage, que cela ne durerait qu'un instant. Eh bien, c'était la même chose, aussi étais-je convaincue que tout irait pour le mieux, si j'obéissais.

» Ensuite, tout ce que je me rappelle vraiment, c'est que je me retrouvai sur la terre, ferme et chaude sous mes pieds, et que l'on m'attacha à l'Arbre sacré par une ceinture de fer. C'est le bruit de la chaîne qui acheva de m'éclaircir les idées. Je vis le roi qui hurlait, gémissait et s'arrachait des touffes de cheveux. Et sais-tu, Maia, qu'il me regarda bien en face, et que je compris qu'il me voyait pour la première fois ? Mais je ne souhaitais qu'une chose, c'est qu'il cessât, et qu'ils partissent tous en me laissant seule à mes pleurs. Car je voulais pleurer. J'y voyais de plus en plus clair, et j'étais terrifiée. Je tentais de me comporter comme ces jeunes filles dans les histoires grecques que nous racontait sans cesse le Renard, et je savais que je pouvais tenir bon jusqu'à leur départ, à condition qu'ils fissent vite.

— Oh, Psyché, tu dis que maintenant tout est pour le mieux. Oublie cette terrible période. Hâte-toi de me dire comment tu fus sauvée. Nous avons tant à discuter et à prévoir. Il n'y a guère de temps…

— Orual ! Nous avons tout le temps du monde. Ne *veux*-tu pas entendre mon histoire ?

— Bien sûr que si. Dans les moindres détails. Lorsque nous serons en sûreté et…

— Où pourrions-nous jamais être en sûreté, si ce n'est ici ? C'est chez moi, Maia. Et tu ne percevras le miracle et la splendeur de mon aventure qu'en en écoutant le pire. Ce n'était pas si grave, tu sais.

— C'est si grave que je peux à peine supporter de l'entendre.

— Ah, mais attends. Ils finirent par partir, me laissant enfin seule sous le regard inquisiteur du ciel, entourée de la vaste montagne cuite et desséchée, sans un bruit. Il n'y avait pas un souffle de vent, même près de l'Arbre sacré : tu te rappelles le dernier jour de sécheresse. J'avais déjà soif – l'effet du sirop. Et c'est alors que je me rendis compte que l'on m'avait attachée de telle sorte que je ne pouvais m'asseoir. C'est en cet instant que mon cœur céda vraiment. Je pleurai pour de bon. Oh ! Maia, comme vous me manquiez, toi et le Renard ! Tout ce que je pouvais faire, c'était prier, encore et encore, implorer les dieux pour que ce qui m'attendait arrivât vite. Mais rien ne se passa, hormis que mes larmes accentuèrent ma soif. Puis, bien longtemps après, des créatures commencèrent à se réunir autour de moi.

— Des créatures ?

— Oh, rien d'épouvantable. Ce fut d'abord le bétail de montagne. De pauvres bêtes décharnées. J'avais bien pitié d'elles, qui avaient l'air aussi assoiffées que moi. Elles approchèrent peu à peu, en un large cercle, mais jamais trop près, et se mirent à meugler. Puis il apparut un animal tel que je n'en avais jamais vu auparavant, mais je crois que c'était un lynx. Lui se dirigea directement vers moi. J'avais les mains libres, et je me demandai si je parviendrais à le repousser de mes coups. Mais je n'eus pas à le faire. Après avoir avancé puis reculé un nombre incalculable de fois – au départ, je crois que sa peur était égale à la mienne –, il vint me flairer les pieds, puis posa les pattes avant sur moi et renifla le reste de mon corps. Ensuite il partit. J'en fus bien désolée, car c'était une forme de compagnie. Et tu sais ce que je pensais, tout le long ?

— Quoi ?

— J'essayai d'abord de me ragaillardir avec ce vieux rêve, celui de mon palais d'ambre et d'or, sur la montagne… et le dieu… Je tentais d'y croire. Mais c'était en vain. Je ne comprenais même plus comment j'avais pu faire ce rêve. Tout cela, tous mes vieux désirs, avait brusquement disparu. »

Je lui serrai les mains en silence. Mais intérieurement, je me réjouissais. Il avait peut-être été opportun d'encourager cette rêverie la veille du Grand Sacrifice, si cela la réconfortait. Mais à présent, j'étais heureuse qu'elle l'eût dépassée. Car je ne pouvais aimer pareille chimère – elle était contre nature et l'éloignait de moi. Peut-être cette joie que je ressentis fait-elle partie des griefs que les dieux retiennent contre moi. On ne sait jamais rien de leurs motifs.

« La seule chose qui me fit du bien, reprit Psyché, était d'une tout autre nature. C'était une pensée à peine formée, presque impossible à mettre en mots. Elle était très imprégnée de la philosophie du Renard, de ce qu'il dit des dieux et de la “ nature divine ”, mais mêlé à d'autres paroles du prêtre, au sujet du sang et de la terre, et du sacrifice qui fait pousser les récoltes. Je ne l'explique pas bien ; cette réflexion semblait venir du plus intime de mon être, plus profond encore que les images flottantes de palais d'or et d'ambre, que les peurs et les larmes. Elle demeurait indistincte, mais l'on pouvait s'y raccrocher, ou la laisser s'arrimer en soi. Et alors le changement pouvait se produire.

— Quel changement ? » Je ne saisissais pas un mot de ce qu'elle disait, mais je sentais qu'il fallait la laisser poursuivre ce récit à sa manière.

« Oh, mais celui du temps, bien sûr. Je ne le voyais pas, car j'étais attachée, mais je le sentais. Soudain il fit frais. Je sus que dans mon dos, au-dessus de Glome, le ciel s'emplissait de nuages, car toutes les couleurs de la montagne disparurent, et ma propre ombre s'effaça. Alors – et ce fut le premier moment de douceur – un souffle de vent, venu d'ouest, m'enveloppa par-derrière. Puis les rafales gagnèrent en puissance, et l'on entendait autant que l'on sentait que l'averse était proche. Et je reconnus avec clarté que les dieux existaient vraiment, et que c'était moi qui amenais la pluie. Bientôt, tout autour de moi, le vent se mit à gronder (même si son chant était si doux que l'on ne saurait le qualifier de grondement), et la pluie vint. L'Arbre sacré m'en protégeait quelque peu ; je tendais les mains et en léchais l'eau, tant ma soif était grande. Les rafales se déchaînèrent, me soulevant du sol : si je n'avais été retenue par mes fers, j'aurais été balayée dans les airs. Enfin, l'espace d'un instant, je le vis.

— Tu vis qui ?

— Le vent d'ouest.

— Tu le *vis* ?

— Oui, en personne. Le dieu du vent : Zéphyr lui-même.

— Étais-tu éveillée, Psyché ?

— Oh, ce n'était pas un rêve. On ne peut rêver de telles choses, car personne n'en a vu de pareilles. Il avait forme humaine ; mais l'on ne pouvait le confondre avec un homme. Oh, chère sœur, tu comprendrais, si tu l'avais rencontré. Comment te le faire entendre ? As-tu déjà vu des lépreux ?

— Eh bien, évidemment.

— Aussi imagines-tu l'apparence d'un homme bien portant, à côté d'un lépreux ?

— Tu veux dire : mieux portant, le teint plus frais ?

— Oui. Eh bien, nous, mortels, sommes les lépreux des dieux.

— Tu veux dire que ce dieu était tout rouge ? »

Elle rit en tapant dans ses mains. « Oh, c'est inutile. Je vois que je n'ai pas réussi à te le décrire. Peu importe. Tu verras des dieux par toi-même, Orual. Il doit en être ainsi ; j'y veillerai. D'une manière ou d'une autre. Il doit exister un moyen. Écoute, voici qui pourrait t'aider. Lorsque je vis Zéphyr, je n'étais ni joyeuse ni effrayée – au début. J'avais honte.

— Mais honte de quoi ? Psyché, on ne t'avait point arraché tes vêtements, n'est-ce pas ?

— Non, non, Maia. J'avais honte de ressembler à une mortelle ; honte d'*être* une mortelle.

— Mais comment aurais-tu pu l'empêcher ?

— Ne crois-tu pas que ce qui nous cause le plus de gêne, c'est ce que l'on ne peut point changer ? »

Songeant à ma laideur, je ne dis mot.

« Et alors, il m'enlaça de ses bras magnifiques qui semblaient me brûler – quoique cette brûlure ne me fît point souffrir – et m'extirpa de ma ceinture de fer – je ne ressentis aucune douleur, et je ne sais comment il s'y prit, mais il me souleva dans les airs, très haut au-dessus du sol, et m'emporta dans un tourbillon. Bien sûr, il était de nouveau invisible, je ne l'avais aperçu qu'un instant, comme un éclair. Mais cela n'avait pas d'importance. Je savais à présent que c'était lui, et je n'avais pas peur de voguer ainsi en plein ciel, même lorsque je me retrouvai la tête en bas.

— Psyché, es-tu certaine que tout cela s'est bien produit ? Tu as dû rêver !

— Si ce n'était qu'un songe, chère sœur, comment crois-tu que je sois arrivée ici ? Le rêve, c'est plutôt tout ce qui m'était arrivé *avant*, voilà le plus probable. Car Glome, le roi et la vieille Batta me semblent bien un rêve, aujourd'hui. Mais tu interromps mon récit, Maia. Ainsi, il m'éleva dans les airs et me reposa doucement au sol. Au début, j'étais hors d'haleine, et trop abasourdie pour voir où je me trouvais ; car Zéphyr est un dieu joyeux et brusque. (Ma sœur, crois-tu qu'il faudrait enseigner aux jeunes dieux comment nous manipuler ? Car le simple contact de leurs mains suffirait à nous faire tomber en morceaux.) Mais lorsque je revins pleinement à moi – ah, imagine ce moment ! –, je vis la maison sur le seuil de laquelle je gisais. Et ce n'était pas le palais d'ambre et d'or que je m'imaginais jadis. Si tel avait été le cas, j'eusse pu croire que j'avais rêvé. Mais il était évident que non. Cette maison ne ressemblait à aucune autre de ces contrées, pas plus qu'aux maisons grecques que le Renard nous a décrites. C'était une chose neuve, jamais encore conçue – mais tu la verras par toi-même. Car je t'en montrerai les moindres recoins dans un moment. Pourquoi essayer de te la dépeindre par des mots ?

» Il était flagrant qu'il s'agissait de la demeure d'un dieu. Non pas un temple ou un autel pour le culte. Le foyer d'un dieu, son lieu de vie. J'aurais tout donné pour ne pas avoir à y pénétrer, mais je le devais, Orual. Car il en montait une voix – devrais-je dire *douce* ? Oh, plus douce que toutes les musiques, mais qui pourtant me fit dresser les cheveux sur la tête. Car sais-tu, Orual, ce qu'elle me dit ? " Entre dans ta maison – oui, elle l'appelait mienne –, Psyché, épouse du dieu. " J'eus de nouveau honte de mon état de mortelle, et très peur. Mais désobéir n'aurait fait qu'accroître l'une et l'autre. Aussi, tremblante, glacée et infiniment humble, je gravis les marches et franchis le porche pour pénétrer dans la cour. Je ne vis personne. Mais les voix m'accueillirent. Tout autour de moi, me souhaitant la bienvenue.

— Quel genre de voix ?

— Des voix de femmes, semblait-il – du moins, aussi proches de voix de femmes que le dieu-vent l'était d'un homme. Et elles me disaient : " Entrez, madame, entrez, maîtresse. N'ayez crainte. " Et elles se déplaçaient, bien que je ne visse toujours personne, et me guidaient de leurs mouvements. Elles m'emmenèrent ainsi dans un frais salon au plafond voûté, où une table était dressée, recouverte de fruits et de vin. Des fruits tels que… Mais tu verras. Elles m'invitèrent à me servir : " Restaurez-vous, madame, avant le bain ; ensuite viendra le banquet. " Oh, Orual, comment te décrire ce que je ressentais ? Je savais que c'étaient des esprits, et j'avais envie de me jeter à leurs pieds. Mais je n'osais point ; s'ils m'avaient faite maîtresse de cette maison, alors je devais l'être. Pourtant, je redoutais quelque amère moquerie, et m'attendais à tout instant à entendre éclater un rire terrible, et…

— Ah ! » m'exclamai-je dans un long soupir. Comme je la comprenais.

« Oh, mais j'avais tort, chère sœur. Complètement tort. Cela fait aussi partie de la honte des mortels. On me donna des fruits, du vin…

— Qui ? Les voix ?

— Les esprits. Je ne les voyais point. Pourtant, vois-tu, les plats et les coupes n'avaient pas l'air de bouger d'eux-mêmes. À l'évidence, des mains les mouvaient. Et, Orual, ajouta-t-elle à voix très basse, lorsque je pris la coupe, je… je *sentis* ces mains qui touchaient les miennes. Et de nouveau cette brûlure, sans aucune douleur. C'était terrible. » Elle rougit soudain et se mit à rire, ce qui me surprit. « Ce serait différent, maintenant. Puis ils me menèrent au bain. Tu le verras aussi. Il se situe dans une cour des plus délicates, une galerie bordée de piliers, à ciel ouvert, et l'eau est pure comme le cristal et sent aussi bon que… que cette vallée. J'étais très intimidée lorsqu'il fallut me dévêtir, mais…

— Tu disais que c'étaient des esprits féminins.

— Oh, Maia, tu ne comprends toujours pas. Cette pudeur n'avait rien à voir avec le masculin ou le féminin. C'était la honte d'être mortelle, d'être – comment dire cela ? – insuffisante. Ne penses-tu pas qu'un rêve serait timide, s'il s'était égaré en plein jour dans un monde réveillé ? Et ensuite, ajouta-t-elle de plus en plus précipitamment, ils me rhabillèrent, dans les vêtements les plus splendides – puis ce fut le banquet, avec toute cette musique – et ils me conduisirent à ma couche – et la nuit vint – et avec la nuit… lui.

— Lui ?

— Le marié… Le dieu lui-même. Ne me regarde pas ainsi, ma sœur. Je suis toujours la Psyché que tu as connue. Rien ne changera cela.

— Psyché, l'interrompis-je en me levant d'un bond, je ne puis en souffrir davantage. Tu m'as conté tant de merveilles.

Si tout cela est vrai, je me suis trompée toute ma vie. Tout doit recommencer. Psyché, est-ce vrai ? Ne te joues-tu pas de moi ? Montre-moi. Montre-moi ton palais.

— Bien sûr que je te le montrerai, répondit-elle en se levant à son tour. Rentrons. Et ne crains rien de ce que tu verras ou entendras.

— Est-ce loin ? »

Elle m'adressa un bref regard étonné. « Jusqu'où ?

— Jusqu'au palais, la demeure de ce dieu. »

Avez-vous déjà vu un enfant égaré dans une foule courir vers une femme qu'il prend pour sa mère ? Lorsque cette femme se retourne et lui montre le visage d'une inconnue, vous rappelez-vous le regard de cet enfant, et le silence poignant, avant les larmes ? C'est ainsi que m'apparut le visage de Psyché : en arrêt, suspendu entre deux émotions. Son assurance joyeuse venait de voler en éclats.

« Orual, demanda-t-elle en tremblant soudain, que veux-tu dire ? »

Je pris peur à mon tour, bien que je n'eusse encore aucune idée de la vérité.

« Ce que je veux dire ? Où est le palais ? À quelle distance se trouve-t-il d'ici ? »

Elle lâcha un seul cri, déchirant. Puis, le visage blême, elle planta son regard dans le mien, et annonça : « Mais nous y sommes, Orual ! Tu te tiens en ce moment même sur les marches du grand perron. »

11

Si quiconque avait pu nous voir en cet instant, il se serait sans doute cru en présence de deux ennemies jurées, prêtes à se battre jusqu'à la mort. Je sais que c'est ainsi que nous nous tenions, à quelques mètres de distance, les nerfs tendus à se rompre, nous fixant l'une l'autre avec une méfiance extrême.

Nous arrivons à présent à la partie de mon histoire sur laquelle repose l'essentiel de mon grief contre les dieux; aussi dois-je m'efforcer, autant qu'il me sera possible, de retranscrire l'exacte vérité. Il est toutefois difficile de savoir parfaitement ce que je pensai, tandis que s'écoulait cet interminable silence entre nous. En me le remémorant trop souvent, j'en ai rendu le souvenir confus.

Je suppose que ma première pensée fut : « Elle est folle. » Mais tout mon cœur bondit pour refermer la porte sur cette monstrueuse aberration, car je ne pouvais l'endurer. Il me fallait ensuite garder cette porte verrouillée. Peut-être luttais-je pour ne pas sombrer moi-même dans la démence.

Mais lorsque je retrouvai mon souffle, je dis simplement, d'une voix à peine plus vaillante qu'un murmure : « Nous devons partir sur-le-champ. Ce lieu est atroce. »

Croyais-je à son histoire de palais invisible? Un Grec rirait, à cette idée. Mais il en va autrement, à Glome. Les dieux y sont si proches de nous. Là-haut, au cœur de la montagne, où Bardia et même les prêtres craignaient de s'aventurer, tout était possible. Aucune porte ne pouvait demeurer fermée. Oui, c'est cela que je ressentis ; non pas une croyance, mais l'étendue infinie du doute : le monde tout entier – et Psyché avec lui – me glissait des mains.

Quant à ce que je voulus dire, elle en conçut un malentendu effroyable.

« Ainsi, dit-elle, tu le vois, finalement.

— Voir quoi ? » Dès que je l'eus prononcée, je sus ce que cette question avait d'absurde.

« Eh bien, tout ceci. Les portes, les murs étincelants… »

Pour une raison étrange, la fureur – celle-là même de mon père – s'empara brusquement de moi. Je m'entendis hurler (ce n'était pas mon intention) : « Cesse cela ! Immédiatement ! Il n'y a rien, ici. »

Son visage vira à l'écarlate. Pour cette seule fois, et durant un instant à peine, elle aussi fut en colère. « Très bien. Touche, si tu ne peux pas voir, s'écria-t-elle. Touche donc. Frappe la pierre de tes mains. Cogne ta tête contre ce mur. Tiens… » Elle me prit les mains, mais je me libérai d'un geste brusque.

« Arrête, te dis-je ! Tout cela n'existe pas. Tu fais semblant. Tu essaies de te leurrer toi-même. » Mais je mentais. Comment aurais-je pu savoir si elle voyait réellement l'invisible, ou si son discours était celui de l'hallucination ? Quelle que fût la réponse, quelque chose d'abject et d'inexplicable s'était mis en mouvement. Comme si je pouvais le neutraliser par la force brute, je me jetai sur Psyché. Avant même de m'en apercevoir, je la tenais par les épaules et la secouais comme je l'aurais fait d'une enfant.

Elle était devenue trop grande pour cela, et bien trop vigoureuse (plus encore que je ne l'aurais rêvé) et elle se dégagea sans mal de mon emprise. Nous chûmes à quelques mètres l'une de l'autre, le souffle rauque, plus que jamais en posture d'adversaires. Sur son visage apparut instantanément un air cassant et suspicieux que je ne lui avais jamais vu.

« Mais tu as goûté le vin. Où crois-tu que je l'aie trouvé ?

— Du vin ? Quel vin ? De quoi parles-tu ?

— Orual ! Du vin que je t'ai donné à boire. Et la coupe. Je t'ai tendu la coupe. Où est-elle ? Où l'as-tu cachée ?

— Oh, cesse tout cela, je t'en prie, mon enfant. Je ne suis pas d'humeur à endurer ces folies. Il n'y avait pas de vin.

— Mais je t'en ai donné. Tu l'as bu. Et les délicieux gâteaux au miel. Tu as dit…

— Tu m'as donné de l'eau, dans tes mains en coupe.

— Mais tu as vanté le goût du vin, et la beauté de la coupe. Tu as dit…

— J'ai loué la grâce de tes mains. Tu jouais, tu le sais bien, et je suis entrée dans ton jeu. »

Elle me considéra, bouche bée, et même ainsi elle était resplendissante.

« Alors c'était tout, articula-t-elle lentement. Tu veux dire que tu n'as pas vu de coupe ? Pas senti le goût du vin ? »

Je ne voulais pas répondre. Elle avait très bien entendu mes paroles.

Elle déglutit comme si elle avalait quelque chose – et quelle splendeur que sa gorge ! Elle réprima un grand flot de passion, et son humeur changea ; elle fut brusquement envahie d'une tristesse sobre, mêlée de pitié. Elle se frappa la poitrine de son poing fermé, comme le font les pleureuses.

« *Aiai !* se lamenta-t-elle. Hélas, il m'avait bien mise en garde. Tu ne le vois pas, tu ne le sens pas. Pour toi, il n'y a rien, là. Oh, Maia… Je suis tellement navrée. »

J'en arrivai presque à la croire totalement. Elle m'émouvait et me bouleversait d'innombrables manières. Mais moi, je ne l'avais pas ébranlée le moins du monde. Elle était aussi certaine de l'existence de son palais que de l'évidence la plus absolue ; aussi certaine que le grand prêtre l'était d'Ungit, alors que mon père lui pointait son poignard entre les côtes. J'étais aussi faible en face d'elle que le Renard affrontant le pontife. Cette vallée était bel et bien un lieu abominable, imprégné de divin, de sacré, et non un endroit pour les mortels. Et elle pouvait bien recéler mille mystères qui se refusaient à ma vue.

Un Grec peut-il mesurer toute l'horreur de cette idée ? Des années plus tard, je rêvais inlassablement que je me trouvais dans un lieu familier – souvent, la salle du Pilier – et que tout ce que je voyais était différent de ce que je touchais. Je posais la main sur la table et au lieu du bois lisse, je sentais le contact d'une chevelure tiède ; le coin même de cette table me léchait la paume de sa langue humide et brûlante. Et je savais, à leur saveur particulière, que tous ces rêves provenaient de cet instant où j'avais cru contempler sans le voir le palais de Psyché. Car l'horreur était de même nature : une discordance qui soulevait le cœur, le choc strident entre deux mondes, comme le frottement de deux fragments d'un os brisé.

Mais dans la réalité (contrairement à ces songes), avec l'horreur venait l'inconsolable chagrin. Car le monde s'était disloqué en morceaux, et Psyché et moi n'étions plus dans le même. Les mers, les montagnes, la folie, la mort même n'auraient su l'éloigner plus sûrement de moi que cette incompréhension désespérée. Les dieux, encore les dieux, toujours les dieux… Ils me l'avaient volée. Ils ne nous laisseront jamais rien. Une pensée perça l'enveloppe de mon esprit comme un crocus sortant de terre, au printemps. N'était-elle pas digne des dieux ? N'avaient-ils pas raison de la convoiter ? Mais aussitôt, des vagues immenses, étouffantes et aveuglantes de chagrin, balayèrent cette pensée, et je ne pus que m'écrier, la gorge serrée : « Oh, ce n'est pas bien. Oh, Psyché, reviens ! Où es-tu ? Reviens, reviens. »

Elle s'empressa de me prendre dans ses bras. « Maia, ma sœur. Je suis là. Maia, je t'en prie. Je ne peux le supporter. Je…

— Oui… oh, mon enfant… je te sens… tu es dans mes bras. Mais, oh… c'est comme t'étreindre en rêve. Tu es si loin. Et je… »

Elle me mena quelques pas à l'écart et me fit asseoir sur un talus moussu, avant de prendre place à mon côté. Elle me réconforta de son mieux, avec des mots et des caresses. Et, tout comme en plein cœur d'un orage ou même d'une bataille j'avais connu des instants d'immobilité soudaine, je la laissai me consoler. Non que je tinsse aucun compte de ses paroles. C'étaient sa voix et l'amour que j'y entendais qui importaient. Pour une femme, elle avait un timbre très grave. Aujourd'hui encore, son inflexion pour prononcer tel ou tel mot me revient avec autant de chaleur et de réalité que si Psyché se trouvait avec moi dans la pièce : sa douceur, sa richesse comparable à celle du blé mûr, né d'un sol généreux.

Et voici ce qu'elle disait : « … et peut-être, Maia, apprendras-tu toi aussi à voir. Je le supplierai, je l'implorerai de t'en donner la capacité. Il comprendra. Lorsque j'ai demandé cette entrevue, il m'a prévenue qu'elle ne se déroulerait peut-être pas comme je l'espérais. Je n'imaginais pas… je ne suis que la simple Psyché, comme il m'appelle… je n'aurais jamais pensé que ce qu'il voulait dire, c'est que tu ne pourrais pas voir. Aussi devait-il le savoir. Il nous le dira… »

Il ? J'avais oublié ce *il* ; ou du moins l'avais-je relégué dans un coin de mon esprit, dès qu'elle avait prétendu que nous nous tenions sur les marches du palais. Et voilà qu'à présent elle ne parlait plus que de *lui*, rien que de *lui*, comme ces jeunes épousées en plein ravissement. À l'intérieur de moi, je sentis une dureté froide s'installer. Et cela aussi était comparable à ce que j'avais connu à la guerre : lorsque ceux qui n'étaient qu'*eux* ou bien *les ennemis* deviennent subitement cet homme, à un mètre de distance, qui veut vous tuer.

« De qui parles-tu ? demandai-je, alors que ce que je voulais réellement dire était : Pourquoi me parles-tu de lui ? Qu'ai-je à faire avec lui ?

— Mais, Maia, je t'ai narré toute mon histoire. Mon dieu, bien sûr, c'est de lui que je parle. Mon aimé. Mon mari. Le maître de ma maison.

— Oh, c'en est assez », m'exclamai-je en me levant d'un bond. Ces derniers mots, qu'elle avait prononcés d'une voix douce et tremblante, avaient ravivé ma fureur tel un incendie. Et c'est alors, comme une grande lumière, un espoir de délivrance, que l'idée me vint. Je me demandai pourquoi, et depuis quand, j'avais oublié la probabilité qu'elle fût folle. La folie, bien sûr. Tout cela ne devait être que le discours de la démence. J'avais été presque aussi égarée qu'elle pour penser autrement. Dès que j'eus admis ce nom même de *folie*, l'air de la vallée devint soudain plus respirable, comme quelque peu vidé de ses ignobles relents sacrés.

« Cela suffit, Psyché, affirmai-je sèchement. Où se trouve ce dieu ? Et son palais ? Nulle part – dans ton imagination. Où est-il ? Montre-le-moi ! À quoi ressemble-t-il ? »

Elle détourna légèrement le regard et me répondit, à voix plus basse mais très claire, comme si tout ce qui s'était passé entre nous était sans importance, en comparaison de ce qu'elle énonçait à présent : « Oh, Orual… moi-même je ne l'ai point vu… point encore. Il ne me rejoint que dans l'obscurité la plus totale. Il dit que je ne dois pas… pas encore… voir son visage ou connaître son nom. Il m'est interdit d'apporter la moindre source de lumière dans sa… dans notre chambre. »

Puis elle releva les yeux et, tandis qu'ils croisaient les miens, je lus en elle une joie indicible.

« Tout cela n'existe pas, déclarai-je d'une voix forte et sévère. Ne prononce plus jamais pareilles inanités. Lève-toi. Il est temps…

— Orual, répliqua-t-elle, plus royale que jamais, de ma vie jamais je ne t'ai dit un seul mensonge. »

Je tentai de m'adoucir. Mais les mots jaillissaient malgré moi, froids et austères. « Non, tu n'as pas *l'intention* de me mentir. Mais tu n'as pas toute ta tête, Psyché. Tu as imaginé des choses. C'est l'effet de la terreur, et de cette solitude… et de la drogue que l'on t'a forcée à boire. Nous te soignerons.

— Orual, intervint-elle.

— Quoi ?

— Si tout cela n'est que le fruit de quelque chimère, comment crois-tu que j'aie survécu, pendant tous ces jours ? Ai-je l'air de m'être nourrie de baies et d'avoir dormi à la belle étoile ? Mes bras sont-ils égratignés ? Ou mes joues creuses ? »

J'étais prête à lui mentir en lui affirmant que oui, mais cela me fut impossible. De sa tête à ses pieds nus, elle irradiait de vie, de beauté et de bien-être. On aurait dit qu'ils rayonnaient sur elle, ou bien d'elle. Je n'étais pas étonnée que Bardia l'eût vénérée comme une déesse. Jusqu'aux haillons qu'elle portait, tout concourait à rendre sa beauté plus éclatante encore. Elle apparaissait dans toute sa perfection, la douceur du miel, le rouge des roses et le blanc de l'ivoire, la chaleur de son souffle. Elle me sembla même – bien que cela fût impossible, me disais-je – plus grande qu'auparavant. Et tandis que je renonçais à prononcer ce mensonge, elle me dévisagea avec ce qui ressemblait à de la moquerie. Ces regards espiègles avaient toujours été parmi ses plus charmants.

« Tu vois ? Tout est vrai. Et c'est pourquoi – non, écoute-moi, Maia – c'est pourquoi tout finira bien. Nous ferons en sorte – il fera en sorte que tu voies, et alors…

— Je ne veux pas ! me défendis-je en rapprochant mon visage du sien, la menaçant presque, jusqu'à ce qu'elle se reculât, devant tant d'ardeur. Je ne veux pas. Je le déteste. Je le déteste, tu m'entends ?

— Mais, Orual… Pourquoi ? Que détestes-tu ?

— Oh, tout – comment l'appeler ? Tu le sais très bien. Du moins le savais-tu. Ce, cette… » Et c'est alors que me revint une chose qu'elle avait dite, à son sujet à *lui*. Je l'avais à peine entendue, et soudain elle m'inquiéta furieusement. « Cette créature qui vient te retrouver dans l'obscurité… et que tu n'as pas le droit de voir. La pénombre sacrée, l'appelles-tu. Quelle est cette bête ? Quelle abjection ! C'est comme vivre dans la maison d'Ungit. Tout ce qui entoure les dieux est plongé dans l'ombre… je crois même sentir l'odeur… » L'impassibilité de son regard, l'élégance de ses traits, si pleins de pitié et pourtant impitoyables, me rendirent muette, l'espace d'un instant. Et mes sanglots éclatèrent de nouveau. « Oh, Psyché, tu es si distante. M'entends-tu seulement ? Je ne peux t'atteindre. Oh, Psyché, Psyché… tu m'aimais, autrefois… Reviens. Qu'avons-nous à faire avec les dieux, les merveilles et tous ces mystères cruels et obscurs ? Nous ne sommes que des femmes, n'est-ce pas ? Des mortelles. Oh, reviens au monde. Laisse tout cela derrière toi. Reviens là où nous étions heureuses.

— Mais, Orual, réfléchis. Comment pourrais-je revenir ? C'est mon foyer, ici. Je suis une épouse.

— Une épouse ? L'épouse de quoi ? demandai-je en frissonnant.

— Si seulement tu le connaissais.

— Tu l'aimes donc ! Oh, Psyché ! »

Elle ne voulut pas me répondre. Elle rougit violemment. Son visage, tout son corps étaient pourtant éloquents.

« Oh, tu aurais fait une excellente servante d'Ungit, m'emportai-je sauvagement. Tu aurais dû vivre là-bas – dans le noir –, au milieu du sang, de l'encens, des murmures et de la graisse brûlée. Car pour aimer cela… vivre parmi des choses que l'on ne voit pas… sombres, sacrées et atroces… Le fait de m'abandonner ne te coûte rien… d'entrer dans tout cela… de tourner le dos à tout notre amour ?

— Non, non, Maia. Je ne peux pas revenir à toi. Comment le pourrais-je ? Mais toi, tu dois venir à moi.

— Oh, tout cela n'est que folie. »

Était-ce bien le cas ? Où était la vérité ? Quel était le pire ? Je me trouvais à cette croisée des chemins où, si les dieux nous voulaient du bien, ils se seraient exprimés. Mais voyez plutôt à quelle malice ils se livrèrent.

Il se mit à pleuvoir. Une légère averse, mais qui changea tout pour moi.

« Viens, mon enfant, te protéger sous ma cape. Tes pauvres haillons ! Vite. Tu vas être trempée jusqu'aux os. »

Elle me considéra d'un air ébahi. « Mais comment pourrais-je être mouillée, Maia, alors que nous sommes assises à l'intérieur, un toit au-dessus de nos têtes ? Et tu parles de “ haillons ” ? – Mais j'oubliais. Tu ne peux non plus voir mes robes. » Et tandis qu'elle prononçait ces paroles la pluie miroitait à ses joues.

Si le sage grec qui lira ce livre venait à douter que cette scène eût pu me retourner l'esprit, qu'il interroge sa mère ou sa femme. Dès l'instant où je la vis, mon enfant, dont je m'étais occupée toute ma vie, assise là, aussi insoucieuse de la pluie que le bétail dans les champs, il devint impensable pour moi que son palais et son dieu ne fussent pas pure affabulation. Toutes ces folles errances, ce flottement entre deux opinions furent instantanément écartés. Je vis en un éclair que je devais choisir mon camp, et sus tout aussi promptement lequel.

« Psyché, dis-je d'une voix changée, tout cela n'est que délire. Tu ne peux rester ici. L'hiver sera bientôt sur nous. Il te tuera.

— Je ne puis quitter mon foyer, Maia.

— Ton foyer ! Il n'y a pas de foyer, ici ! Lève-toi. Viens sous ma cape. »

Elle secoua la tête d'un air las.

« C'est inutile, Maia. Je le vois et toi pas. Qui pourrait arbitrer entre nous ?

— J'appellerai Bardia.

— Je n'ai pas le droit de le laisser entrer. Et il refuserait de venir. »

Je sus qu'elle disait vrai.

« Debout, jeune fille. Tu m'entends ? Fais ce que l'on te dit. Psyché, jamais jusqu'ici tu ne m'as désobéi. »

Elle leva les yeux vers moi (son regard s'embrumait de seconde en seconde) et m'annonça, d'une voix tendre mais remplie d'une détermination inébranlable : « Chère Maia, je suis une épouse, à présent. Ce n'est plus à toi que je dois me soumettre. »

J'appris en cet instant comment on peut haïr ceux que l'on aime. Je lui saisis fermement le poignet d'une main, et de l'autre l'avant-bras. Nous nous battîmes.

« Tu viendras, crois-moi, suffoquai-je. Nous t'y forcerons, nous te cacherons quelque part – Bardia a une femme, je crois –, nous t'enfermerons – dans sa maison –, tu reprendras tes esprits. »

C'était inutile. Elle avait facilement le dessus sur moi. « Bien sûr, pensai-je, on dit que les aliénés ont deux fois plus de force. » Dans notre lutte sourde et confuse, nous nous infligeâmes l'une à l'autre bleus et griffures. Lorsque nous nous séparâmes de nouveau, elle me dévisagea avec reproche et étonnement, tandis que, brisée de honte et de désespoir, je sanglotais (comme je l'avais fait à la porte de sa prison). La pluie avait cessé. Elle avait, semble-t-il, accompli le dessein des dieux.

Et il n'y avait plus rien que je pusse faire.

Psyché, comme toujours, fut la première à se ressaisir. Elle posa la main sur mon épaule – pas une trace de sang sur sa peau ; était-il réellement possible que je l'eusse égratignée ?

« Chère Maia, dit-elle, durant toutes ces années, tu t'es rarement mise en colère contre moi. Ne commence pas aujourd'hui. Regarde, déjà les ombres ont presque traversé la cour. J'espérais qu'avant cette heure, nous aurions festoyé ensemble en partageant notre joie. Mais voilà : tu n'as voulu goûter que quelques baies et de l'eau froide. Du pain et des oignons en compagnie de Bardia te seront d'un plus grand réconfort. Car je dois te renvoyer avant que le soleil se couche. J'ai promis qu'il en serait ainsi.

— Ainsi, tu me renvoies pour toujours, Psyché, et sans rien ?

— Sinon une invitation à revenir dès que tu le pourras. Je travaillerai pour toi, ici. Il doit exister un moyen. Et alors – oh, Maia – nous nous retrouverons sans aucun nuage au-dessus de nous. Mais pour l'heure, tu dois partir. »

Que pouvais-je faire, sinon me plier à sa volonté ? Physiquement, elle était plus forte que moi ; quant à son esprit, je ne pouvais l'atteindre. Déjà, elle me reconduisait jusqu'à la rivière, à travers cette vallée désolée qu'elle disait son palais. Ce lieu me paraissait désormais odieux. L'air avait fraîchi. Le coucher de soleil flamboyait derrière la masse noire de la roche.

Tout au bord de l'eau, elle m'enlaça étroitement. « Tu reviendras vite, très vite ?

— Si je le peux, Psyché. Tu sais comment vont les choses, dans notre maison.

— Je pense que le roi ne sera pas un grand obstacle pour toi, dans les jours à venir. À présent va-t'en, le temps presse. Embrasse-moi de nouveau. Chère Maia. Appuie-toi sur ma main. Cherche la pierre plate du pied. »

Je dus de nouveau endurer la lame tranchante de l'eau glacée. Je me retournai une ultime fois.

« Psyché, Psyché, haletai-je. Il est encore temps. Viens avec moi. N'importe où – je te ferai sortir de Glome – nous parcourrons le monde comme des mendiantes – ou bien, tu iras chez Bardia – où tu voudras, tout ce que tu voudras. »

Elle secoua la tête. « Comment le pourrais-je ? Je ne m'appartiens pas. Tu oublies, ma sœur, que je suis une femme mariée. Pourtant je suis toujours tienne. Oh, si tu savais, tu serais heureuse. Orual, ne sois pas si triste. Tout ira bien ; mieux même que tu ne l'auras rêvé. Reviens vite. Adieu, pour le moment. »

Et elle m'abandonna pour retourner dans son horrible vallée, puis disparut bientôt sous les arbres. De mon côté de la rivière, à l'ombre de la montagne, le crépuscule était déjà là.

« Bardia, appelai-je, Bardia, où es-tu ? »

12

Une forme grise s'avança vers moi dans la lumière déclinante.

« Vous avez laissé la Bénie ? me demanda Bardia.

— Oui. » Je ne pouvais l'évoquer avec lui.

« Dans ce cas, nous devons parler de la nuit à venir. Jamais nous ne retrouverons un chemin praticable pour le cheval, et quand bien même, nous devrions redescendre après l'Arbre sacré, dans l'autre vallée. Nous ne pourrions dormir sur le plateau lui-même, il y a trop de vent. Dans une heure à peine, il fera déjà bien assez froid ici, où nous sommes pourtant abrités. J'ai bien peur qu'il ne nous faille passer la nuit en ces lieux. Ce n'est pas le meilleur choix, pour un homme : trop près des dieux.

— Qu'est-ce que cela peut bien faire ? Nous serons aussi bien ici qu'ailleurs.

— Alors venez avec moi, madame. J'ai ramassé un peu de bois. »

Je le suivis. Et, dans ce silence que ne venait plus troubler que le gazouillis du cours d'eau, plus fort que jamais, nous entendîmes le cheval brouter avant de l'apercevoir.

Un homme, un soldat surtout, est une créature merveilleuse. Bardia avait choisi un emplacement au plus abrupt de la berge, où deux rochers rapprochés formaient une sorte de grotte. Il avait construit et allumé le feu, qui crépitait encore de gouttes de pluie. Et des sacoches de sa selle, il avait tiré bien mieux que du pain et des oignons, et même une flasque de vin. Je n'étais encore qu'une jeune fille (ce qui, à bien des égards, ne vaut guère mieux qu'un idiot), et il me semblait honteux que, dans tout mon chagrin et mon souci, je fusse aussi affamée de ces vivres. Jamais je n'en avais goûté de meilleurs. Et ce repas à la lueur du feu (qui, dès qu'il avait flambé de toute sa hauteur, avait relégué le reste du monde dans les ténèbres) me parut très doux et accueillant : de la chaleur et de la nourriture de mortels pour des membres et des estomacs de mortels, sans se soucier des dieux, des énigmes et des prodiges.

À la fin du repas, Bardia annonça, non sans quelque gêne : « Madame, vous n'êtes pas accoutumée aux nuits à la belle étoile ; avant le lever du jour, vous serez sans doute transie de froid. Aussi prendrai-je la liberté – car je ne suis rien de plus pour vous, madame, que l'un des gros chiens de votre père – de proposer que nous reposions tout près, dos à dos, comme le font les hommes à la guerre. Et recouverts de nos deux capes. »

J'acceptai son offre, car aucune femme au monde n'aurait moins de raisons que moi de s'offenser de pareils sujets. Pourtant je fus surprise qu'il songeât même à cette solution ; car je ne savais pas encore, à l'époque, qu'à condition qu'elle fût assez laide, tous les hommes (hormis s'ils sont animés d'une haine profonde) cessent de considérer une femme comme telle.

Bardia reposa comme le font les soldats : profondément endormi entre deux respirations, mais toujours prêt (j'ai pu le constater depuis) à bondir en une seconde, en cas de nécessité. Il me sembla que je ne fermais par l'œil, du fait de la dureté et de l'inclinaison du sol, puis du froid. À quoi venaient s'ajouter des pensées incessantes qui tourbillonnaient comme celles d'un fou, au sujet de Psyché, de la situation qui m'accablait, et aussi d'une autre chose.

Le froid finit par devenir si mordant que je m'éclipsai doucement de sous la cape (dont la surface était déjà humide de rosée) pour faire les cent pas. Et maintenant, que le sage grec que j'espère comme lecteur et juge de ma cause prête grande attention à ce qui suit.

C'était déjà l'aurore, et la vallée était baignée de brouillard. Je me dirigeai vers la rivière, car j'avais grand soif, et ses berges semblaient de vastes trous d'ombre, dans les vapeurs grises. Je bus l'eau glaciale et j'eus le sentiment qu'elle m'éclaircissait les idées. Mais pouvais-je me fier à une rivière s'écoulant dans une vallée des dieux ? Voilà qui demeure un mystère. Car lorsque je relevai la tête pour scruter une nouvelle fois la brume qui planait sur l'autre berge, j'eus une vision qui manqua de me faire défaillir. Devant moi se dressait le palais : aussi gris que l'était tout ce qui se dessinait dans cette aube naissante, mais solide et immobile, avec ses enceintes, ses piliers, ses voûtes et ses architraves, sur des hectares – une splendeur labyrinthique. Comme Psyché l'avait dit, il ne ressemblait à aucune demeure ayant jamais existé dans nos contrées – je ne pouvais donc m'inspirer d'aucun souvenir pour l'imaginer. Les pinacles et les contreforts semblaient jaillir du sol, incroyablement hauts et élancés, pointus et hérissés comme si de la pierre s'apprêtaient à fuser des branches et des fleurs. Nulle lumière aux fenêtres. C'était une maison endormie. Et en son sein, en sommeil lui aussi, quelqu'un ou quelque chose – était-il sacré, atroce, beau ou étrange ? – tenait Psyché dans ses bras. Et moi, qu'avais-je fait, qu'avais-je dit ? Comment allait-on me punir de mes doutes et de mes blasphèmes ? Je fus prise de l'impulsion de traverser la rivière sur-le-champ, ou du moins d'essayer, même si je devais m'y noyer. Je voulais m'allonger sur les marches, devant la grande porte, et supplier que l'on me reçût. Il me fallait implorer le pardon de Psyché, et celui du dieu. J'avais osé la gronder – pire encore, la réconforter comme une enfant –, alors que tout ce temps, elle était bien au-dessus de moi. Car elle n'avait plus rien de mortel elle-même, si ce que je voyais existait bien. J'étais dans un état de grande panique. Peut-être n'était-ce pas réel. Je scrutais cette vision de toutes mes forces, afin de voir si elle changeait ou s'estompait. Et alors que je me relevais (car j'étais restée agenouillée près de l'eau), avant même que je fusse debout, tout ce décor avait disparu. Pendant un court instant, j'eus l'impression de distinguer comment les tourbillons de brume avaient pu ressembler à des murs et à des tours. Mais presque aussitôt, tout se dissipa. Je fixais simplement le brouillard, qui me brûlait les yeux.

À présent, toi qui lis, juge par toi-même. Cet instant où je vis – ou crus voir – la maison joue-t-il contre les dieux, ou contre moi ? S'ils devaient répondre, en feraient-ils un argument de leur défense ? Prétendant qu'il s'agissait d'un signe, d'une preuve m'incitant à résoudre l'énigme dans un sens plutôt que dans l'autre ? Je ne leur ferai pas le crédit de le croire. Quelle est l'utilité d'un signe qui ne serait qu'une énigme de plus ? Il se peut – je veux bien en revanche l'envisager – que ç'ait été là une vision réelle, que pendant un moment le nuage qui obscurcissait mon regard de mortelle ait été levé. Mais peut-être pas. Pour une personne égarée et peut-être pas aussi réveillée qu'elle le paraissait, sondant la brume dans la semi-pénombre, quoi de plus naturel que d'imaginer apercevoir ce qui avait rempli ses pensées pendant des heures ? Quoi de plus naturel, pour les dieux eux-mêmes, que de concevoir toute cette mystification, par simple jeu ? Quoi qu'il en soit, il y a là-dessous quelque malice divine. Ils nous envoient une énigme, puis un mirage dont l'on ne peut vérifier la véracité et qui n'a pour effet que d'accroître et d'aggraver nos tourments et nos conjectures. S'ils ont l'intention honnête de nous guider, pourquoi leurs conseils ne sont-ils pas limpides ? Psyché avait su parler avant trois ans ; devrais-je en conclure que les dieux n'étaient pas arrivés jusqu'à cet âge ?

Lorsque je vins retrouver Bardia, il se réveillait tout juste. Je ne lui fis point part de ma mésaventure ; et, jusqu'à cet instant où je la consigne dans ce livre, je ne l'ai narrée à personne.

Notre voyage de retour fut ardu, car le soleil avait disparu et nous avancions le vent toujours de face, sous de vives averses. En selle derrière Bardia, j'étais un peu épargnée.

Nous fîmes une halte autour de midi, sous le couvert d'un petit bois, pour nous restaurer de ce qu'il restait de nos provisions. Bien sûr, l'énigme m'avait habitée tout le matin et c'est là, protégée un moment du vent et quelque peu réchauffée (Psyché elle-même avait-elle chaud ? Car le temps menaçait de se dégrader encore), que je décidai de raconter à Bardia mon entrevue avec ma sœur, en éludant avec soin le dernier mirage dans la brume. Je savais l'homme droit, secret et, à sa manière, sage.

Il m'écouta très diligemment, mais, une fois mon récit achevé, ne dit mot. Je dus lui arracher une réponse.

« Que dis-tu de tout cela, Bardia ?

— Madame, il n'est pas dans mes habitudes de parler outre mesure des dieux et des sujets divins. Je ne suis pas impie. Je ne mange jamais de la main gauche ni ne couche avec ma femme les nuits de pleine lune, je ne dépèce jamais un pigeon avec une lame de fer, ni ne commets aucune autre action hasardeuse ou sacrilège, quand bien même le roi en personne me l'ordonnerait. Pour ce qui est des sacrifices, j'ai toujours versé sur ma solde ce que l'on peut attendre d'un homme honnête. Mais pour le reste, je pense que moins Bardia s'occupera des affaires des dieux, moins les dieux se mêleront des siennes. »

Cependant j'étais bien déterminée à entendre son opinion.

« Bardia, penses-tu que ma sœur soit folle ?

— Écoutez, madame, comme dans cette phrase seulement vous prononcez déjà ce qui devrait passer sous silence. Folle ? La Bénie ? Nous l'avons vue tous deux, et n'importe qui aurait pu témoigner qu'elle avait toute sa tête.

— Ainsi, tu penses qu'il y avait réellement un palais dans cette vallée, bien que je n'aie pu le voir ?

— Je ne sais point ce que signifie *réellement*, lorsqu'il s'agit de la demeure des dieux.

— Et que dis-tu de cet amant qui ne la rejoint qu'à la nuit tombée ?

— Je n'en dis rien.

— Oh, Bardia – et les lanciers te prétendent le plus courageux d'entre eux ! As-tu peur ne serait-ce que de me souffler ton avis ? J'ai désespérément besoin de conseils.

— De conseils à quel sujet, madame ? Qu'y a-t-il à faire ?

— Comment déchiffres-tu cette énigme ? Quelqu'un vient-il vraiment la trouver ?

— C'est ce qu'elle affirme, madame. Qui suis-je pour accuser la Bénie de mensonge ?

— Qui est-il ?

— C'est elle qui le sait le mieux.

— Elle ne sait rien. Elle confesse ne jamais l'avoir vu. Bardia, quelle sorte d'amant cela doit-il être, s'il interdit à son épouse de le voir ? »

Bardia garda le silence. Il tenait entre le pouce et l'index un galet, avec lequel il dessinait de petites éraflures sur le sol.

« Eh bien ? insistai-je.

— Je ne perçois pas d'énigme dans tout cela, finit-il par annoncer.

— Alors, quelle est ta réponse ?

— Je dirais – et je parle en tant que mortel, aussi y a-t-il fort à parier que les dieux soient mieux informés que moi –

que cet amant doit avoir un visage et une silhouette peu propices à réjouir l'œil de la princesse.

— Quelque affreuse créature ?

— On les appelait la Mariée et la Brute, madame. Mais il est temps pour nous de repartir. Nous ne sommes pas même à mi-chemin. » Sur ces paroles, il se leva.

Ces pensées n'avaient pour moi rien de nouveau : elles exprimaient la supposition la plus atroce qui me torturait l'esprit. Mais si les entendre prononcer par sa bouche me causait un tel choc, c'est que je le savais certain de son fait. J'en étais arrivée à très bien connaître Bardia, et pouvais mesurer que sa difficulté à parler était le fruit non d'une quelconque incertitude, mais de la crainte d'exprimer ouvertement son opinion. Comme il l'avait dit, mon énigme n'en était pas une pour lui. Et c'était comme si tout le peuple de Glome m'avait répondu par sa voix. C'est ainsi que devait penser, à n'en pas douter, tout sujet prudent et pieux de notre nation et de notre époque. Mes autres interrogations ne leur auraient pas même traversé l'esprit : la réponse était claire comme le jour. Pourquoi se tourmenter davantage ? Le dieu et l'Ombre-Brute n'étaient qu'une seule et même créature. C'est à lui qu'elle avait été donnée. Nous avions obtenu la pluie et, semblait-il, la paix retrouvée avec Phars. Les dieux, en échange, l'avaient emmenée dans leurs antres secrets où une entité mystérieuse, si répugnante qu'elle n'osait se montrer, sacrée et immonde, spectrale, démoniaque ou bestiale – ou tout cela à la fois, comment savoir, avec les dieux – jouissait d'elle à sa guise.

J'étais si abattue que, sur tout le chemin du retour, rien en moi ne trouva la force de disputer de la réponse de Bardia. Je me voyais comme un prisonnier soumis à la torture, au moment où ses bourreaux lui jettent de l'eau glacée au visage pour le sortir de sa torpeur, et où autour de lui, la vérité, pire encore que ses élucubrations, redevient claire, dure et inexorable. Il me semblait désormais que toutes mes suppositions n'avaient été que des chimères complaisantes dictées par mes désirs, et que j'étais à présent bien réveillée. Il n'y avait jamais eu d'énigme ; le pire était la vérité, aussi visible que le nez au milieu de la figure. Seule la terreur avait pu m'aveugler si longtemps.

Je glissai promptement la main sous ma cape, à mon fourreau. Avant ma maladie, je m'étais juré que, s'il n'existait aucune autre issue, je tuerais Psyché moi-même, plutôt que de la livrer au rut ou à l'appétit d'un monstre. Je pris de nouveau une résolution capitale, qui m'effraya moi-même. « Il se pourrait qu'il faille en arriver là, me soufflait mon cœur, qu'il faille la tuer. » (Bardia m'avait déjà enseigné l'attaque directe, et où porter le coup fatal.) Puis l'attendrissement me submergea de nouveau et je pleurai avec plus d'amertume que jamais, jusqu'à ne plus pouvoir distinguer les gouttes d'eau des larmes sur mon voile ruisselant (à mesure que le jour avançait, l'averse se faisait plus régulière). Et dans cet accès de clémence, je me demandai même pourquoi je devrais la sauver de la Brute, ou la prévenir à son endroit, ou même me mêler de ses affaires. « Elle est heureuse, me soufflait mon cœur. Qu'il s'agisse de démence, d'un dieu ou d'un monstre, quelle que soit cette créature, Psyché est heureuse. Tu l'as constaté par toi-même. Dix fois plus heureuse, dans la montagne, qu'elle pourrait jamais l'être avec toi. Laisse-la en paix. Ne gâche pas sa joie. Ne souille pas ce que tu vois que tu ne peux produire toi-même. »

Nous étions arrivés au pied des contreforts, presque en vue de la maison d'Ungit, s'il nous avait été possible de percer le rideau de pluie. Mon cœur ne réussit pas à gagner ma raison à sa cause. Je percevais qu'il existait un amour plus profond que celui qui ne cherche que le bonheur de son objet. Un père se réjouirait-il de voir sa fille heureuse, si elle était devenue une catin ? Une femme supporterait-elle que son aimé soit un lâche, bien qu'heureux ? Ma main se porta de nouveau à mon épée. « Il n'en sera pas ainsi, pensai-je. Advienne que pourra, je ne la laisserai pas faire. » Quel que fût le tour que devaient prendre les événements, quel que fût le prix à payer, sa mort, la mienne ou bien mille autres, dans l'affrontement avec les dieux « barbe contre barbe », comme disent les soldats, Psyché ne serait pas livrée en pâture à un démon – qui plus est, de son plein gré.

« Nous sommes toujours filles de roi », dis-je à voix haute.

J'avais à peine prononcé ces paroles que j'eus de bonnes raisons de me rappeler de quel roi j'étais la fille. Nous longions les berges du Shennit et Bardia (dont l'esprit restait constamment en alerte) m'annonça que dès que nous aurions passé la ville, et avant d'atteindre le palais, je ferais bien de descendre de cheval et de rentrer par le petit chemin – où Redival avait pour la première fois vu Psyché vénérée comme une déesse – en traversant les quartiers des femmes par-derrière. Car il était aisé de deviner comment mon père aurait réagi en constatant, quand j'avais prétendu être trop malade pour venir travailler pour lui dans la salle du Pilier, que j'avais en réalité fait le voyage jusqu'à l'Arbre sacré.

13

Il faisait presque noir dans le palais et, comme j'approchais de la porte de mes appartements, j'entendis une voix m'interpeller, en grec : « Alors ? » C'était le Renard. Mes femmes m'apprirent qu'il m'avait attendu là, accroupi dans un coin d'ombre tel un chat près d'un trou de souris.

« Vivante, Grand-Père, annonçai-je en l'embrassant. Reviens dès que tu le pourras. Je suis trempée comme une anguille et dois me laver, me changer et me restaurer. Je te raconterai tout quand tu me rejoindras. »

Alors que j'achevais mon souper, de nouveau chaudement vêtue, je l'entendis frapper à ma porte. Je le fis entrer et s'asseoir à ma table, et lui servis du vin. Nous n'avions avec nous que la petite Poobi, ma servante à peau sombre, une enfant tendre et loyale qui ne parlait pas grec.

« *Vivante*, as-tu dit ? s'empressa de répéter le Renard, en levant sa coupe. Vois : j'offre une libation à Zeus le Sauveur. » Il le fit à la grecque, d'un coup de poignet expert qui ne versait qu'une seule goutte.

« Oui, Grand-Père. Vivante, bien portante, et heureuse, dit-elle.

— Je sens mon cœur se lézarder de joie, mon enfant. Les nouvelles que tu me rapportes dépassent tous mes espoirs.

— Je t'en ai donné le miel, Grand-Père. Voici le vinaigre.

— Parle donc. Tout doit être entendu. »

Alors je lui contai toute l'histoire, hormis l'apparition dans le brouillard. Voir toute lumière disparaître de son visage à mesure que j'avançais dans mon récit me fut atroce, sachant que j'étais la cause de ce rembrunissement. Aussi me demandai-je : « S'il t'est presque insupportable de ruiner les espoirs du Renard, comment toléreras-tu de balayer tout le bonheur de Psyché ? »

« Hélas, hélas ! Pauvre Psyché ! s'exclama mon maître. Notre chère petite ! Comme elle doit avoir souffert ! L'hellébore sera le remède ; avec du repos, de la paix et des soins attentifs… Oh, nous la remettrions sur pied, je n'en doute pas, si nous pouvions la soigner. Mais comment lui donner ne serait-ce qu'un dixième de ce dont elle a besoin ? Je suis à court d'idées, ma fille. Pourtant nous devons réfléchir, imaginer. J'aimerais tant être Ulysse, oui, ou Hermès.

— Ainsi, tu penses qu'elle est folle, tu en es certain ? »

Il me lança un regard vif. « Pourquoi, ma fille, que penses-tu donc ?

— Tu me traiteras de démente, je n'en doute pas. Mais tu n'étais pas avec elle, Grand-Père. Elle parlait avec un tel calme. Aucun propos désordonné dans son discours. Il lui arrivait de rire de bon cœur. Son regard n'était pas égaré. Si j'avais eu les yeux fermés, j'aurais pu croire son palais aussi réel que celui-ci.

— Mais tes yeux étaient ouverts, et tu n'as rien vu de tel.

— Ne penses-tu pas – n'est-il pas possible – n'y a-t-il pas une chance sur cent – qu'il existe des choses qui, bien que réelles, se dérobent à nos yeux ?

— Bien sûr que si, je le crois. C'est ainsi qu'il va de la justice, de l'égalité, de l'âme, ou des notes de musique.

— Oh, Grand-Père, ce n'est pas de cela que je veux parler. S'il y a des âmes, ne pourrait-il y avoir des maisons-âmes ? »

Il fit courir ses doigts dans sa chevelure, dans ce geste qui m'était si familier, celui du professeur en plein désarroi.

« Mon enfant, tu veux me faire croire qu'après toutes ces années tu n'as toujours pas entrevu le sens du mot *âme* ?

— Je comprends très bien ce qu'il signifie, Grand-Père. Mais sais-tu tout, même toi ? N'existe-t-il pas des choses – des *choses* – autres que celles que nous voyons ?

— Une quantité considérable. Derrière notre dos. Trop éloignées. Ou s'il fait noir. » Il se pencha en avant pour poser sa main sur la mienne. « Je commence à croire, ma fille, que si je réussis à trouver cet hellébore, je ferais bien de t'en administrer la première dose. »

J'avais envisagé, au début, de lui parler du mirage, de la vision que j'avais eue du palais. Mais je ne pus m'y résoudre : il était le pire auditeur possible, pour ce genre de récit. Il me donnait déjà honte de la moitié des pensées qui m'avaient traversé l'esprit. C'est alors qu'il me vint une idée plus réjouissante.

« Dans ce cas, peut-être cet amant qui la retrouve à la nuit tombée fait-il partie de cette démence ?

— J'aimerais pouvoir le croire, commenta le Renard.

— Qu'est-ce qui t'en empêche, Grand-Père ?

— Tu dis qu'elle a le teint rose et la chair rebondie ? Qu'elle n'a pas l'air d'avoir jeûné ?

— Elle n'a jamais été plus belle.

— Alors, qui l'a nourrie, tout ce temps ? »

Voilà qui me fit taire.

« Et qui l'a extraite de ses fers ? »

Je ne m'étais pas même posé cette question. « Grand-Père ! Quelle mouche te pique ? Que *toi*, entre tous les hommes, puisses suggérer que c'est bien un dieu… Tu me rirais au nez, si je t'affirmais pareille ineptie.

— Dis plutôt que j'en pleurerais. Oh, mon enfant, mon enfant, quand réussirai-je à chasser de ton âme la nourrice, la grand-mère, le prêtre et la devineresse ? Crois-tu que la nature divine… C'est impie, ridicule ! Tant que tu y es, pourquoi ne pas affirmer que l'univers a la gale, ou que, parfois, la nature des choses va s'enivrer à la cave ?

— Je n'ai pas dit qu'il s'agissait d'un dieu, Grand-Père. Je te demande ton avis.

— C'est un homme, un homme, cela va de soi, répliqua le Renard en frappant la table de ses paumes. Quoi ? N'es-tu encore qu'une enfant ? Ignorais-tu qu'il y avait des hommes sur la montagne ?

— Des hommes ! m'exclamai-je.

— Oui. Des vagabonds, des êtres brisés, des hors-la-loi, des voleurs. Qu'as-tu fait de tes esprits ? »

L'indignation me brûla aux joues et je me redressai d'un bond. L'idée qu'une fille de notre maison pût s'unir, même par un mariage légal, à quiconque qui ne fût pas (par un aïeul au moins) d'ascendance divine était une pure abomination. La suggestion du Renard m'était intolérable.

« Que dis-tu ? Psyché préférerait mourir empalée, plutôt que de…

— Du calme, ma fille. Psyché ne sait rien. Selon moi, quelque voleur ou fugitif aura trouvé la pauvre enfant, à demi folle de terreur et de solitude, vraisemblablement ivre de soif, et l'aura tirée de ses fers. Et si elle n'était pas dans son état normal, de quoi crois-tu qu'elle parlait, dans ses délires ? De son palais d'ambre et d'or sur la montagne, bien sûr. Elle s'attachait à cette chimère depuis l'enfance. Le bougre se sera laissé entraîner. Il sera devenu un messager divin… Et voilà d'où vient son dieu du vent d'ouest. C'est à n'en pas douter cet homme-là. Il l'aura emmenée dans la vallée, lui aura susurré que le dieu, le marié, viendrait la trouver après la tombée du jour. Et, à la nuit, il sera revenu.

— Mais… et le palais ?

— Son vieux mirage, amplifié par la folie, et qu'elle aura pris pour la réalité. Et tout ce qu'elle aura dit à ce brigand de ce lieu, il l'aura répété. Peut-être même en y ajoutant du sien. Ainsi l'illusion gagne-t-elle chaque jour en puissance. »

Pour la seconde fois de la journée, je me retrouvai frappée d'horreur. L'explication du Renard paraissait trop simple et trop évidente pour me laisser le bénéfice du moindre doute ou du moindre espoir. J'y retrouvais l'écho des paroles de Bardia.

« On dirait, Grand-Père, que tu as su déchiffrer sans mal mon énigme.

— Nul besoin d'être Œdipe, pour cela. Mais le véritable mystère reste à percer. Que devons-nous faire ? Oh, quelle impuissance que la mienne ! À force de me frapper autour des oreilles, je crains que ton père n'ait embrumé mon cerveau. Il doit bien exister un moyen... mais nous avons si peu de temps.

— Et si peu de liberté. Je ne pourrai prétendre encore très longtemps être alitée. Et dès que le roi apprendra que je suis rétablie, comment espérer retourner sur la montagne ?

— Oh, à ce sujet – j'avais oublié. Des nouvelles sont arrivées, aujourd'hui. On a de nouveau vu les lions.

— Quoi ? m'écriai-je, terrorisée. Sur la montagne ?

— Non, non, ce n'est pas aussi grave. C'est même un bon signe. Plus au sud, à l'ouest de Ringal. Le roi va organiser une grande chasse au fauve.

— Les lions, de retour... Ainsi, Ungit s'est jouée de nous, finalement. Peut-être sacrifiera-t-il Redival, cette fois-ci. Le roi est-il en grande fureur ?

— En fureur ? Non. On croirait vraiment que la perte d'un berger, de plusieurs de ses meilleurs limiers – ce qui compte bien plus à ses yeux – et d'innombrables têtes de bétail est une aubaine pour lui ! Je ne l'ai jamais vu de meilleure humeur. Il ne parle tout le jour que de chiens, de rabatteurs et du temps qu'il fera... C'est un affairement incessant – les messages à envoyer à tel et tel seigneur – les grandes discussions avec les chasseurs – l'inspection des chenils – le ferrage des chevaux – la bière qui coule à flots – même à moi, il a donné une tape dans le dos en signe de camaraderie, à m'en faire cuire les côtes. Mais ce qui nous intéresse, c'est qu'il sera parti à la chasse pour au moins deux jours. Avec de la chance, cela pourra monter à cinq ou six.

— Alors c'est le délai dont nous disposerons pour agir.

— Guère plus. Il part demain à l'aube. Quoi qu'il en soit, nous n'aurions pas plus de temps. Si l'hiver la surprend sur la montagne, elle mourra. Sans toit, et certainement enceinte, le temps que nous trouvions une solution. »

Je crus recevoir un coup en plein cœur. « La lèpre sur cet homme ! Qu'il soit maudit, maudit ! Qu'un vulgaire vagabond engrosse Psyché ? Nous le ferons empaler, si nous l'attrapons un jour ! Il mettra des jours à mourir. Oh, je pourrais déchiqueter son corps à pleines dents.

— Tu assombris nos délibérations – et ton âme même – par ces passions, me gronda le Renard. Si seulement nous avions un lieu où la cacher…

— J'avais pensé la placer chez Bardia.

— Bardia ! Jamais il ne prendrait chez lui une victime de sacrifice. Il a peur de son ombre, dès qu'il s'agit des dieux ou des légendes de bonne femme. C'est un idiot.

— Non, ce n'est pas vrai, rétorquai-je avec quelque véhémence, car le Renard m'irritait souvent, avec son mépris à l'égard de très honnêtes et très braves gens sous prétexte qu'ils n'étaient pas habités par sa sagesse grecque.

— Et quand bien même Bardia accepterait, jamais sa femme ne le laisserait faire. Tout le monde sait que chez Bardia, c'est elle qui fait la loi.

— Bardia ! Un homme comme lui ? Jamais je n'aurais cru…

— Pah ! Il est aussi amoureux qu'Alcibiade. Il est même allé jusqu'à l'épouser sans dot – pour sa beauté, figure-toi. Toute la ville est au courant. Et elle le mène comme un esclave.

— Ce doit être là une femme bien vile, Grand-Père.

— Qu'est-ce que cela peut bien nous faire ? Mais tu dois abandonner tout projet de cacher notre chérie dans ce foyer. J'irai même plus loin, ma fille. Il n'y a d'autre solution que de l'envoyer loin de Glome. Si quiconque ici apprenait qu'elle n'est pas morte, il la ferait traquer pour l'exécuter de nouveau. Si nous pouvions l'envoyer dans la famille de sa mère… mais je ne vois comment m'y prendre. Oh Zeus, Zeus, si seulement je disposais de dix hoplites et d'un homme fiable pour les mener !

— Je ne vois même pas comment la convaincre de quitter la montagne. Elle se montrait si obstinée, Grand-Père. Elle ne m'obéit plus. Je crains qu'il ne faille faire usage de la force.

— Et nous n'en avons pas. Je suis un esclave, et toi une femme. Nous ne pouvons conduire une douzaine de lanciers là-haut. Quand bien même nous le pourrions, le secret s'ébruiterait immédiatement. »

Nous restâmes longtemps à méditer. Devant le feu crépitant, Poobi était assise en tailleur, et jetait régulièrement des bûches dans l'âtre. Elle se divertissait par un jeu étrange de son pays, avec des perles (elle avait tenté de m'en apprendre les règles, mais sans aucun succès). Une douzaine de fois, le Renard faillit rompre le silence, avant de se raviser. Il était prompt à élaborer des plans, mais tout aussi rapide à en déceler les défauts.

Je finis par prendre la parole. « Il n'y a qu'une issue, Grand-Père. Je dois retourner voir Psyché. Je dois la persuader, d'une manière ou d'une autre. Dès lors qu'elle sera de notre côté, dès qu'elle comprendra sa honte et le danger dans lequel elle s'est mise, alors nous unirons nos forces pour trouver un plan, tous les trois. Peut-être elle et moi devrons-nous partir seules dans le vaste monde ; errer tel Œdipe.

— Et moi avec vous. Tu m'as supplié une fois déjà de fuir. Cette fois-ci, je le ferai.

— Une chose est certaine. Elle ne doit pas demeurer avec ce criminel qui l'a abusée. Je préférerais toute autre décision – quelle qu'elle soit – à cette situation. Cela repose sur moi. Sa mère est morte. (Quelle autre mère que moi a-t-elle jamais connue ?) Son père n'est rien : ni en tant que père, ni en tant que roi. L'honneur de notre maison, l'être même de Psyché ne dépendent plus que de moi. Elle ne sera pas abandonnée. Je… je…

— Quoi, mon enfant ? Tu es si pâle ! Vas-tu défaillir ?

— S'il n'y a d'autre moyen, je la tuerai.

— *Babai !* s'exclama le Renard, avec une telle force que Poobi interrompit son jeu pour le dévisager. Ma fille, ma fille. Tu te laisses emporter au-delà de la raison et de la nature. Ne vois-tu pas ce qui t'arrive ? Pour une part d'amour dans ton cœur, on trouve cinq parts de colère, et sept d'orgueil. Les dieux savent combien j'aime Psyché. Tu le sais, toi aussi, que je l'aime autant que tu l'aimes. C'est un chagrin bien amer de voir notre enfant – notre Artemis et notre Aphrodite réunies en une seule – vivre une vie de mendiante, dans les bras d'un voleur. Pourtant, même cela… tout cela n'est en rien comparable aux détestables impiétés que tu viens de proférer. Car, regarde la situation avec lucidité, telle que la raison et la nature l'ont faite, et non comme la passion la peindrait. Être pauvre et dans l'épreuve, être l'épouse d'un homme indigent…

— L'épouse ! Tu veux dire sa souillon, sa catin, sa truie.

— La nature ne sait rien de ces noms-là. Ce que tu appelles mariage n'est le fait que de la loi et de l'usage, pas de la nature. Le mariage selon la nature n'est que l'union d'un homme qui persuade avec une femme qui consent. Et ainsi…

— Et quand l'homme qui persuade – ou, plus vraisemblablement, qui force et trompe – est un meurtrier, un étranger, un traître, un esclave fugitif ou quelque autre abjection ?

— Abjection ? Peut-être n'ai-je pas le même point de vue que toi. Je suis moi-même un esclave et un étranger ; et disposé à devenir un fugitif – à risquer la flagellation et l'empalement – pour ton amour et le sien.

— Tu vaux dix fois mon père, répondis-je en portant sa main à mes lèvres. Ce n'est pas ce que je voulais dire. Mais, Grand-Père, il est des sujets auxquels tu n'entends rien. Psyché l'a relevé elle-même.

— Douce Psyché. Je le lui ai souvent dit. Je suis heureux qu'elle ait retenu la leçon. Elle a toujours été une bonne élève.

— Tu ne crois pas à l'ascendance divine de notre maison.

— Oh si. Je crois même à celle de toutes les maisons. Tous les hommes sont de sang divin, car le dieu est en chacun. Nous ne faisons qu'un. Même l'individu qui a enlevé Psyché. Je l'ai traité de coquin et de scélérat. Il l'est certainement. Mais peut-être que non. Un homme bon peut se retrouver hors-la-loi et fugitif. »

Je gardai le silence. Tout cela n'avait aucun sens pour moi.

« Ma fille, dit brusquement le Renard (et il s'apprêta à commettre une indélicatesse que jamais une femme, du moins une femme prétendant ressentir quelque amour, ne se serait permise), le sommeil vient tôt aux vieillards. J'ai grand mal à garder les yeux ouverts. Laisse-moi me retirer. Peut-être y verrons-nous plus clair demain matin. »

Que pouvais-je faire, sinon le congédier ? C'est là que les hommes, même les plus fiables, nous font défaut. Leur cœur n'est jamais si dévoué à un sujet qu'une broutille, un repas ou une coupe de vin, ou encore une sieste avec quelque fille ne puissent vous les ravir jusqu'à ce qu'ils soient repus – fussiez-vous reine. À cette époque, je n'avais pas encore compris cela. Un grand abattement m'accabla soudain.

« Tout le monde s'éloigne de moi, constatai-je intérieurement. Personne ne se soucie de Psyché. Elle ne vit qu'à la lisière de leurs pensées. Elle représente moins pour eux, beaucoup moins, que Poobi pour moi. Ils songent un peu à elle, puis se lassent et passent à autre chose : le Renard, à son repos, et Bardia, à sa poupée ou à son tyran de femme. Tu es sans soutien, Orual. Quoi qu'il faille faire, tu dois l'imaginer et le réaliser seule. Nulle aide ne viendra. Tous les dieux et les mortels t'ont délaissée. Tu dois résoudre cette énigme. Pas un mot ne te parviendra, jusqu'au moment où tu te seras trompée, et où tous réapparaîtront pour t'accuser, se rire de toi et te fustiger. »

J'envoyai Poobi se coucher. Puis je fis une chose que je crois peu commune, chez mes semblables. Je parlai aux dieux : moi, seule, dans les mots qui me vinrent, non pas dans un temple, ou par un sacrifice. Je m'allongeai par terre, visage vers le sol, et les invoquai de tout mon cœur. Je retirai chaque parole que j'avais dite contre eux. Je leur promis tout ce qu'il leur plairait d'exiger de moi, pourvu qu'ils daignassent m'envoyer un signe. Ils n'en firent rien. Lorsque je commençai mon incantation, la pièce rougeoyait de l'éclat du feu et la pluie tambourinait sur le toit ; lorsque je me relevai, le feu avait baissé, et la pluie continuait son martèlement.

Quand je fus convaincue que j'étais bel et bien livrée à moi-même, je prononçai les paroles suivantes : « Je dois le faire… quoi que ce soit, je le dois… demain. Aussi me faut-il me reposer ce soir. » Je rejoignis ma couche. Je me trouvais dans cet état où le corps est tellement épuisé que le sommeil vient presque aussitôt, mais où l'esprit est si agité qu'il vous réveille à la seconde où le corps est apaisé.

Je fus ainsi tirée de mon repos quelques heures après minuit, sans plus aucun espoir d'y replonger. Le feu était mort ; la pluie avait cessé. Je me rendis à la fenêtre et restai là à fixer l'obscurité giflée de rafales, en me tordant les cheveux et en m'appuyant les poings sur les tempes.

J'avais les idées bien plus claires, et pouvais penser. Je voyais à présent que j'avais tenu coup sur coup l'explication de Bardia et celle du Renard pour des vérités. Pourtant, l'une d'elles devait être fausse, et je n'aurais su dire laquelle, car elles reposaient toutes deux sur de solides fondations. Si ce que l'on croyait à Glome était vrai, alors ce que disait Bardia tenait ; si la philosophie du Renard contenait quelque vérité, ce qu'il disait avait aussi un sens. Mais je ne parvenais pas à déterminer qui, des doctrines de Glome ou de la sagesse de la Grèce, avait raison. J'étais une enfant de Glome et l'élève du Renard. Je constatai que depuis des années je vivais une vie divisée en deux moitiés qui ne pouvaient s'entendre.

Je devais donc renoncer à toute velléité de départager Bardia et mon maître. Dès lors que j'eus pris cette résolution, je vis clairement (comment ne l'avais-je compris plus tôt) que cela ne changeait rien. Car il demeurait un point sur lequel tous deux s'accordaient : pour eux, une créature maléfique ou honteuse s'était emparée de Psyché. Qu'elle fût un assassin de grand chemin ou une Ombre-Brute spectrale, quelle importance ? Et la seule probabilité qu'ils écartaient de concert était qu'une quelconque entité bienveillante pût la rejoindre à la nuit tombée. J'étais la seule à avoir fugitivement caressé cette idée. Pourquoi l'auraient-ils cru ? Seuls mes espoirs désespérés avaient rendu cette perspective possible. Cette chose ne venait que dans la pénombre et interdisait qu'on la vît. Quel amant fuirait ainsi le regard de sa dulcinée, sauf à avoir pour cela quelque effroyable motif ?

Même moi, je n'avais envisagé le contraire que pendant un court instant, celui où m'était apparu de l'autre côté de la rivière ce qui ressemblait à une maison.

« Cette chose ne l'aura pas, décrétai-je. Psyché ne subira pas ses abjectes étreintes. Cette nuit sera la dernière. »

Et soudain m'apparut l'image de Psyché dans cette vallée, débordante de joie, le visage rayonnant. Ma terrible tentation m'assaillit de nouveau, celle de la laisser à cette rêverie béate, quoi qu'il en découlât, de l'épargner, de ne pas l'arracher à cette chimère pour l'entraîner dans le malheur. Devais-je me montrer à son égard telle une furie vengeresse, et non une mère aimante ? Déjà, une partie de mon esprit objectait : « Ne t'en mêle pas. Tout peut être vrai. Tu es entourée de merveilles que tu ne comprends pas. Prudence, prudence. Qui sait quel malheur tu attirerais sur sa tête et la tienne ? » Mais l'autre partie de moi répondait alors que j'étais bel et bien sa mère, et aussi son père (ou tout ce qui lui en tenait lieu), que mon amour devait se montrer grave et prévoyant, et non négligent et indulgent, et qu'il y avait un temps où l'amour devait savoir être sévère. Après tout, n'était-elle pas qu'une enfant ? Si la situation dépassait mon entendement, que devait-il en être pour elle ? Les enfants doivent obéir. Lorsque je lui avais fait retirer cette épine par le barbier, tant d'années auparavant, cela m'avait fait souffrir. N'avais-je pas bien agi pour autant ?

Je m'endurcis donc dans ma décision. Je savais désormais laquelle des deux directions prendre, et pas plus tard qu'en ce jour qui naissait. La seule condition était que Bardia ne partît pas pour la chasse au lion ; et que je pusse l'extraire des griffes de sa femme. Même plongé dans le chagrin le plus sincère, un homme peut encore se laisser tourmenter par une mouche qui vient bourdonner à son visage, aussi craignais-je que sa femme, son précieux trésor, ne vînt soudain nous retarder ou empêcher l'entreprise.

Je m'allongeai de nouveau pour attendre le matin, quelque peu apaisée de savoir désormais quoi faire.

14

Le temps me parut long avant de sentir le palais s'agiter, bien qu'il fût tôt, du fait du départ pour la chasse royale. J'attendis que le bruit fût bien franc. Alors je me levai et m'habillai des mêmes vêtements que la veille ; je pris la même urne. Cette fois-ci, j'y plaçai une lampe et une petite fiole d'huile, ainsi qu'un coupon de lin long d'un empan et demi, comme ceux dans lesquels se drapent les demoiselles d'honneur, à Glome. Le mien reposait dans mon coffre depuis le mariage de la mère de Psyché. Puis j'appelai Poobi, afin qu'elle m'apportât de la nourriture, dont je mangeai une partie, et réservai l'autre dans mon urne à bandoulière de cuir. Quand, au martèlement des sabots, aux cors et aux cris, je devinai le départ de l'équipée royale, j'enfilai mon voile et ma cape et descendis m'enquérir de Bardia. Je le fis chercher et l'attendis dans la salle du Pilier. C'était une étrange liberté que de se retrouver seule dans cette pièce ; malgré tous mes tracas, je ne pouvais m'empêcher de percevoir combien le palais était léger et libre, en l'absence du roi. Et, à les voir, je savais que tous les membres de la maisonnée ressentaient la même chose.

Bardia arriva enfin.

« Bardia, je dois retourner dans la montagne.

— Madame, il est impossible que je vous y accompagne. On m'a écarté de la chasse, par malchance, dans un seul but : que je surveille la maison. Je dois même dormir ici la nuit, jusqu'au retour du roi. »

J'en fus très abattue. « Oh, Bardia, qu'allons-nous faire ? Je suis en grande détresse. C'est pour le compte de ma sœur. »

Bardia passa l'index sur sa lèvre supérieure, comme toujours lorsqu'il était contrarié. « Et vous ne montez pas à cheval, ajouta-t-il. Je me demande si… Mais non, c'est pure sottise. On ne peut faire confiance à aucun cheval, avec un cavalier ignorant. Et ces quelques jours n'y suffiront pas. Le mieux serait de vous donner un autre homme.

— Mais Bardia, ce doit être toi. Personne d'autre ne saurait… C'est une expédition des plus secrètes.

— Je pourrais vous laisser Gram pour deux jours et une nuit.

— Qui est Gram ?

— Le petit, à peau mate. C'est un homme bon.

— Mais peut-il tenir sa langue ?

— La question serait plutôt de savoir s'il peut la délier. On lui arrache à peine un mot par jour. Mais c'est un homme fidèle ; à moi, surtout, car j'eus un jour la chance de lui rendre service.

— Ce ne sera pas comme d'y aller avec toi, Bardia.

— C'est le mieux que vous ayez à faire, madame, à moins de pouvoir patienter. »

Je répondis que je ne le pouvais pas, et Bardia fit appeler Gram. C'était un homme au visage fin, aux yeux très noirs, qui me dévisageait comme s'il me craignait. Bardia lui ordonna de seller son cheval et de m'attendre là où le petit chemin croisait la route de la ville.

Dès que Gram se fut retiré, je me tournai vers son chef. « À présent, Bardia, trouve-moi un poignard.

— Un poignard ? Mais pour quoi faire, madame ?

— Pour m'en servir. Allons, Bardia, tu sais que je n'ai pas de mauvaises intentions. »

Il me considéra d'un air bizarre, mais obéit. Je plaçai l'arme à ma ceinture, à l'emplacement de mon épée, la veille. « Adieu, Bardia.

— *Adieu*, madame ? Ne partez-vous pas pour une seule nuit ?

— Je ne sais pas, je ne sais pas. »

Puis, l'abandonnant à sa perplexité, je sortis en toute hâte rejoindre Gram à pied. Il me hissa derrière lui sur sa monture (je crus bien voir qu'il me touchait comme il l'aurait fait d'un serpent ou d'une sorcière), et nous partîmes.

Ce voyage n'aurait su être plus différent de celui de la veille. De toute la journée, je ne pus rien tirer de Gram hormis un « Oui, madame » ou un « Non, madame ». Il plut beaucoup et, entre les averses, le vent était humide, le ciel gris et lourd. Les petites collines et les vallées que l'on distinguait si bien la veille, avec leurs ombres et leurs aplats de lumière, se fondaient en un seul bloc. Nous étions partis tôt, pourtant il était plus près du soir que de midi lorsque nous quittâmes le plateau pour descendre dans la petite vallée secrète. Alors, comme par quelque farce des dieux, le temps se leva ; il était difficile dans ces conditions de ne pas croire que cette vallée était baignée d'un soleil bien à elle et que les pluies déchaînées ne faisaient que la contourner, tout comme les montagnes.

Je menai Gram jusqu'à l'emplacement où Bardia et moi avions campé et lui dis de m'y attendre, en ne traversant la rivière sous aucun prétexte.

« Je dois y aller seule. Peut-être reviendrai-je de ce côté avant la fin du jour, ou dans la nuit. Mais quelle que soit la durée de mon absence, je serai là-bas, au-delà du gué. Ne m'y rejoins que si je t'appelle. »

Comme toujours, il répondit : « Oui, madame », avec l'air d'un homme qui n'apprécie pas du tout l'aventure.

Je me rendis au gué, à une longue portée de flèche de Gram. J'avais le cœur figé comme la glace, lourd comme le plomb et froid comme la terre, mais j'étais libérée de mes doutes et de mes atermoiements. Je posai le pied sur la première pierre immergée en prononçant le nom de Psyché. Elle devait se trouver tout près, car presque aussitôt je la vis descendre vers la berge. Nous devions représenter les deux versants de l'amour, l'heureux et le sévère. Elle, si jeune et si rayonnante, le visage et les membres tout gorgés de joie ; moi, accablée et déterminée, la douleur au creux de ma main.

« Ainsi j'avais dit vrai, Maia, s'exclama-t-elle sitôt que j'eus traversé, et après m'avoir embrassée. Le roi ne t'a opposé aucune résistance, n'est-ce pas ? Félicite-moi, me voici prophétesse ! »

Je demeurai quelques secondes interdite – j'avais oublié sa prédiction. Mais je décidai d'y songer plus tard. Car j'avais à faire ; je devais éviter à tout prix, en cet instant, de douter et de réfléchir à nouveau.

Elle m'emmena à quelque distance de l'eau – dans je ne sais quelle salle de son palais fantôme – et nous nous assîmes. Je rabattis ma capuche et baissai mon voile, puis posai l'urne à côté de moi.

« Oh, Orual, quel tourment je lis sur ton visage ! C'est l'air que tu avais lorsque tu étais très en colère contre moi, enfant.

— Ai-je jamais été en colère ? Ah, Psyché, penses-tu que je t'aie jamais grondée ou punie sans en ressentir au cœur une douleur dix fois plus vive que la tienne ?

— Ma sœur, je ne l'entendais point comme un reproche.

— Dans ce cas, ne m'en fais point aujourd'hui non plus. Car nous devons parler très gravement. Écoute-moi, Psyché. Ton père n'en est pas un. Quant à ta mère – la paix soit avec elle ! – elle est morte, et tu n'as jamais connu sa douceur. Je suis – j'ai essayé et dois encore l'être – tout ce qui te tient lieu de père, de mère et de famille. Et de roi, aussi.

— Maia, tu es tout cela et bien plus, depuis le jour où je suis née. Toi et ce cher Renard êtes tout ce que j'ai.

— Oui, le Renard. J'aurai un mot à dire à son sujet, également. Ainsi, Psyché, si quiconque doit prendre soin de toi, te conseiller ou te protéger, ou te révéler où repose l'honneur de notre sang, ce ne peut être que moi.

— Mais pourquoi me dis-tu tout cela, Orual ? Tu ne penses tout de même pas que j'ai cessé de t'aimer sous prétexte que j'ai désormais un mari à chérir aussi ? Si tu pouvais comprendre que cela me fait t'aimer – ainsi que toute personne et toute chose – plus encore. »

J'en eus le frisson, mais je le lui cachai, et poursuivis : « Je sais que tu m'aimes, Psyché. Et je crois que je ne pourrais vivre, si tel n'était pas le cas. Mais tu dois aussi me faire confiance. »

Elle ne répondit rien. Je me trouvais à présent en haut de la terrible falaise, et la perspective de la chute m'avait déjà presque assommée. Je cherchai désespérément comment sauter.

« La dernière fois, tu as évoqué le jour où je te fis retirer cette épine de la main. Nous t'avons fait mal, ce jour-là, Psyché. Mais nous avons bien fait. Ceux qui aiment doivent faire souffrir. Et je dois de nouveau te blesser aujourd'hui. Car tu n'es encore qu'une petite fille. Tu ne peux agir comme tu l'entends. Tu me laisseras te diriger et te guider.

— Orual, j'ai maintenant un époux pour me guider. »

Il me fut presque insoutenable de ne pas laisser la colère ou la terreur l'emporter, en l'entendant ainsi revenir sur le sujet. Je me mordis la lèvre. « Hélas, mon enfant, c'est à propos de cet époux – comme tu le nommes – que je dois te peiner. » Je la fixai droit dans les yeux. « Qui est-il ? Qu'est-il ? m'enquis-je d'une voix cassante.

— Un dieu, répondit-elle, d'une voix basse et tremblante. Et, je crois, le dieu de la montagne.

— Hélas, Psyché, on t'a trompée. Si tu connaissais la vérité, tu préférerais mourir plutôt que reposer dans son lit.

— La vérité ?

— Nous devons y faire face, mon enfant. Sois courageuse. Laisse-moi retirer cette épine. Quelle sorte de dieu peut-il être, qui n'ose montrer son visage ?

— *Qui n'ose !* Tu n'es pas loin de me mettre en colère, Orual.

— Mais réfléchis, Psyché. Rien de beau ne se cache. Rien d'honnête, non plus. Non, non, écoute. Dans ton cœur, tu dois voir la vérité, bien que tu tentes de l'étouffer par les mots. Réfléchis. De qui t'a-t-on nommée l'épouse ? De la Brute. Réfléchis encore. Si ce n'est point la Brute, qui d'autre habite ces montagnes ? Des voleurs et des assassins ; des hommes pires que des brutes ; vicieux comme des boucs, à n'en point douter. Penses-tu qu'ils laisseraient filer une récompense telle que toi, si elle venait à croiser leur chemin ? Voici ton amant, mon enfant. Ou bien un monstre – ombre et monstre en un seul, peut-être, quelque mort-vivant fantomatique – ou bien un scélérat dont les lèvres, même posées sur tes pieds ou l'ourlet de ta robe, seraient une injure à notre sang. »

Elle resta coite un long moment, les yeux baissés sur ses genoux.

« Et ainsi, Psyché… », repris-je avec le plus de douceur possible – mais elle écarta d'un geste vif la main que j'avais posée sur la sienne.

« Tu te trompes sur mon état, Orual. Si je suis pâle, c'est de colère. Là, ma sœur, je l'ai dominée. Je te pardonnerai ces paroles. Tes intentions – j'ai décidé de le croire – sont bonnes. Pourtant, comment – ou pourquoi – as-tu pu noircir et tourmenter ton âme avec de telles pensées ? Mais laissons cela. Si tu m'as jamais aimée, retire-les tout de suite.

— Noirci mes pensées ? Je ne suis pas la seule à les avoir conçues. Dis-moi, Psyché, qui sont les deux hommes les plus sages que nous connaissions ?

— Eh bien, le Renard est le premier. Pour le second… J'en ai connu si peu. Je suppose que Bardia est sage ; à sa manière.

— Tu as dit toi-même, cette dernière nuit dans la salle à cinq murs, qu'il était un homme prudent. Maintenant, Psyché, ces deux-là – si raisonnables et si différents – sont tombés d'accord entre eux, et avec moi, au sujet de cet amour dont tu parles. D'accord, sans aucun doute possible. Nous sommes tous les trois certains. Il s'agit soit de l'Ombre-Brute, soit d'un criminel.

— Tu leur as narré mon histoire, Orual ? C'était très mal de ta part : je ne t'en avais pas donné la permission. Mon seigneur n'avait pas donné la permission. Oh, Orual ! Voilà qui ressemble plus à Batta qu'à toi. »

Je sentis le feu de la colère me monter au visage, mais je ne me laissai pas désarçonner. « Sans doute. Le secret dont tu entoures ce… cet *époux*, comme tu l'appelles, est sans fond. Mon enfant, son vil amour t'a-t-il aveuglée au point que tu ne puisses plus voir même l'évidence ? Un dieu ? Pourtant, devant toi, il se cache, entre sournoisement et te chuchote : “ Pas un mot ”, “ Ne dévoile rien ” et “ Ne me trahis pas ”, comme un esclave en fuite. »

Je ne pouvais être certaine qu'elle m'eût même écoutée.

« Le Renard, lui aussi ! se contenta-t-elle de s'exclamer. Voilà qui est bien étrange. Je n'aurais jamais pensé qu'il pût croire une seconde à cette histoire de Brute. »

Je n'avais pas dit que tel était le cas. Mais si c'était ce qu'elle déduisait de mes paroles, je ne pensais pas de mon devoir de l'en dissuader. Cette erreur ne pouvait que mieux la guider vers la grande vérité. Et j'avais besoin de toute l'assistance possible pour l'y amener.

« Ni lui, ni moi, ni Bardia ne croyons à ta chimère selon laquelle il serait un dieu. Pas plus que cette lande ne nous apparaît comme un palais. Et sois assurée, Psyché, que si nous pouvions interroger chaque homme et chaque femme de Glome, ils répondraient tous de même. La vérité est trop flagrante.

— Mais que cela me fait-il, à moi ? Qu'en savent-ils ? Je suis sa femme. Je le sais.

— À quoi, si tu ne l'as jamais vu ?

— Orual, comment peux-tu te montrer si primaire ? Je… je le sais, cela va de soi.

— Mais comment ?

— Que suis-je censée répondre à pareille question ? Ce n'est pas convenable… c'est… surtout envers toi, ma sœur, qui es vierge. »

Cet air guindé de matrone, surtout de la part d'une enfant comme Psyché, faillit bien venir à bout de ma patience. On aurait presque dit qu'elle me provoquait, même si aujourd'hui je doute que telle ait été son intention. Je réussis toutefois à me maîtriser.

« Eh bien, puisque tu es si sûre de toi, Psyché, tu ne refuseras pas de mettre cette certitude à l'épreuve.

— Quelle épreuve ? Je n'en ressens nul besoin, pour ma part.

— J'ai apporté une lampe, et de l'huile. Regarde, les voici, annonçai-je en les posant devant elle. Attends qu'il dorme. Et regarde.

— Je ne puis.

— Ah ! Tu vois ? Tu refuses. Et pourquoi ? Parce que tu n'es pas aussi sûre de toi que tu le prétends. Si tu l'étais, tu te plierais de bonne grâce à cette confrontation avec la vérité. S'il est bien, comme tu l'affirmes, un dieu, un seul regard dissipera tous nos doutes. Ce que tu appelles nos sombres pensées seront à jamais envolées. Mais tu n'oses.

— Oh, Orual, tu vois le mal en tout ! La raison pour laquelle je ne peux le regarder – surtout par une traîtrise aussi lâche que celle que tu suggères – est qu'il me l'a interdit.

— Je ne vois qu'une raison – et tant le Renard que Bardia me rejoignent – qui explique cette interdiction. Et une seule qui justifie ton obéissance.

— Alors tu sais bien peu de l'amour.

— Tu me lances de nouveau au visage ma virginité ? Je la préfère au cloaque dans lequel je te vois prise. Mais si tu le dis. De ce que tu nommes amour, je ne sais rien. Tu pourrais susurrer à l'oreille de Redival, et recevrais plus de compréhension – ou aux servantes d'Ungit, ou encore aux catins du roi. L'amour que je connais est d'une autre étoffe. Tu découvriras de quoi il est fait. Tu ne…

— Orual, Orual, tu divagues. » Elle me considérait sans courroux, de ses grands yeux tristes, même s'il n'y avait dans son chagrin nul soupçon d'humilité. On aurait pu croire qu'elle était ma mère, et non moi la sienne – ou presque. Je savais désormais que l'ancienne Psyché, si docile, avait disparu à jamais ; j'en fus pourtant frappée de plein fouet.

« Oui, je divaguais. Tu m'avais mise en colère. Mais je pensais – et je ne doute pas que tu me corrigeras, si je me trompe – que tous les amours avaient en commun qu'ils tentaient de laver leur objet des viles accusations qui pouvaient peser contre lui – quand cela est possible. Dis à une mère que son enfant est hideux ; s'il est beau, elle le montrera. Aucune interdiction ne l'arrêtera. Si elle le cache, c'est que l'accusation est fondée. Tu redoutes cette épreuve, Psyché.

— Je n'ai pas peur. J'ai honte… de lui désobéir.

— Mais enfin, même dans ce cas, regarde ce que tu fais de lui ! Un être pire que notre père. Qui, t'aimant, pourrait s'emporter de te voir contester un ordre aussi inconséquent – et pour une si bonne cause ?

— Sottises, Orual, répliqua-t-elle en secouant la tête. C'est un dieu. Il a des raisons légitimes d'agir comme il le fait, sois-en certaine. Comment saurais-je quelles elles sont ? Je ne suis que sa simple Psyché.

— Ainsi, tu n'agiras pas ? Tu crois – tu dis croire – que tu peux prouver qu'il est un dieu et me libérer du même coup des frayeurs qui torturent mon cœur. Mais tu ne veux point le faire.

— Je le ferais si je le pouvais, Orual. »

Je balayai du regard le paysage qui m'entourait. Le soleil se couchait presque derrière le plateau. Dans peu de temps, elle me renverrait. Je me levai.

« Il faut mettre fin à tout cela. Tu le feras, Psyché, je te l'ordonne.

— Ma chère Maia, mon devoir n'est plus envers toi, désormais.

— Alors ma vie prendra fin avec lui. » D'un geste du poignet, j'écartai violemment ma cape, projetai mon bras gauche, nu, et plantai ma dague à travers, jusqu'à ce que la pointe en reparût de l'autre côté. La pire douleur fut celle de retirer l'acier de ma chair ; mais, aussi incroyable que cela puisse paraître aujourd'hui encore, je la remarquai à peine.

« Orual, es-tu folle ? s'écria Psyché en se levant d'un bond.

— Tu trouveras du lin dans cette urne. Panse ma blessure », la priai-je en me rasseyant, le bras tendu pour laisser le sang s'écouler sur la bruyère.

Je m'étais attendue à l'entendre hurler, se tordre les mains ou s'évanouir. Mais j'étais déterminée. Quoique blême, elle n'avait point perdu ses esprits. Elle me banda le bras. Le sang suintait à travers les couches de tissu, mais elle finit par l'étancher. (J'avais eu de la chance, dans mon coup. Si j'en avais su à l'époque autant qu'aujourd'hui sur l'intérieur d'un bras, je n'aurais peut-être pas – qui sait ? – eu la même témérité.)

Le pansage prit quelque temps. Le soleil était plus bas et l'air plus froid lorsque nous pûmes de nouveau parler.

« Maia, pourquoi pareille folie ?

— Pour te montrer que je suis sérieuse, ma fille. Écoute. C'est toi qui m'as réduite à de telles extrémités. Je te donne le choix. Jure sur cette lame, encore toute poisseuse de mon sang, que tu feras cette nuit ce que je t'ai commandé ; sinon, je te tuerai en premier, avant de retourner la lame contre moi.

— Orual, répondit-elle, souveraine, en redressant la tête, tu aurais pu t'épargner cette première menace de me tuer. Ta force de persuasion réside dans la seconde.

— Alors jure, petite. Tu ne m'as jamais vue reprendre ma parole. »

Je ne sus déchiffrer l'expression sur son visage. Je pense qu'un amant – je veux dire par là un homme qui aime – pourrait avoir ce regard pour une femme qui l'aurait trompé. Psyché finit par retrouver ses mots.

« Tu m'enseignes en effet l'existence d'amours que je ne connaissais pas. C'est comme plonger le regard dans un puits sans fond. Je ne suis pas certaine de préférer le sentiment que tu professes à la haine. Oh, Orual, user de mon amour pour toi, parce que tu sais qu'il s'enracine au plus profond de mon être et ne peut être diminué par aucun sentiment plus récent… prendre cet amour et l'utiliser comme un instrument, comme une arme, un objet de calcul et de domination, de torture, même… Je commence à croire que je n'ai jamais vraiment su qui tu étais. Quoi qu'il advienne ensuite, le lien qui nous unissait meurt ici.

— Assez de tes subtilités, l'interrompis-je. Nous mourrons toutes deux ici, dans la clarté de la vérité et du sang, si tu ne jures pas.

— Si j'obtempère, riposta-t-elle avec véhémence, ce ne sera pas parce que je doute de mon époux ou de son amour.

Ce sera uniquement parce que j'ai une meilleure opinion de lui que de toi. Il ne saurait être aussi cruel que toi. Je ne pourrais le croire. Il apprendra comme tu m'as torturée pour m'arracher cette désobéissance. Il me pardonnera.

— Il n'aura nul besoin de le savoir. »

Son regard chargé de mépris m'écorcha l'âme. Et pourtant, cette noblesse qu'elle incarnait, ne la lui avais-je pas enseignée moi-même ? Que portait-elle en elle qui ne fût pas mon ouvrage ? Et voilà qu'elle s'en servait à présent pour me traiter comme la lie même de l'humanité.

« Tu as cru que je le lui cacherais ? Que je ne lui en dirais rien ? » Chacune de ses paroles me faisait l'effet d'une lime cisaillant ma chair à vif. « Bien. C'est dans l'esprit de ton chantage. Finissons-en, comme tu le dis. Chaque mot t'éloigne un peu plus de moi. Et dire que je t'aimais tant ; non seulement je t'aimais, mais je t'honorais, te faisais confiance et, lorsque cela était censé, je t'obéissais. Et maintenant… Mais je refuse de voir ton sang versé sur le pas de ma porte. Tu as bien choisi ta sommation. Je jurerai. Où est ta dague ? »

J'avais remporté la victoire, pourtant mon cœur était à la torture. Je ressentais l'irrésistible tentation de retirer mes paroles et de la supplier de me pardonner. Mais je tirai mon arme. (Le « serment sur le fil », comme nous l'appelons, est le plus puissant que nous ayons, à Glome.)

« Même en cet instant, précisa-t-elle, je sais ce que je fais. Je sais que je trahis le meilleur des aimés et que peut-être, avant le lever du soleil, mon bonheur sera anéanti à tout jamais. C'est le prix auquel tu as fixé ta vie. Eh bien, je dois le payer. »

Elle prêta serment. Mes larmes jaillirent et je tentai de parler, mais elle détourna le visage.

« Le soleil est presque couché, dit-elle. Tu as sauvé ta vie ; va la vivre comme tu le peux. »

Je constatai que je commençais à avoir peur d'elle. Je repris le chemin de la rivière et réussis à la traverser par je ne sais quel miracle. Et l'ombre du plateau bondit sur la vallée tout entière, tandis que disparaissait le soleil.

15

Je dus m'évanouir, en arrivant sur l'autre berge, car il subsiste un trou d'ombre dans ma mémoire entre la vision du gué et la conscience que je pris de trois rudes réalités : le froid, la douleur dans mon bras et la soif. Je bus avec frénésie. Puis je cherchai désespérément de la nourriture, et me rappelai que je l'avais laissée de l'autre côté, avec l'urne, et la lampe. Je rechignais à héler Gram, qui se montrait si agaçant avec moi. J'avais le sentiment (bien que je susse, même à l'époque, que c'était pure fantaisie) que si c'était Bardia qui m'avait accompagnée, tout eût été différent, en mieux. Et mes pensées s'égarèrent, je me pris à imaginer ce qu'il dirait s'il était venu, avant de reprendre brutalement conscience des raisons qui m'amenaient en ces lieux. J'avais honte d'avoir, ne fût-ce qu'un instant, pensé à autre chose.

Mon intention était de rester assise près du gué et de scruter les ténèbres jusqu'à voir apparaître une lueur (lorsque Psyché allumerait la lampe), qui disparaîtrait lorsqu'elle la couvrirait. Puis, probablement bien plus tard, une nouvelle lumière percerait l'ombre; c'est là qu'elle observerait son odieux maître endormi. Ensuite – très peu de temps après, espérais-je –, Psyché ramperait dans le noir jusqu'au ruisseau, en chuchotant « Maia, Maia ». Et en un instant, je serais prête. Cette fois-ci, c'est moi qui l'aiderais à franchir le gué. Elle serait en larmes, éperdue de désarroi, et je la serrerais contre moi pour la consoler. Elle saurait alors qui étaient ses vrais amis et m'aimerait de nouveau. Elle me remercierait, toute tremblante, de l'avoir sauvée de cette chose révélée par la lampe. Tout le temps qu'elles durèrent, ces pensées me furent douces.

Mais j'en eus d'autres. En dépit de tous mes efforts, je ne pouvais écarter de mon esprit la crainte de m'être trompée. Un vrai dieu… était-ce impossible ? Cependant je ne m'éternisai pas sur ces conjectures. La vision qui m'obsédait réellement était celle de Psyché elle-même, perdue, désespérée, dépouillée de toute sa joie, ombre errante et gémissante dont j'avais détruit tout le bonheur. Cette nuit-là, j'eus mille fois la tentation tyrannique de retraverser le gué, et de lui hurler dans le noir que je lui rendais sa promesse, qu'elle n'avait pas à allumer la lampe, que je l'avais mal conseillée. Mais je parvins à demeurer maîtresse de moi-même.

Toutes ces pensées, heureuses ou malheureuses, ne faisaient qu'effleurer mon esprit. Sous la surface, plus profond que les mers insondables dont nous entretenait le Renard, s'ouvrait l'abysse glacial et désespéré de son mépris, de l'amour qu'elle me retirait, de sa haine.

Comment pouvait-elle me haïr, quand mon bras battait et brûlait de la blessure que je m'étais infligée par amour pour elle ? « Cruelle, cruelle Psyché », sanglotai-je. Mais je compris que je succombais de nouveau aux chimères de ma maladie. Aussi repris-je mes esprits. Quoi qu'il advînt, je devais l'affronter avec toute ma tête.

La première lueur apparut rapidement, puis disparut. Je me dis – bien que je ne doutasse pas de Psyché, maintenant qu'elle m'avait donné sa parole : « Bien. Jusqu'ici, tout va bien. » Aussitôt, la question de ce que j'entendais par *bien* se posa à moi, mais ne dura pas.

Le froid se fit plus mordant. Mon bras était une branche en flammes, alors que le reste de mon corps gelait, enchaîné au feu sans jamais fondre. Je commençai à entrevoir combien mon entreprise était périlleuse. Ainsi blessée, sans nourriture, je risquais la mort, ou bien d'attraper quelque mal qui m'y conduirait sans tarder. Et de ce bourgeon de pensée poussa en un instant une immense fleur fantasmagorique. Je me vis (sans aucune idée rationnelle du *comment*) allongée sur le bûcher funéraire, tandis que Psyché – qui savait la vérité, et m'aimait de nouveau – se frappait la poitrine et se repentait en sanglotant de toutes ses cruautés à mon égard. Le Renard et Bardia étaient là, eux aussi ; ce dernier pleurait à chaudes larmes. Tout le monde m'adulait, à présent que j'étais morte. Mais j'ai honte d'écrire toutes ces folies.

Une nouvelle apparition de lumière y mit fin. À mes yeux baignés de pénombre, elle parut plus éclatante qu'on ne l'eût cru possible. Immobile et aveuglante, comme un fanal familier dans ce lieu sauvage. Et pendant un temps beaucoup plus long que je ne l'avais imaginé, elle brilla ainsi, et le monde tout autour se tint lui aussi figé. Puis cette immobilité se brisa.

L'immense voix qui s'éleva près de la lumière traversa tout mon corps dans une vague de terreur qui anesthésia tous mes membres, jusqu'à mon bras blessé. Le son n'était pas discordant, mais chargé d'or, même dans son implacable sévérité. Ma terreur était le salut que la chair mortelle rend aux immortels. Et peu après l'essor puissant de ce langage incompréhensible, j'entendis les sanglots. Je crois (si ces mots anciens ont un sens) que c'est alors que mon cœur se brisa. Mais ni le chant immortel ni ces sanglots ne durèrent plus de deux battements de cœur. Étrange mesure, quand je ne saurais dire si mon cœur battit bien, pendant ce temps.

Une gerbe de lumière éblouissante effaça toute la vallée de ma vue. Puis le tonnerre gronda, comme si le ciel se coupait net en deux, au-dessus de ma tête. Des éclairs, fracassants et rapprochés, transpercèrent la vallée, à gauche, à droite, près et loin, de toutes parts. Chaque fulguration me révélait des arbres foudroyés : les piliers imaginaires du palais de Psyché s'écroulaient. Ils paraissaient s'abattre en silence, tant le vacarme de la foudre était assourdissant. Mais un son parvenait à s'élever par-dessus tous les autres. Quelque part à ma gauche, les parois de la montagne se fissuraient. Je vis (ou crus voir) des fragments de roche projetés les uns contre les autres, et rebondissant comme une balle d'enfant. La rivière quitta son lit avec une telle violence que je fus aussitôt emprisonnée jusqu'à la taille par son flot, sans avoir eu le temps de reculer; mais ce n'était rien en comparaison de la pluie diluvienne qui éclata brusquement. En une seconde, mes cheveux et mes vêtements ruisselaient.

Mais, même aux prises avec l'hostilité des éléments, je lus ces catastrophes comme de bons signes. Ils démontraient, me semblait-il, que j'avais raison. Psyché avait déclenché la fureur de quelque être monstrueux; la bête avait dû se réveiller avant qu'elle eût pu dissimuler la lampe. Ou bien – et c'était plus probable –, elle avait feint le sommeil, car pareille créature ne devait jamais avoir besoin de dormir. Elle allait sans doute détruire Psyché, et moi avec. Mais du moins la petite saurait-elle. Elle mourrait, au pire, détrompée – désenchantée, certes, mais réconciliée avec moi. Et alors, nous pourrions encore nous échapper. Si cela échouait, nous mourrions ensemble. Je me levai, pliée en deux sous la force de la pluie, pour traverser le cours d'eau.

Quand bien même j'aurais pu essayer, je crois que jamais je n'y serais parvenue – la rivière s'était transformée en tourbillon écumant et meurtrier. Surgit alors un éclair qui dura; du moins cela ressemblait-il à un éclair, pâle et aveuglant, sans chaleur ni réconfort, révélant les plus infimes détails avec une précision redoutable. Ce halo puissant persista au-dessus de moi, telle une chandelle dans une chambre aux rideaux tirés et aux volets clos. Au centre de l'aura, j'aperçus ce qui ressemblait à un homme. Aussi étonnant que cela puisse paraître, je ne saurais dire quelle était sa taille. Son visage flottait haut au-dessus de ma tête, pourtant, de mémoire, je ne me rappelle pas la forme d'un géant. De même que je ne sais pas s'il se tenait réellement debout, de l'autre côté de l'eau, ou sur la rivière même.

La lueur avait beau être immobile, la vision de cette figure fut fugitive comme un battement de cils. Je ne pus la supporter plus longtemps. Non seulement mes yeux, mais mon cœur, mon sang et même mon cerveau étaient trop affaiblis pour cela. Un monstre – l'Ombre-Brute que tout Glome, y compris moi, avait imaginée – m'aurait moins subjuguée que l'indicible beauté de ce visage. Et je pense que la colère (au sens où l'entendent les hommes) m'aurait été plus supportable que le rejet incommensurable et sans passion avec lequel cet être me considérait. J'étais accroupie tout près de ses pieds, au point de pouvoir presque les toucher, pourtant son regard semblait me repousser à une distance infinie. Il proscrivait, reniait, réfutait et, pire que tout, *savait* tout ce que j'avais pensé, fait ou été. Il y a un poème grec qui dit que les dieux ne peuvent changer le passé. Mais est-ce vrai ? À lire dans son regard, on aurait cru que, depuis le commencement, j'avais su que l'amant de Psyché était bien un dieu et que tous mes doutes, mes peurs, mes conjectures et l'interrogatoire auquel j'avais soumis Bardia et le Renard, tout ce tapage que j'avais fait n'avait été que supercherie, de la poudre que je m'étais moi-même jetée aux yeux. Toi qui lis mon livre, juge plutôt. En était-il ainsi ? Ou, du moins, en fut-il ainsi dans le passé, avant que ce dieu ne le changeât ? Et si les dieux peuvent en effet changer le passé, pourquoi ne le font-ils jamais vers plus de miséricorde ?

Le tonnerre avait cessé, me semblait-il, à l'instant où était apparu le halo immobile. Car c'est dans un silence total que le dieu s'adressa à moi. Et de même qu'il n'y avait sur son visage nulle colère (au sens où l'entendent les hommes), je n'en perçus point dans sa voix. Elle était douce et égale, comme le chant d'un oiseau perché sur la branche où pend le cadavre d'un homme.

« Désormais, Psyché part en exil. Elle doit affronter la faim, la soif et cheminer sur des routes abruptes. Ceux contre qui je ne peux lutter doivent exercer sur elle leur volonté. Toi, femme, tu sauras qui tu es et quelle est ton œuvre. Toi aussi tu seras Psyché. »

La voix et la lumière disparurent en même temps, comme tranchées par la lame d'un couteau. Puis, dans le silence, j'entendis de nouveau les sanglots.

Jamais, ni auparavant, ni depuis, je n'ai ouï pareil son. Ni provenant d'un enfant, ni d'un homme blessé ou soumis à la torture, ni d'une jeune fille réduite en esclavage après la prise de sa ville. Si vous entendiez la femme que vous haïssez le plus au monde pleurer de cette manière, vous iriez la réconforter. Vous affronteriez les flammes et les lances pour la rejoindre. Et je savais qui se désespérait ainsi, ce qu'on lui avait fait, et qui.

Je me levai pour aller la retrouver. Mais déjà les pleurs s'éloignaient. Les gémissements persistèrent sur ma droite, jusqu'au creux de la vallée où je n'étais jamais descendue, et où la roche devait s'achever en falaises escarpées vers le sud. Et je ne pouvais traverser le cours d'eau. Il refuserait même de me noyer. Il me ballotterait jusqu'à me couvrir de bleus, me gèlerait la chair. Dès que je tentais de me raccrocher à un caillou, de larges pans de la berge glissaient dans le courant – impossible de quitter cette rive. Par moments, je perdis même la rivière de vue ; j'étais si désemparée, dans le noir, que le sol tout autour de moi me paraissait un seul et même marécage, dont les ruisselets et les flaques me leurraient dans une direction ou dans l'autre.

Je ne me rappelle rien d'autre, de cette nuit-là. Lorsque l'aube se leva enfin, je pus constater ce que le courroux du dieu avait fait de cette vallée. Elle n'était plus que roche nue, terre à vif et eau croupie. Des arbres, des buissons et, çà et là, un cerf, flottaient à la surface. Quand bien même j'aurais réussi à traverser la rivière pendant la nuit, cela ne m'eût guère été utile : je n'aurais pu atteindre que la mince bande de terre en son milieu, entre les deux bras. Je ne pus m'empêcher d'appeler Psyché, jusqu'à ce que ma voix fût enrouée, mais je savais que c'était inutile. Je l'avais entendue quitter la vallée. Elle était déjà partie dans cet exil qu'avait prédit le dieu. Déjà, elle errait, sanglotante, de terre en terre. Et ce qu'elle pleurait, ce n'était pas moi (je ne dois pas m'aveugler d'orgueil), mais bel et bien son amant.

J'allai retrouver Gram : il n'était plus qu'un pauvre hère trempé et tremblant, qui n'adressa qu'un regard apeuré à mon bras blessé, sans poser de questions. Nous mangeâmes la nourriture emportée dans nos sacoches et reprîmes la route. Le temps était assez clément.

Je considérais ce qui m'entourait d'un œil neuf. Maintenant que j'avais prouvé de manière indiscutable que les dieux existaient et qu'ils me haïssaient, il me semblait ne rien avoir d'autre à faire que d'attendre ma punition. Je me demandais sur quelle arête rocheuse le cheval allait trébucher, nous envoyant nous écraser plusieurs dizaines de mètres plus bas, dans une ravine ; ou bien quel arbre sous lequel je passais perdrait subitement une branche, qui viendrait me rompre le cou ; ou encore quand la gangrène envahirait ma blessure, me condamnant à une mort certaine. Souvent, me souvenant que les dieux ont pour coutume de nous métamorphoser en animaux, je glissais la main sous mon voile, cherchant à tâtons de la fourrure de chat, ou bien une truffe de chien, ou des défenses de sanglier en train de pousser. En dépit de tout cela, je n'avais pas peur; au contraire. C'est une chose bien curieuse, pourtant paisible et sûre, que de pouvoir observer la terre, l'herbe et le ciel, et de dire à chacun en son cœur : « Vous êtes tous mes ennemis, désormais. Aucun de vous ne me fera plus jamais le moindre bien. Je ne vois plus autour de moi que des bourreaux. »

Mais ce qui me paraissait le plus vraisemblable, d'après les paroles du dieu – *Toi aussi tu seras Psyché* –, c'était que, si elle se retrouvait errante et en exil, je devais faire de même. Et, comme je l'avais déjà envisagé auparavant, cela pourrait m'arriver très prochainement, si les hommes de Glome refusaient de se faire mener par une femme. Mais le dieu s'était fortement trompé – existait-il donc des choses qu'ils ignorassent encore ? – s'il pensait me blesser le plus âprement en me condamnant au même sort que Psyché. Si seulement j'avais pu porter sa punition en même temps que la mienne… À défaut, je pouvais la partager. Sur ces considérations, je sentis une force puissante et désillusionnée m'envahir. Je ferais une bonne mendiante. J'étais laide ; et Bardia m'avait enseigné l'art du combat.

Bardia… J'en vins à me demander ce que j'allais lui raconter, et lui taire. Et au Renard, aussi. Je n'y avais pas réfléchi une seule seconde.

16

Je rentrai en rampant par les coins sombres du palais, et appris bientôt que mon père n'était pas encore revenu de sa chasse. Je ne m'en montrai pas moins furtive et discrète. Lorsqu'il me parut clair (et il me fallut quelque temps) que ce n'était pas du roi mais du Renard que je me cachais, j'en fus affectée. Jusqu'à ce jour, il avait toujours été mon refuge et mon plus grand réconfort.

Après avoir retiré le bandage autour de mon bras (ce qui fut fort désagréable), Poobi poussa un cri d'alarme en découvrant ma blessure. Elle me pansa avec soin, puis, alors que je mangeais d'assez bon appétit, le Renard parut dans mes appartements.

« Ma fille, ma fille, s'exclama-t-il en me voyant, que les dieux soient bénis de t'avoir rendue saine et sauve. J'ai souffert pour toi tout le jour. Où étais-tu ?

— Dans la montagne, Grand-Père », répondis-je en dissimulant tant bien que mal mon bras gauche. Ce fut la première de mes difficultés. Je ne pouvais lui parler de cette blessure que je m'étais infligée à moi-même. Cela m'avait échappé auparavant, mais à présent qu'il se tenait devant moi, je savais qu'il me reprocherait vivement d'avoir fait usage de cet argument sur Psyché. L'une de ses maximes favorites était que, si l'on ne pouvait convaincre ses amis par la raison, alors il fallait renoncer et ne pas « appeler à l'aide une armée de mercenaires » (par cela, il entendait les passions).

« Oh, mon enfant, voilà qui était soudain. Je croyais, après notre séparation dans la nuit, que nous allions parler de nouveau au matin.

— Nous nous sommes séparés pour te laisser dormir », rectifiai-je. Les mots avaient jailli violemment, malgré moi, et avec la voix de mon père. J'en eus honte.

« Voici donc mon péché, dit le Renard en souriant tristement. Eh bien, madame, vous l'avez puni. Mais quelles nouvelles rapportes-tu ? Psyché a-t-elle consenti à t'écouter ? »

J'éludai sa question, mais lui racontai l'orage et l'inondation, et aussi que la vallée n'était plus qu'un marécage nauséabond. Je lui dis que j'avais en vain essayé de traverser le cours d'eau, que j'avais entendu Psyché disparaître en pleurant par le sud, à l'opposé de Glome. Nul besoin de lui parler du dieu ; il aurait cru à un moment de folie, ou à quelque rêve éveillé.

« Veux-tu dire, mon enfant, qu'à aucun moment tu ne lui as parlé ? » Il était blême.

« Si. Nous avons échangé quelques mots. Plus tôt.

— Mon enfant, qu'y a-t-il ? Que s'est-il passé, entre vous ? »

Voilà qui m'embarrassait grandement. Il m'interrogea assidûment, et je finis par lui révéler mon plan de la lampe.

« Ma fille, ma fille ! s'écria le Renard, quel démon t'a mis pareille machination dans la tête ? Qu'espérais-tu ? N'était-il pas certain qu'elle éveillerait la brute allongée près d'elle – lui, un homme chassé, un hors-la-loi ? Et qu'allait-il faire alors, sinon l'enlever pour la cloîtrer dans un autre de ses repaires ? À moins de la poignarder en plein cœur, par peur qu'elle ne le trahît auprès de ses poursuivants. Car la lueur de la lampe à elle seule dut le convaincre de cette trahison.

Et si c'était une blessure qui lui avait arraché ces sanglots ? Oh, si seulement tu avais pris conseil ! »

Je ne pouvais rien répliquer. Je me demandai en effet pourquoi je n'avais envisagé aucun de ces dénouements, et si j'avais réellement cru ne fût-ce qu'un instant que son amant était un homme des montagnes.

Le Renard me dévisageait, et je vis que mon silence l'intriguait de plus en plus. « T'a-t-il été facile de la convaincre de se plier à tes ordres ? finit-il par s'enquérir.

— Non. » Pour me restaurer, j'avais retiré le voile qui m'avait camouflée tout le jour, et à présent je regrettais amèrement cette décision.

« Et comment l'as-tu persuadée ? »

Ce fut le pire moment. Je ne pouvais lui avouer ce que j'avais réellement fait, ni les mots que j'avais prononcés. Car lorsque j'avais annoncé à Psyché que tant lui que Bardia s'accordaient sur l'identité de son amant, je n'avais que la vérité en tête ; tous deux se rejoignaient en effet pour dire qu'il s'agissait de quelque créature honteuse ou terrifiante. Mais si je répétais cela au Renard, il m'affirmerait que Bardia et lui émettaient des points de vue contraires : le premier, des fables de bonne femme, et lui, de simples probabilités dictées par le bon sens. Il aurait donné l'impression que j'avais menti. Comment lui faire comprendre combien les choses étaient différentes, sur la montagne ?

« Je... je lui ai parlé, finis-je par avouer. Je l'ai persuadée. »

Le Renard me lança un long regard inquisiteur, mais avec la tendresse de ces jours anciens où, assise sur ses genoux, je chantais avec lui *La lune s'est couchée*.

« Bien. Tu me caches un secret. Non, ne te détourne pas de moi. As-tu cru que j'allais te supplier, essayer de te l'arracher ? Jamais. Les amis doivent être libres. Si je te tourmentais pour le découvrir, je bâtirais entre nous une barrière bien plus haute que celle de cette dissimulation. Un jour... Mais tu dois obéir au dieu qui est en toi, pas à celui en moi. Allons, ne pleure pas. Je ne cesserais pas de t'aimer, quand tu aurais cent secrets. Je suis un vieil arbre auquel on a coupé les meilleures branches, le jour où on l'a fait esclave. Psyché et toi étiez tout ce qui me restait. Maintenant... Hélas, pauvre Psyché ! Je ne vois comment la retrouver. Mais toi, je ne te perdrai pas. »

Il m'enlaça (je dus me mordre la lèvre pour ne pas crier, lorsque son bras pressa ma blessure), puis se retira. Jamais auparavant je n'avais été soulagée de le voir partir. Mais je mesurai combien sa bonté était supérieure à celle de Psyché.

Je ne dis jamais rien à Bardia des événements de cette nuit.

Avant de m'endormir, je pris une résolution qui, même si elle paraît de peu d'envergure, eut de grandes conséquences pour moi, dans les années qui suivirent. Jusqu'alors, comme toutes mes compatriotes, j'allais à visage découvert ; lors de mes deux excursions dans la montagne, je n'avais porté le voile que pour masquer mon identité. Je décidai ce soir-là que désormais j'irais toujours voilée. Depuis ce jour, je me suis tenue à cette règle, que ce soit à l'intérieur ou à l'extérieur. C'est une sorte de pacte passé avec ma laideur. Il fut un temps, dans l'enfance, où je ne savais pas encore que j'étais disgracieuse. Puis vint une époque (car je ne dois rien taire dans ce livre de mes hontes et de mes inconséquences) où je crus, comme toutes les jeunes filles, que je pouvais rendre mon aspect moins intolérable, par quelques arrangements de ma mise ou de mes cheveux. Désormais, je choisissais le voile. Le Renard, cette nuit-là, fut le dernier homme à voir mon visage ; et peu de femmes même l'ont aperçu, depuis.

Mon bras se rétablit bien, comme ce fut toujours le cas pour les blessures de mon corps, et au retour du roi, environ sept jours plus tard, je mis fin à mon simulacre de maladie. Il rentra fort saoul, car il y avait eu autant de banquets et de beuveries que de chasse, durant cette semaine, et très contrarié : ils avaient seulement tué deux lions, lui-même n'en avait tué aucun, et l'un de ses chiens favoris s'était fait éventrer.

Quelques jours plus tard, il nous fit appeler le Renard et moi dans la salle du Pilier. Dès qu'il me vit voilée, il se mit à crier : « Mais que signifie cette comédie ? Relève tes rideaux, veux-tu ? Crains-tu que nous soyons éblouis par ta beauté ? Ôte immédiatement ces fanfreluches ! »

C'est en cet instant que je découvris ce que cette nuit passée sur la montagne avait causé en moi. Quiconque avait vu et entendu le dieu ne pouvait plus craindre ce vieux roi beuglant.

« Il est cruel d'être grondée à la fois pour mon visage et parce que je le cache, répliquai-je sans toucher à mon voile.

— Viens ici », ordonna-t-il, mais d'une voix moins puissante.

Je m'approchai si près de son fauteuil que mes genoux touchaient presque les siens, immobiles comme la pierre. Voir son visage sans qu'il pût distinguer le mien me donnait une sorte de pouvoir. Sa mine portait les premiers signaux d'une de ses fureurs blanches.

« As-tu décidé de faire de l'esprit et de me résister ? souffla-t-il dans un murmure.

— Oui », déclarai-je sans hausser la voix, mais très distinctement. Une seconde plus tôt, je ne savais pas ce que j'allais dire ou faire ; ce petit mot était sorti comme par sa propre volonté.

Il me fixa pendant plusieurs secondes, et je crus presque qu'il allait m'exécuter d'un coup de poignard. Mais il se contenta de hausser les épaules en grognant : « Oh, tu es comme toutes les femmes. Des mots, des mots, encore des mots… Si l'on t'écoutait, tu ferais disparaître la lune du ciel, par tes beaux discours. Alors, Renard, ces mensonges que tu as écrits sont-ils prêts, qu'elle les recopie ? »

Il ne me frappa plus jamais, et plus jamais je ne le craignis. À partir de ce jour, je ne cédai pas d'un pouce, face à lui : au contraire, je maintins une certaine tension. Si bien que je pus lui annoncer peu après qu'il nous était impossible, au Renard et à moi, de surveiller Redival, si nous devions travailler pour lui dans la salle du Pilier. Il gronda et jura, mais décida de nommer Batta sa geôlière. Dans les derniers temps, Batta était devenue très proche de lui, et familière de la Chambre royale. Non pas, pensais-je, qu'il l'invitât dans son lit – car, même au mieux de son apparence, elle n'avait jamais été ce que le roi appelait appétissante –, mais elle cancanait, minaudait et le flattait, et lui tirait du lait. Car il commençait à prendre de l'âge. Batta était aussi bête que Redival. Mais ces deux-là étaient susceptibles de s'arracher les yeux et, l'instant d'après, de se blottir l'une contre l'autre pour échanger commérages et récits paillards.

Tout cela, comme l'ensemble de ce qui se passait dans le palais, ne m'importait pas le moins du monde. J'étais tel un condamné attendant son bourreau, car j'étais persuadée que quelque coup des dieux allait sous peu s'abattre sur moi. Mais à mesure que passaient les jours et que rien ne se produisait, je commençai à entrevoir (contre mon gré, au début) la perspective d'être condamnée à vivre, et même à mener une vie inchangée, pendant encore quelque temps.

Lorsque je compris cela, je me rendis dans la chambre de Psyché, seule, et la remis dans l'ordre exact où elle se trouvait avant le commencement de tous nos chagrins. Ayant mis la main sur un poème en grec qui me parut une ode au dieu de la montagne, je le brûlai. Je décidai de faire disparaître toute cette partie d'elle, jusqu'aux vêtements qu'elle avait touchés cette dernière année. Pour ceux qu'elle avait portés auparavant, notamment ce qui restait des tenues de son enfance et tous les bijoux qu'elle aimait, petite, je les rangeai à leur place. Je voulais que tout fût tellement en ordre que, si elle devait revenir, elle retrouvât tout semblable à l'époque où elle était encore heureuse, et encore mienne. Je verrouillai la porte et y apposai un sceau. Puis, autant que je le pus, je fis de même avec mon esprit. Si je ne voulais sombrer dans la démence, je devais écarter toute pensée liée à Psyché, hormis celles qui se rapportaient à ses jeunes et joyeuses années. Jamais je ne parlais d'elle. Si mes femmes mentionnaient son nom, je les faisais taire. Si c'était le Renard, je ne répondais pas et détournais la conversation. Me trouver en sa présence était d'un moindre réconfort que jadis.

Pourtant je le questionnais beaucoup sur ce qu'il appelait la partie physique de la philosophie, sur le feu séminal, sur l'âme qui s'élève du sang et sur les périodes de l'univers. Sans oublier les plantes et les animaux, ainsi que les points cardinaux, le sol, l'air et le gouvernement des cités. Je voulais apprendre le monde dans toute sa rudesse, et accumuler du savoir.

Dès que ma blessure me le permit, je retournai avec beaucoup de zèle à mes leçons d'escrime avec Bardia, avant même que mon bras gauche pût porter un bouclier – car il affirmait que le combat sans bouclier était un art utile à maîtriser. Il vantait mes progrès rapides, et je sais aujourd'hui qu'il disait vrai.

Mon objectif était d'accroître chaque jour cette force, dure et sans joie, qui m'était venue en entendant la sentence du dieu – et ce, en apprenant, en me battant et en travaillant ardemment à éradiquer toute la femme en moi. Parfois, la nuit, lorsque le vent hurlait ou qu'il pleuvait, un immense étonnement mêlé d'angoisse m'assaillait, comme une vague faisant céder un barrage : Psyché était-elle vivante ? Où se trouvait-elle, par une nuit aussi inclémente ? De sévères paysannes refusaient-elles le gîte à cette pauvre enfant gelée et affamée ? Mais ensuite, au bout d'une heure passée à pleurer, à me tordre dans mon lit et à interpeller les dieux, j'entreprenais de reconstruire le barrage.

Bientôt, Bardia m'apprit à monter à cheval, ainsi qu'à manier l'épée. Il me parlait et me traitait de plus en plus en homme. Ce qui m'attristait autant que cela me plaisait.

Ainsi passèrent les jours jusqu'au milieu de l'hiver, qui dans nos contrées est l'occasion d'un grand festin. Le lendemain, le roi rentra de festivités chez un seigneur voisin, trois heures après midi, et trébucha dans l'escalier montant au portique. Il faisait si froid que l'eau dont les valets avaient arrosé les marches avait gelé. Il chut sur la hanche droite, la jambe sous lui en travers de la marche, et lorsque les domestiques accoururent pour l'aider à se relever, il hurlait de douleur et était prêt à mordre la main qui oserait s'approcher. La seconde d'après, il maudit ses gens de le laisser gésir là, dans le froid. Je m'empressai de le rejoindre, et fis signe aux esclaves de le soulever et de l'emmener, quoi qu'il dît ou fît. Nous le mîmes au lit, à la torture, puis envoyâmes chercher le barbier. Son diagnostic, que nous avions tous deviné, était que la cuisse était brisée. « Mais je n'ai pas les connaissances pour la remettre en place, madame, quand bien même le roi me laisserait l'approcher. » Je mandai un messager à la maison d'Ungit, au second prêtre, qui était réputé pour être bon chirurgien. Avant son arrivée, le roi s'était rempli de suffisamment de vin fort pour donner la fièvre à un homme bien portant et, dès que le second prêtre écarta ses vêtements pour manipuler la jambe cassée, le blessé se mit à beugler comme une bête, en faisant mine de se saisir de sa dague. Bardia et moi échangeâmes quelques mots à voix basse, et fîmes appeler six des gardes pour le maîtriser. Entre ses cris, il ne cessait de planter son regard noir dans le mien (car on lui tenait fermement les mains) et de brailler : « Qu'on l'emmène ! Qu'on fasse sortir cette créature voilée. Ne la laissez pas me torturer. Je sais qui elle est. Je le sais. »

Cette nuit-là, il ne dormit pas, ni le lendemain ou la nuit suivante : en plus de sa plaie à la jambe, il toussait comme si sa poitrine allait exploser. Dès que Bardia et moi avions le dos tourné, Batta lui apportait du vin. Je ne passais guère de temps dans la Chambre royale moi-même, car ma seule vue mettait mon père dans tous ses états. Il répétait sans cesse qu'il savait qui j'étais, malgré mon voile.

« Maître, lui dit le Renard, c'est seulement la princesse Orual, votre fille.

— Si fait, c'est ce qu'elle prétend, répondait le roi. Mais je ne suis pas dupe. Ne m'a-t-elle pas torturé la jambe au fer rouge toute la nuit ? Je sais qui elle est... *Aiai ! Aiai !* Gardes ! Bardia ! Orual ! Batta ! Emmenez-la ! »

La troisième nuit, le second prêtre, Bardia, le Renard et moi demeurâmes devant sa porte, à parler à voix basse. Le prêtre se nommait Arnom ; c'était un homme au teint sombre, guère plus vieux que moi, à la peau aussi lisse que celle d'un eunuque (ce qu'il ne pouvait être, car bien qu'Ungit eût des eunuques à son service, seul un homme pleinement armé peut accéder à la prêtrise complète).

« Il est probable, nous annonça-t-il, que tout cela s'achève par la mort du roi.

— Eh bien, répondis-je, ce sera un nouveau commencement. L'avènement d'un autre monde pour Glome, et si j'en réchappe, je serai bannie. Moi aussi, je serai une Psyché.

— Je pense de même, renchérit le Renard. Tout cela se produit en un moment délicat. Nous avons beaucoup de travail en perspective.

— Plus que tu ne le crois, Lysias, intervint Arnom (jamais je n'avais entendu quiconque appeler le Renard par son vrai nom). La maison d'Ungit est frappée des mêmes circonstances que la maison royale.

— Que veux-tu dire, Arnom ?

— Que le grand prêtre est enfin mourant. Si je me fie à mes compétences, je dirais qu'il ne passera pas cinq jours.

— Et c'est toi qui lui succéderas ? demanda Bardia.

— À moins que le roi ne s'y oppose », répondit le Renard. C'était la loi, à Glome.

« Il est primordial, reprit Bardia, que la maison d'Ungit et le palais soient alliés, dans un tel contexte. Dans le cas contraire, certains saisiront leur chance de semer le désordre à Glome.

— Primordial, en effet, acquiesça Arnom. Personne n'osera se soulever contre nos deux maisons unies.

— Félicitons notre bonne fortune, fit remarquer Bardia, qu'il n'y ait aucun grief entre la reine et Ungit.

— La reine ? s'étonna Arnom.

— La reine, confirmèrent en chœur Bardia et le Renard.

— Si seulement la princesse était mariée ! regretta Arnom en s'inclinant très courtoisement. Une femme ne peut mener les armées de Glome à la guerre.

— Cette reine le peut », le détrompa Bardia. Sa manière de projeter la mâchoire en avant lui donnait l'air d'une armée à lui tout seul. Je vis Arnom m'adresser un regard dur, et mon voile me fut plus utile que la contenance la plus assurée ; peut-être même plus utile que la beauté.

« Il n'existe qu'un seul différend entre la maison d'Ungit et celle du roi, dit le prêtre, et il concerne les Parcelles. Sans la maladie du roi et du prêtre, je serais venu en discuter ici plus tôt. »

Je savais tout de cette affaire, et percevais où nous menait cette conversation. Les Parcelles étaient de bonnes terres de l'autre côté du fleuve, dont la propriété faisait l'objet d'une vive querelle entre le roi et Ungit, depuis que j'avais commencé à travailler pour mon père. J'avais beau ne pas porter Ungit dans mon cœur (et pour cause), j'estimais depuis toujours que ces terres devaient appartenir à sa maison, dont le patrimoine était trop chiche pour assumer des sacrifices continuels. Et je pensais aussi que, si Ungit était raisonnablement dotée, on pourrait contraindre les prêtres à extorquer moins d'offrandes au peuple.

« Le roi est toujours en vie », fis-je remarquer. Je n'avais jusqu'ici pas dit mot, et ma voix les surprit tous. « Mais, du fait de sa maladie, je suis maintenant la voix du roi. Son désir est de donner les Parcelles à Ungit, sans contrepartie et définitivement, et de graver cet engagement dans la pierre, mais à une condition. »

Bardia et le Renard me considérèrent d'un air stupéfait.

« Et quelle est-elle, madame ? demanda Arnom.

— Que les gardes d'Ungit soient désormais placés sous le commandement du capitaine de la garde du roi, choisi par ce dernier – ou son successeur –, et qu'ils lui obéissent.

— Seront-ils également payés par le roi – ou son successeur ? » riposta Arnom, vif comme l'éclair.

Je n'avais pas anticipé pareille repartie, mais résolus qu'une réponse déterminée, quelle qu'elle fût, valait mieux que la pondération la plus avisée. « Cela dépendra du temps de service passé dans la maison d'Ungit et ici même.

— C'est un rude marché que vous exigez là – qu'exige le roi, veux-je dire », commenta le prêtre. Mais je savais qu'il plierait, car Ungit avait plus besoin de bonne terre que de lanciers. En outre, il serait ardu pour Arnom d'accéder à la tête de la maison de la déesse avec le palais contre lui. À ce moment précis, mon père se mit à hurler et le prêtre le rejoignit dans sa chambre.

« Bravo, ma fille, chuchota le Renard.

— Longue vie à la reine », murmura Bardia. Puis ils emboîtèrent tous deux le pas à Arnom.

Je restai seule dans le grand vestibule vide, où le feu était bas. C'était sans doute l'instant le plus étrange qu'il m'eût été donné de vivre jusqu'alors. Être reine – voilà qui n'apaiserait pas la vague d'amertume contre laquelle je bâtissais dans mon âme un barrage. Mais cela renforcerait la digue. Puis, dans un second temps, me vint une pensée d'une tout autre nature : celle que mon père serait mort. J'en eus le vertige. Songer à ce vaste monde dans lequel il ne serait plus… à la clarté d'un ciel où ne planerait plus ce nuage… à la liberté. J'inspirai profondément ; en un sens, c'était là l'air le plus doux que j'eusse jamais respiré. J'en vins presque à oublier l'immense chagrin qui m'habitait tout entière.

Mais un instant seulement. Tout était immobile, et la maison se trouvait plongée dans le sommeil. Il me sembla entendre des sanglots. C'étaient ceux d'une jeune fille, ce son qui, pour ou contre mon gré, me faisait toujours dresser l'oreille. Il paraissait provenir de dehors, derrière le palais. Aussitôt, la couronne, la politique et mon père devinrent le cadet de mes soucis. Tenaillée par un espoir cruel, je courus au bout du vestibule et sortis par la petite porte entre la crémerie et les quartiers de la garde. La lune resplendissait, mais l'air n'était point aussi immobile que je l'avais imaginé. Où étaient donc ces sanglots ? Soudain, il me sembla les entendre de nouveau. « Psyché ! appelai-je. Istra ! Psyché ! » Je me dirigeai vers le bruit. J'étais à présent moins sûre de sa nature. Je me rappelai que, lorsque les chaînes du puits se balançaient dans la brise (et le vent s'était levé), elles produisaient un son ressemblant. Oh, quel leurre amer !

Je demeurai debout dans la pénombre, à écouter. Plus de pleurs. Mais du mouvement, tout près. C'est alors que j'aperçus une silhouette en cape : elle bondit dans un rayon de lune et se jeta dans les buissons. Je la suivis aussitôt, aussi vite que je le pus. Sans réfléchir, je plongeai la main dans les fourrés. Une main inconnue la saisit.

« Doucement, ma jolie, dit une voix. Mène-moi chez le roi. »

C'était une voix totalement étrangère – et elle appartenait à un homme.

17

« Qui êtes-vous ? » demandai-je en tordant ma main afin de la libérer et en me reculant d'un bond comme si j'avais touché un serpent. « Sortez, et montrez-vous. » J'avais dans l'idée qu'il s'agissait d'un amant de Redival, Batta lui servant selon moi de geôlière autant que d'entremetteuse.

Un homme grand et mince sortit des broussailles. « Un suppliant », répondit-il, mais avec dans la voix une gaieté bien loin de l'adjuration. « Et un homme qui ne priva jamais une jolie fille d'un baiser. »

Si je ne l'avais esquivé, il aurait passé le bras autour de mon cou en un instant. C'est alors qu'il aperçut le miroitement de ma dague au clair de lune, et éclata de rire.

« Tu as de fort bons yeux, si tu vois quelque beauté dans ce visage, répliquai-je en tournant la tête, de sorte qu'il ne vît que la trame opaque de mon voile.

— Ou l'ouïe fine, ma sœur. Je suis prêt à jurer qu'une fille avec une telle voix ne peut qu'être belle. »

Pour une femme comme moi, une aventure pareille était si peu commune que j'eus le désir idiot de la prolonger. Le monde entier était étrange, cette nuit-là. Mais je repris mes esprits.

« Qui es-tu ? Vite, ou j'appelle la garde.

— Pas un voleur, charmante, bien que je confesse m'être fait surprendre dans une posture douteuse. Je craignais de rencontrer dans ton jardin un parent à moi que je voulais éviter. Je viens porter une requête au roi. Peux-tu me mener à lui ? » Il fit ostensiblement tinter quelques pièces de monnaie entre ses doigts.

« À moins que la santé du roi ne s'améliore brusquement, je suis la reine. »

Il émit un sifflement et laissa échapper un rire. « S'il en est ainsi, Majesté, je me suis magnifiquement ridiculisé. C'est donc votre suppliant, que je suis. Pour quelques nuits – peut-être même une seule – j'implore de votre grâce le gîte et la protection. Je suis Trunia de Phars. »

La nouvelle me frappa d'une sorte de stupidité. J'ai décrit plus tôt la guerre qui opposait ce prince à son frère Argan et à leur vieux roi de père.

« Vaincu, dans ce cas ?

— Dans une escarmouche de cavalerie, de laquelle j'ai réchappé et qui n'aurait eu aucune conséquence, si ce n'est que je m'égarai sur le chemin du retour, et atterris à Glome. C'est alors que mon cheval se mit à boiter, à moins de trois milles d'ici. Le pire dans tout cela est que les forces de mon frère couvrent toute la frontière. Si vous pouviez me cacher pendant un jour ou deux – ses messagers seront à vos portes avant l'aube, à n'en point douter –, afin que je pusse me rendre à Essur, puis rejoindre mes troupes à Phars, je lui montrerais bientôt, à lui et au reste du monde, si je suis vaincu.

— Tout cela est fort intéressant, prince, mais si nous vous recevons comme suppliant, nous nous devons, par la loi, de vous défendre. Je ne suis pas le genre de reine assez jeune et écervelée pour songer à m'engager dans une guerre contre Phars en ce moment.

— La nuit est froide, pour qui dort dehors.

— Vous seriez le bienvenu, si vous n'étiez porteur d'une telle requête, prince. Mais dans cette posture, vous êtes trop dangereux. Je ne peux vous offrir le gîte qu'en tant que prisonnier.

— Prisonnier ? Dans ce cas, Majesté, bonne nuit. »

Il fila comme si toute sa fatigue avait disparu (j'avais pourtant perçu l'épuisement dans sa voix), et sa foulée était sûre. Mais c'est cette fuite qui le perdit. J'aurais pu lui indiquer où se trouvait la vieille borne. Il chut de tout son long, se remit sur pied d'un bond avec une célérité confondante, puis laissa échapper un sifflement de douleur, se débattit, jura, et s'immobilisa.

« Une entorse, sinon une fracture, pesta-t-il. Maudit soit le dieu qui inventa la cheville. Eh bien, vous pouvez appeler vos lanciers, Majesté. Me voilà prisonnier. Et cette geôle me conduira-t-elle au bourreau de mon frère ?

— Nous vous sauverons si nous le pouvons. Si cette issue est possible sans déclencher une guerre à outrance avec Phars, nous le ferons. »

Les quartiers de la garde se trouvaient de ce côté du palais, comme je l'ai dit, aussi me fut-il aisé de me retrouver à portée de voix des soldats tout en gardant un œil sur le prince. Dès que je les entendis approcher, j'ordonnai à ce dernier : « Remontez votre capuche sur votre visage. Moins le nom de mon prisonnier sera connu, plus j'aurai les coudées franches. »

On l'emmena, boitillant, dans le vestibule, et on l'installa sur le banc à haut dossier près du feu ; je lui fis apporter du vin et des victuailles, et le barbier vint bander sa cheville. Puis je me rendis dans la Chambre royale. Arnom était reparti. L'état du roi avait empiré ; son visage avait viré au carmin et son souffle était rauque. Il semblait ne pas pouvoir s'exprimer ; et, tandis que son regard planait sur nous trois, je me demandais ce qu'il pensait et ressentait.

« Où étais-tu, ma fille ? demanda le Renard. Une nouvelle terriblement préoccupante vient de nous parvenir. Un messager nous a appris qu'Argan de Phars, accompagné de trois – ou peut-être quatre – escadrons à cheval, a traversé la frontière et se tient désormais à dix milles d'ici. Il prétend être à la recherche de son frère Trunia. »

Comme on apprend vite sa charge de souverain ! La veille encore, je me serais bien moquée que des étrangers en armes traversassent nos frontières ; mais ce soir, c'était comme si l'on m'avait frappée au visage.

« Et, ajouta Bardia, quant à savoir s'il croit vraiment que nous cachons Trunia, ou bien s'il a traversé la zone en un point vulnérable pour singer un acte de bravoure et amender sa pitoyable réputation…

— Trunia est ici », l'interrompis-je. Avant qu'ils fussent tous deux revenus de leur surprise, je les convoquai dans la salle du Pilier, car je ne pouvais supporter le regard de mon père sur nous. Les deux autres paraissaient ne pas plus se soucier de lui que d'un cadavre. Je fis allumer les lampes et un feu dans la salle de la tour, l'ancienne prison de Psyché, afin que le prince pût y être mené, une fois qu'il se serait restauré. Quant à nous trois, nous nous retirâmes pour parler.

Sur trois aspects, nous étions en accord. Le premier était que, si Trunia parvenait à dépasser son infortune du moment, il serait susceptible de battre son frère Argan et de régner sur Phars. Le vieux roi était gâteux et ne comptait pas. Plus la rébellion durerait, plus les renforts de Trunia deviendraient conséquents, car Argan était faux, cruel et largement haï ; en outre, depuis sa première bataille (bien avant ces troubles), il s'était attiré une réputation de lâche qui le rendait méprisable. Le deuxième point était qu'en tant que souverain de Phars, Trunia ferait un bien meilleur voisin que son frère ; particulièrement si nous l'avions accueilli en ami alors qu'il était au plus mal. La troisième évidence à nos yeux était que nous n'étions pas en mesure d'engager la guerre contre Phars, ne fût-ce que contre le clan d'Argan. La peste avait décimé trop de nos forces vives et nous n'avions encore que très peu de blé.

Soudain, une perspective nouvelle, surgie de nulle part, m'assaillit.

« Bardia, que vaut le prince Argan, à l'épée ?

— J'en compte deux meilleurs à cette table, Majesté.

— Et j'imagine qu'il aurait quelque réticence à raviver cette vieille histoire au sujet de son courage ?

— On peut le supposer.

— Ainsi, si nous lui proposions un champion contre lequel se battre pour la tête de Trunia – si le sort de son frère était l'enjeu de ce combat à deux –, il se trouverait en quelque sorte contraint de l'accepter. »

Bardia réfléchit quelques instants. « Eh bien, on dirait un couplet tiré d'une vieille chanson. Pourtant, par les dieux, plus je considère cette issue, plus elle me plaît. Bien que nous soyons faibles, il ne voudra pas la guerre contre nous, car elle l'occupe déjà chez lui. D'autant moins si nous lui laissons le choix. Et tous ses espoirs reposent sur la bonne opinion de son peuple, qu'il doit conquérir. Il ne peut se permettre de la gâcher. Voilà un acte odieux, que de poursuivre son frère à nos portes, comme s'il dégîtait un renard. Cette initiative ne le fera pas davantage aimer. En outre, s'il refuse le combat, son nom sera encore plus souillé. Je pense que votre plan est très prometteur, Majesté.

— Voilà qui est très sage, acquiesça le Renard. Quand bien même notre homme serait tué et il nous faudrait livrer Trunia, personne ne pourra raconter que nous l'avons mal traité. Nous sauvons notre réputation, sans déclencher la guerre contre Phars.

— Et si notre champion tue Argan, ajouta Bardia, alors nous aurons contribué à mettre Trunia sur le trône et gagné un ami fidèle ; car, selon les dires, Trunia est un homme intègre.

— Pour assurer notre plan, mes amis, choisissons un champion si méprisable que déclarer forfait soit pour Argan une honte au-delà du concevable.

— Voilà qui est trop subtil, ma fille, objecta le Renard. Et dommageable pour Trunia. Nous ne voulons pas que notre homme se fasse battre.

— À quoi songez-vous, Majesté ? s'enquit Bardia, en tournant sa moustache comme autrefois. Nous ne pouvons lui demander d'affronter un esclave, si c'est ce que vous avez en tête.

— Non. Une femme. »

Le Renard me dévisagea d'un air abasourdi. Je ne lui avais pas parlé de mon entraînement à l'épée, en partie parce que j'étais réticente à mentionner le nom de Bardia devant lui – l'entendre traiter d'imbécile ou de barbare me mettait en colère. Bardia quant à lui surnommait le Renard « le Grec » ou « beau parleur », mais cela ne me contrariait pas de la même manière.

« Une femme ? répéta le Renard. Est-ce moi qui suis fou, ou bien toi ? »

C'est alors que je vis se dessiner sur les lèvres de Bardia un sourire qui aurait réconforté n'importe quel cœur. Mais il secoua la tête.

« Je joue depuis trop longtemps aux échecs pour mettre ma reine en danger.

— Comment, Bardia ? m'indignai-je en maîtrisant l'émotion dans ma voix, n'était-ce donc que flatterie de ta part, lorsque tu as prétendu que j'étais meilleure lame qu'Argan ?

— Point du tout. Si duel il y avait, je parierais tout mon argent sur vous. Mais dans ces affaires, l'habileté n'est pas tout. La chance a son mot à dire.

— Et la bravoure, aussi.

— Je ne m'inquiète pas pour vous à ce sujet, Majesté.

— Je n'ai aucune idée de ce que vous racontez, tous les deux, intervint le Renard.

— La reine veut affronter Trunia elle-même, Renard, expliqua Bardia. Et elle le pourrait. Nous avons croisé le fer ensemble un grand nombre de fois. Jamais les dieux n'ont doté quiconque – homme ou femme – d'un don aussi évident et d'un instinct plus sûr. Oh, madame, madame, quel dommage qu'ils ne vous aient pas faite homme. » Il avait prononcé ces paroles avec toute la sincérité et la bienveillance d'un homme qui, en versant un seau d'eau froide dans votre soupe, croit vous faire plaisir.

« C'est monstrueux – contre toutes les coutumes – et la nature – et la pudeur », commenta le Renard. Sur des sujets de cet ordre, il se montrait un vrai Grec, qui considérait toujours comme barbare et scandaleux que, dans notre pays, les femmes allassent tête nue. Parfois, dans nos heures de joie, je l'avais taquiné en affirmant que je n'aurais pas dû l'appeler Grand-Père, mais Grand-Mère. C'était une des raisons pour lesquelles je n'avais jamais mentionné mon entraînement à l'épée.

« La nature a dérapé, lorsqu'elle m'a conçue. Si je dois avoir les traits aussi rudes qu'un homme, pourquoi ne pourrais-je pas combattre comme tel ?

— Ma fille, ma fille, tempéra le Renard. Ne serait-ce que par pitié pour moi, sors-toi cette terrible fantaisie de la tête. L'idée d'un duel et d'un champion était bonne. Comment une telle folie pourrait-elle la servir ?

— Elle la sert à merveille. Me crois-tu assez simple d'esprit pour imaginer que je suis bien assurée sur le trône de mon père ? Arnom est dans mon camp. Bardia est avec moi. Mais qu'en est-il des nobles et du peuple ? Je ne sais rien d'eux, ni eux de moi. Si l'une des épouses du roi avait survécu, je suppose que j'aurais fréquenté les femmes et les filles des seigneurs. Mon père ne nous a jamais autorisées à les rencontrer, et encore moins les seigneurs eux-mêmes. Je n'ai pas d'amis. Un tel duel n'est-il pas le stratagème idéal pour susciter leur intérêt ? N'aimeront-ils pas pour souveraine une femme qui se serait battue pour Glome et aurait tué son ennemi ?

— Oh, pour ce qui est de cela, renchérit Bardia, ce serait incomparable. Ils n'auront que vous à la bouche et dans le cœur pendant toute une année.

— Mon enfant, mon enfant, s'interposa le Renard, les larmes aux yeux, c'est ta vie. Ta vie. J'ai déjà perdu mon foyer et ma liberté. Ensuite, Psyché. Et maintenant, toi. Ne laisseras-tu pas une feuille à ce vieil arbre ? »

Je voyais clair dans son cœur, et je savais qu'il m'implorait avec la même angoisse que celle qui m'avait fait supplier Psyché. Les larmes que je sentis monter derrière mon voile étaient lourdes de pitié, pour moi-même plus que pour lui. Je les retins.

« Ma décision est prise. Et aucun de vous ne propose de meilleur plan pour nous tirer de cette ornière. Savons-nous où se tient Argan en ce moment, Bardia ?

— Au Gué Rouge, disait le message.

— Dans ce cas, qu'on y envoie immédiatement notre émissaire. Les champs qui s'étendent entre la ville et le Shennit nous serviront de lieu de combat. Quant au jour, le troisième à compter d'aujourd'hui. Les termes, les voici : si je tombe, nous leur remettrons Trunia et nous pardonnerons l'entrée illégale d'Argan sur notre territoire. Si c'est Argan qui succombe, Trunia sera un homme libre et nous l'escorterons jusqu'à la frontière, pour qu'il aille rejoindre les siens à Phars, ou bien où bon lui semblera. Quelle que soit l'issue, tous les étrangers devront avoir quitté Glome dans les deux jours. »

Ils me dévisagèrent tous deux sans un mot.

« À présent, je vais dormir. Veille au départ du messager, Bardia, puis va t'allonger à ton tour. Bonne nuit à vous deux. »

Je lus sur le visage de Bardia qu'il allait obéir, bien qu'il ne pût se résoudre à y consentir par la parole. Je me détournai promptement et ralliai mes appartements.

M'y retrouver seule, dans le silence, était comme déboucher brusquement à l'abri d'un mur par une journée de vent déchaîné, et pouvoir enfin respirer et reprendre mes esprits. Depuis qu'Arnom avait annoncé, quelques heures plus tôt, que le roi était mourant, j'avais l'impression qu'une autre femme parlait et agissait à ma place. Appelons-la la reine ; mais Orual était quelqu'un d'autre, et à présent, j'étais redevenue Orual (je me demandais si c'était ce que ressentaient tous les princes). Je considérais les actions que la reine avait entreprises avec un grand étonnement. Cette reine espérait-elle réellement pouvoir tuer Argan ? En tant qu'Orual, je ne pouvais le croire. Je n'étais même pas certaine de pouvoir l'affronter. Jamais auparavant je n'avais fait usage de lames affûtées ; bien que ce fût pour moi un objectif d'importance, seul le plaisir de plaire à mon maître d'armes avait animé mes combats fictifs. Que se passerait-il si, le jour venu, quand les trompettes sonneraient et que les épées seraient tirées, mon courage m'abandonnait ? Je serais la risée du monde entier. Je voyais déjà l'air honteux du Renard, et de Bardia. Je les entendais dire : « Et pourtant, avec quelle vaillance sa propre sœur s'offrit en sacrifice ! Qu'il est étrange qu'elle, si docile et si discrète, soit finalement la plus brave d'entre elles ! » Ainsi, elle me dominerait aisément en toutes choses : dans la hardiesse autant que dans la beauté, dans la vision des choses invisibles que les dieux accordent à de rares élus, et jusque dans sa force – je me remémorai la fermeté de son emprise, lorsque nous avions lutté. « Non, il n'en sera pas ainsi, m'entendis-je prononcer de toute mon âme. Psyché ? Elle n'a jamais tenu une épée en main de sa vie, elle n'a jamais accompli le travail d'un homme dans la salle du Pilier, jamais compris – ni entendu évoquer – les affaires de l'État… Une vie de jeune fille, une vie d'enfant… »

Je me demandai soudain ce qu'il m'arrivait. Était-ce la maladie qui me reprenait ? Car il me semblait voir poindre de nouveau ces rêves abjects qui avaient secoué mon délire, lorsque les dieux cruels avaient placé dans mon esprit cette chimère horrible et folle que Psyché était contre moi. Psyché, mon ennemie ? Elle, mon enfant, le cœur de mon cœur, à laquelle j'avais fait tant de tort et dont j'avais causé la ruine, donnant aux dieux tous les droits de me tuer ? Je me mis à envisager d'un autre regard mon affrontement avec le prince. Il était évident qu'il allait me tuer. C'était lui, le bourreau envoyé par les dieux. Et ce serait la meilleure issue au monde : bien plus appropriée que ces fatalités aveugles que j'avais appelées de mes vœux. Ma vie tout entière devenait une grève de sable abandonnée ; qui aurait pu espérer qu'elle serait si courte ? Et tout cela s'accordait si bien à mes pensées quotidiennes, depuis la sentence prononcée par le dieu, que je me demandais comment j'avais pu, au cours des dernières heures, oublier ce désert de sable.

C'était le fait de mon nouvel état de reine – de toutes ces décisions à prendre, qui tombaient sur moi sans que je pusse reprendre mon souffle, et lourdes de tant de conséquences ; la vitesse, la précision, le péril et l'élan du jeu. Je résolus, pour les deux jours dont je disposais encore pour être souveraine, de m'acquitter de cette tâche le plus vaillamment possible. Et si par hasard Argan ne me tuait pas, de me montrer une vraie reine, aussi longtemps que les dieux me le permettraient. Ce n'était pas là de l'orgueil – l'ivresse du statut –, ou bien si peu. J'entrai dans cet état comme un homme affligé sombre dans la boisson ou une femme brisée, si elle est belle, succombe à des amants. C'était un art qui ne laissait pas le temps de s'apitoyer sur son propre sort. Si Orual pouvait se fondre entièrement dans la reine, alors les dieux seraient presque vaincus.

Mais Arnom avait-il réellement annoncé que mon père était mourant ? Pas exactement. Je me relevai d'un bond et me rendis dans la Chambre royale ; sans chandelle, en cherchant mon chemin à tâtons contre les murs de pierre, et j'eus honte en imaginant quelqu'un me surprenant ainsi. La Chambre était toujours éclairée. On avait laissé Batta auprès de lui. Elle était assise sur le fauteuil du roi, près du feu, et ronflait dans son sommeil de vieille femme abrutie par l'alcool. Je m'approchai de la couche. Il avait l'air parfaitement réveillé. Quant aux sons qu'il produisait, étaient-ils une tentative de langage ? Mais ce que je vis dans son regard, quand il m'aperçut, ne permettait aucun doute : c'était de la terreur à l'état pur. Me reconnaissait-il, et croyait-il que j'étais venue l'assassiner ? Voyait-il Psyché, revenue des enfers pour l'y entraîner à sa suite ?

Certains diront (les dieux, peut-être) que si je l'avais effectivement assassiné, cela ne m'aurait pas rendue plus impie que je ne l'étais déjà. Car tandis qu'il me dévisageait avec tant de peur, je faisais de même – mais c'était la peur qu'il survécût.

Qu'attendent les dieux de nous ? Ma délivrance était si proche. Un prisonnier peut supporter son cachot avec patience ; mais celui qui a bien failli s'échapper, qui a goûté la première gorgée d'air frais… être alors repris, retourner au fracas métallique des chaînes, aux relents de la paille souillée ?

Je l'observai de nouveau, et je vis un visage d'idiot, terrifié, presque animal. Alors, rassurée, je songeai : « Même s'il vit, jamais il ne recouvrera toute sa tête. »

Je m'en fus, et dormis cette nuit-là d'un sommeil de plomb.

18

Le lendemain, dès que je fus levée, je retournai dans la Chambre royale pour voir mon père : aucun médecin, aucune maîtresse éplorée ne veilla plus ardemment sur le souffle et le pouls d'un malade. Tandis que je me trouvais à ses côtés (sans constater aucun changement dans son état), je vis surgir Redival, virevoltante et pleurant comme un veau.

« Oh, Orual, s'exclama-t-elle, le roi se meurt-il vraiment ? Que s'est-il passé, la nuit dernière ? Et qui est ce jeune étranger ? On dit que c'est un homme merveilleux et splendide, qui a l'air aussi valeureux qu'un lion. Est-ce un prince ? Oh, ma sœur, que va-t-il advenir de nous, si le roi meurt ?

— Je serai reine, Redival. Quant à toi, tu seras traitée selon ton comportement. »

Avant même que j'eusse terminé ma phrase, elle se jetait sur moi pour m'embrasser la main et me souhaiter le meilleur, m'assurant qu'elle m'avait toujours aimée plus que quiconque sur cette terre. J'en eus la nausée. Aucun des esclaves du palais ne se serait ainsi humilié devant moi. Même lorsque j'étais furieuse et que la peur dansait dans leurs yeux, ils se montraient assez sages pour ne pas geindre comme des mendiants : rien n'aurait su moins m'émouvoir.

« Ne fais pas l'imbécile, Redival, ordonnai-je en la repoussant. Je ne vais pas te tuer. Mais si tu mets le nez hors de cette maison sans ma permission, je te ferai fouetter. Maintenant, va-t'en. »

À la porte, elle se retourna : « Mais tu me trouveras un mari, Majesté, n'est-ce pas ?

— Oui. Probablement deux. J'ai une douzaine de fils de rois accrochés dans ma garde-robe. Va-t'en. »

Puis vint le Renard. Il jeta un regard au roi, marmonna : « Il pourrait encore durer des jours », et ajouta en se tournant vers moi : « Ma fille, je me suis mal comporté, hier soir. Je pense toujours que cette idée d'affronter toi-même le prince est insensée et, plus encore, inconvenante. Mais j'ai eu tort de pleurnicher, d'implorer et de jouer de ton amour. L'amour ne doit pas être ainsi utilisé. » Il s'interrompit en voyant Bardia apparaître à la porte. « L'émissaire est déjà revenu de sa visite à Argan, Majesté, annonça-t-il. Il a rencontré le prince beaucoup plus près qu'il n'avait dit se trouver – que son insolence soit maudite. »

Nous nous rendîmes à la salle du Pilier (mon père ne me quittait pas de son regard terrible) et fîmes appeler le héraut d'Argan. C'était un homme grand et fort, accoutré comme un paon. Le sens de son message, alourdi de formules ampoulées, était que son maître acceptait le combat. Mais que, refusant de souiller son épée du sang d'une femme, il apporterait une corde, afin de me pendre, une fois qu'il m'aurait désarmée.

« Voilà une arme à laquelle je ne prétends pas être habile, répondis-je. Il ne serait donc pas justice que ton maître en fît usage. Mais puisqu'il est plus âgé que moi – son premier combat remonte, il me semble, à un passé lointain –, nous consentirons à ce qu'elle compense son grand âge.

— Je ne puis rapporter ces propos au prince, Majesté », prétendit l'homme.

Je songeai alors que j'en avais fait assez (je savais que mon mot d'esprit arriverait à d'autres, sinon à Argan lui-même) et nous nous attelâmes méthodiquement aux préparatifs du combat et aux mille détails qui devaient être réglés. Ce n'est que près d'une heure plus tard que le messager reprit la route. Durant tous ces préliminaires, je voyais le Renard à la torture, car à chaque mot le duel devenait plus réel et inexorable. J'étais presque reine, désormais, mais Orual venait de temps à autre murmurer un mot dur à l'oreille de la souveraine.

Ensuite vint Arnom et, avant même qu'il eût à nous l'apprendre, nous comprîmes que le vieux prêtre était mort et qu'Arnom était son successeur. Il portait les peaux et les vessies, et le masque d'oiseau pendait à sa poitrine. La vue de cet accoutrement me causa un choc considérable, comme si elle ravivait un cauchemar que j'aurais oublié au réveil, mais qui me reviendrait soudain à midi. Cependant, à mieux y regarder, je fus rassurée. Arnom ne serait jamais aussi terrible que le vieux prêtre. C'était le même homme avec lequel j'avais conclu la veille un fort heureux marché ; et je n'avais pas senti la présence d'Ungit autour de lui lorsqu'il était entré. Ce qui provoqua en moi d'étranges pensées.

Mais je n'avais guère le temps de m'y arrêter. Arnom et le Renard se rendirent à la Chambre royale et entamèrent une sombre discussion quant à l'état du roi (ils paraissaient fort bien se comprendre). Bientôt, Bardia m'entraîna dehors. Nous sortîmes par la petite porte est, que nous avions empruntée le Renard et moi le matin de la naissance de Psyché, et fîmes les cent pas entre les plates-bandes d'herbes aromatiques.

« Majesté, c'est votre premier combat.

— Doutes-tu de mon courage ?

— Pas de votre courage à vous faire tuer, Majesté. Mais vous n'avez jamais tué vous-même ; or c'est bien l'enjeu, cette fois-ci.

— Eh bien ?

— Eh bien, les femmes comme les garçons parlent aisément de tuer un homme. Pourtant, croyez-moi, c'est là une tâche bien difficile. La première fois, je veux dire. Quelque chose dans l'homme s'y refuse.

— Tu crains que je le prenne en pitié ?

— Je ne sais s'il s'agit de pitié. Mais la première fois… ce fut la chose la plus difficile que de forcer ma propre main à plonger la lame dans tant de chair vivante.

— Pourtant tu l'as fait.

— Oui. Mon ennemi était un incapable. Mais si sa main avait été plus vive ? C'est là le danger, voyez-vous. Il y a un instant où la moindre pause – même un battement de cils – vous fait perdre vos chances. Ce pourrait bien être la seule, et alors vous aurez perdu la bataille.

— Je ne crois pas que ma main faillira, Bardia. » J'éprouvai cette pensée dans mon esprit. Je me figurai mon père, de nouveau bien portant, se précipitant vers moi dans un de ses accès de fureur blanche ; j'étais certaine que ma main n'hésiterait pas à le trucider. Elle n'avait pas balancé lorsque je m'étais poignardé le bras.

« Espérons que non, commenta Bardia. Mais vous devez vous plier à l'exercice. J'y contrains toutes nos recrues.

— Quel exercice ?

— Vous savez qu'on doit tuer un cochon, ce matin. Vous devez en être le boucher, Majesté. »

En un éclair, je perçus que, si je me défaussais, je serais instantanément beaucoup moins reine et beaucoup plus Orual.

« Je suis prête. » Je savais ce qui m'attendait, car, enfants, nous avions maintes fois assisté au sacrifice de bêtes. Redival avait toujours regardé et hurlé en même temps ; j'avais regardé moins souvent, et tenu ma langue. Aussi allai-je tuer mon cochon – nous les tuons sans rite sacrificiel, car Ungit a ces créatures en horreur ; il existe une histoire sacrée qui explique pourquoi. Et je jurai que, si je réchappais du combat contre Argan, Bardia, le Renard, Arnom et moi mangerions les meilleurs morceaux de l'animal, au souper. Une fois que j'eus retiré mon tablier de boucher et me fus lavée, je retournai dans la salle du Pilier. J'avais songé à une action qui devait être entreprise, à présent que ma vie n'excéderait peut-être pas deux jours. Le Renard s'y trouvait déjà ; je fis appeler Bardia et Arnom. Avec eux pour témoins, j'affranchis mon vieux maître.

L'instant d'après, je me retrouvai plongée dans le désespoir. Je me demande encore comment j'avais pu être assez aveugle pour ne pas le prévoir. Ma seule pensée avait été de le sauver de la risée et de la négligence – ou de la stupidité de Redival, qui l'aurait peut-être vendu –, si je devais mourir en duel. Mais, dès que les deux autres l'eurent abondamment félicité et embrassé sur les joues en lui souhaitant le bonheur, l'évidence me frappa brusquement. « Tu manqueras à nos débats » ; « Nombreux sont ceux qui à Glome regretteront de te voir partir » ; « N'entreprends pas le voyage en hiver ». Mais que disaient-ils donc ?

« Grand-Père ! » m'écriai-je – la reine avait disparu, j'étais tout entière Orual, et même Orual enfant. « Comptes-tu réellement me quitter ? T'en aller ? »

Le Renard leva vers moi un visage infiniment troublé, secoué de spasmes. « Libre ? murmura-t-il. Tu veux dire que je pourrais… que je peux… peu m'importerait même de mourir en chemin, pourvu que je pusse revoir la mer. Il y aurait du thon, des olives. Non, ce serait encore trop tôt, pour les olives. Mais le parfum des ports. Se promener le long du marché en devisant, en parlant vraiment. Mais vous ne savez point combien tout cela est une sottise, aucun de vous ne le sait. Je devrais te remercier, ma fille. Mais si tu m'as jamais aimé, ne me parle pas maintenant. Demain. Laisse-moi aller. » Il releva sa cape sur sa tête et quitta la salle à tâtons.

C'est alors que cette comédie de la royauté, qui m'avait maintenue à flot et occupée depuis mon lever, m'abandonna à mon triste sort. Nous avions tout préparé pour le combat. La fin de cette journée ainsi que la suivante ne seraient qu'attente. Avec ce nouveau désarroi que, si je devais vivre, ce serait sans le Renard.

Je sortis dans les jardins. Je ne voulais pas retourner dans notre coin derrière les poiriers ; c'est là que Psyché, le Renard et moi avions été le plus heureux. J'errai, misérable, de l'autre côté, à l'ouest du verger, jusqu'à ce que le froid me saisît ; c'était une journée sombre et glaciale, sans soleil. C'est avec honte et crainte que je revis, en les consignant, les pensées qui me traversèrent alors. Dans mon ignorance, je ne pouvais comprendre la force du désir qui appelait mon vieux maître vers son pays. J'avais vécu au même endroit toute ma vie, tout à Glome était pour moi fétide, ordinaire et acquis, et même imprégné de souvenirs de terreur, de chagrin et d'humiliation. Je ne savais quelle puissante nostalgie anime l'exilé. J'étais amère à l'idée même que le Renard pût désirer me quitter. Il était le pilier central de toute ma vie, et je le tenais pour aussi sûr et immuable – et traité avec aussi peu de gratitude – que la lumière du jour, ou la terre sous mes pieds. Dans ma bêtise, j'avais cru représenter pour lui tout ce qu'il était pour moi. « Idiote ! m'invectivai-je. N'as-tu point encore compris que tu ne comptes autant pour personne ? Qu'es-tu, pour Bardia ? Sans doute guère plus que le vieux roi. Son cœur appartient à son foyer, à sa femme et à sa marmaille. S'il te portait quelque intérêt, jamais il ne t'aurait laissée te battre. Et pour le Renard ? Son cœur n'a jamais quitté les Terres grecques. Tu fus, peut-être, le réconfort de sa captivité. On dit qu'un prisonnier apprivoise un rat, pour tromper sa solitude. Il en vient à aimer ce rat – d'une certaine manière. Mais qu'on ouvre la porte de sa geôle, qu'on le libère de ses fers, se souciera-t-il encore du rat ? » Et pourtant, comment pouvait-il nous quitter, après tout cet amour ? Je le revoyais avec Psyché sur ses genoux. « Plus charmante qu'Aphrodite elle-même », avait-il dit. « Oui, mais c'était Psyché, me dit mon cœur. Si elle se trouvait toujours parmi nous, il resterait. C'est Psyché, qu'il aimait. Pas moi. Jamais. » En le pensant même je savais que c'était un mensonge, pourtant je ne voulais, ou ne pouvais, me l'ôter de la tête.

Mais le Renard vint me trouver avant le coucher. Son visage était blême, et ses manières fort discrètes. S'il avait boité, on l'eût cru tout juste échappé des mains de tortionnaires. « Souhaite mon bien, ma fille, car j'ai gagné une bataille. Ce qui est bon pour ses congénères doit être bon pour un homme. Je ne suis qu'une partie du grand tout, et dois agir à la place qui est la mienne. Je resterai, et…

— Oh, Grand-Père, m'écriai-je en fondant en larmes.

— Du calme, du calme, recommanda-t-il en m'embrassant. Qu'aurais-je fait en Grèce ? Mon père est mort. Mes fils m'ont sans doute oublié. Ma fille… Je ne serais qu'une charge – *un rêve égaré à la lumière du jour*, comme dit le poème. Quoi qu'il en soit, c'est un long voyage, jalonné de dangers. Je n'aurais peut-être jamais atteint la mer. »

Il poursuivit ainsi son plaidoyer, faisant peu de cas de son acte de bravoure, comme s'il craignait que je l'en dissuadasse. Mais, la tête contre sa poitrine, je ne ressentais qu'une joie sans mélange.

Ce jour-là, j'allai maintes fois rendre visite à mon père, sans constater aucun changement.

La nuit suivante, je dormis mal. Ce n'était pas la peur du combat, mais une nervosité due aux multiples bouleversements que les dieux faisaient pleuvoir sur ma vie. La mort du vieux prêtre, à elle seule, aurait occupé mes pensées pendant une pleine semaine. Je l'avais déjà espérée (car à l'époque, sa mort aurait pu sauver Psyché), mais je n'avais pas plus envisagé de le voir disparaître que de me réveiller un matin sans trouver le mont Gris à l'horizon. L'affranchissement du Renard, bien que je l'eusse prononcé moi-même, me paraissait une autre mutation impossible. On eût dit que la maladie de mon père avait balayé toutes les bases et que le monde entier – tel que je le connaissais – avait volé en éclats. Je cheminais vers une terre nouvelle, qui m'était inconnue. Tellement étrangère même que, cette nuit-là, je ne ressentis plus mon chagrin. Cela me plongea dans une grande perplexité. Une partie de moi luttait pour retrouver cette peine, et chuchotait : « Orual mourra, si elle cesse d'aimer Psyché. » Mais une autre répliquait : « Qu'Orual meure. Elle n'avait pas l'étoffe d'une reine. »

Le dernier jour, veille du duel, passa comme en rêve. Chaque heure qui s'écoulait rendait l'événement plus inconcevable. Les rumeurs qui enflaient autour de ce combat avaient dépassé nos frontières (nous n'avions pas tenu à en faire un secret) et le peuple s'amassait déjà aux portes du palais. Je n'accordais pas à leur faveur davantage de poids qu'elle n'en méritait – je n'avais pas oublié comme ils s'étaient retournés contre Psyché –, pourtant, bon gré mal gré, leur allégresse m'accélérait le pouls et me faisait monter une folie à la tête. Des nobles et des anciens d'excellente souche vinrent me présenter leurs respects. Tous m'acceptèrent pour reine et je m'exprimai peu mais, me sembla-t-il, avec brio – Bardia et le Renard vantèrent les qualités de mon discours. Je les voyais tous considérer mon voile avec stupéfaction, se demandant visiblement ce qu'il cachait. Puis j'allai trouver le prince Trunia dans la salle de la tour afin de lui annoncer que nous avions trouvé un champion (dont je ne révélai pas l'identité) pour combattre en son nom ; je lui dis en outre qu'il pourrait assister au duel, sous garde honorable. Bien que la nouvelle ne fût pas pour lui des plus faciles, il était d'une nature trop juste pour ignorer que nous le traitions aussi bien que nous le permettait notre faiblesse. Je fis ensuite apporter du vin, afin que nous pussions trinquer ensemble. Mais lorsque la porte s'ouvrit – j'en fus contrariée sur le coup –, au lieu du valet de mon père, c'est Redival qui entra, portant la bonbonne et la coupe. Quelle idiote j'avais été, de ne l'avoir point prévu. Je la connaissais pourtant assez pour savoir que dès qu'elle apprendrait la présence d'un inconnu chez nous, elle arracherait les murs de pierre à coups de dents, rien que pour le voir. Cependant, même moi je fus sidérée par l'air réservé, timide et pudique qu'elle réussissait à composer, avec ce plateau entre les mains, les yeux baissés (qui cependant ne ratèrent rien, depuis le pied bandé de Trunia jusqu'à la pointe de sa chevelure) et au visage une gravité enfantine.

« Qui est cette beauté ? demanda Trunia, dès qu'elle fut sortie.

— C'est ma sœur, la princesse Redival.

— Glome est un jardin de roses, même en hiver. Mais pourquoi, reine cruelle, cachez-vous votre propre visage ?

— Si vous devenez plus intime avec ma sœur, je ne doute pas qu'elle vous en dira la raison, répondis-je sur un ton plus cassant que je ne l'aurais souhaité.

— Eh bien, voilà qui pourrait se faire, si votre champion gagne demain ; dans le cas contraire, c'est la mort qui sera mon épousée. Mais si je vis, reine, je ne laisserai pas dépérir cette amitié qui lie nos deux maisons. Pourquoi ne pas me marier dans votre lignée ? Peut-être vous-même, Majesté ?

— Il n'y a guère de place pour deux sur mon trône, prince.

— Votre sœur, alors ? »

C'était une offre à saisir, à l'évidence. Pourtant, l'espace d'un instant, l'idée de donner mon consentement me contraria ; vraisemblablement parce que j'estimais que ce prince valait vingt fois mieux que ma propre sœur.

« Pour ce que je puis en dire, un tel mariage serait possible. Je dois d'abord en parler à mes sages. Pour ma part, j'y suis favorable. »

Le jour s'acheva de manière plus étrange qu'il n'avait commencé. Bardia m'avait fait venir dans les quartiers des soldats, pour un dernier entraînement. « Il reste ce défaut de geste, Majesté, dans la feinte croisée. Je crois que nous l'avons maîtrisé, mais je ne vous laisserai point partir avant que vous ayez atteint la perfection. » Nous pratiquâmes donc ce coup pendant une pleine demi-heure et, lorsque nous nous arrêtâmes pour respirer, Bardia eut ces mots : « Pour la technique, vous êtes aussi prête qu'il se peut faire. Si vous et moi devions nous battre maintenant à lames affûtées, ma conviction est que vous me tueriez. Mais il reste deux choses à dire. Voici la première : elle est peu vraisemblable, compte tenu de votre sang divin, mais s'il devait arriver, Majesté, qu'une fois que vous aurez retiré votre cape, que la foule se sera tue et que vous devrez vous avancer dans cet espace vide à la rencontre de votre adversaire, si alors vous deviez ressentir de la peur, ne le montrez à aucun prix. Nous l'avons tous éprouvée, lors de notre premier combat. Je la revis moi-même avant chaque affrontement. Quant à la seconde : ce haubert que vous portez est parfait pour son poids et son tomber. Mais son apparence laisse à désirer. Un peu de dorure siérait mieux à une reine et à un champion. Allons voir ce que nous pourrons trouver dans la Chambre royale. »

J'ai dit déjà que le roi conservait toutes sortes d'armes et d'armures dans ses appartements, et c'est là que nous allâmes en chercher. Le Renard veillait mon père ; pourquoi, et avec quelles pensées, je ne saurais le dire. Il n'était point possible que ce fût par amour pour ce vieux maître. « Aucun changement », signala-t-il. Bardia et moi nous mîmes à fouiller parmi les cottes de mailles, et en arrivâmes bientôt à nous disputer. Car je pensais que je serais plus en sécurité et plus souple dans la brigandine que je connaissais que dans aucune autre, tandis que lui s'évertuait à répéter : « Mais attendez… attendez… Voici qui est encore mieux. » C'est alors que nous étions au plus fort de cette occupation que la voix du Renard annonça dans notre dos : « C'est fini. » Nous nous retournâmes. Cette chose sur le lit qui était restée à demi vivante pendant si longtemps s'en était à présent allée ; et, pour peu que mon père fût en mesure de le comprendre, il était mort en voyant sa fille mettre à sac son arsenal.

« La paix soit avec lui, dit Bardia. Nous aurons terminé ici dans quelques instants. Ensuite les femmes pourront venir laver le corps. » Et nous nous retournâmes pour régler cette affaire de haubert.

C'est ainsi que cet événement auquel je songeais depuis tant d'années glissa presque inaperçu et s'effaça devant une préoccupation qui, en cet instant, me paraissait de plus de conséquence. Une heure plus tard, lorsque je revins sur ce qui s'était passé, j'en fus étonnée. Mais j'ai souvent remarqué depuis combien la mort nous bouleverse moins que nous ne l'avions imaginé. Des hommes plus aimés et infiniment plus aimables que mon père s'éteignent en ne causant qu'un petit remous.

Je gardai mon vieux haubert, mais le fis lustrer par l'armurier jusqu'à ce qu'il parût d'argent.

19

De même qu'un repas se consomme rapidement, alors qu'il a fallu des heures pour tuer le gibier, le cuire et l'accommoder, et autant pour tout laver et récurer ensuite, ce qui fait la grandeur d'une journée est souvent ce qui en occupe la plus petite fraction. Mon duel avec le prince ne prit qu'une dizaine de minutes ; mais tout ce qui l'entoura, plus de douze heures.

Avant toute chose, à présent que le Renard était un homme libre et, qui plus est, nommé lanterne de la reine (c'est ainsi que nous appelons cette charge, bien que mon père l'eût laissée tomber en désuétude), je tenais à ce qu'il assistât au combat, et dans de splendides atours. Je n'aurais point eu plus de mal avec une jeune vierge se rendant à son premier bal. Il répliqua que tous ces oripeaux étaient barbares, surtout les plus raffinés. Il était décidé à se montrer dans sa vieille robe mitée. Et la situation était à peine rentrée dans l'ordre que Bardia déclara que je devais combattre sans mon voile. Il prétendait qu'il m'aveuglerait et ne voyait pas comment je pourrais le porter, ni par-dessus, ni en dessous de mon casque. Mais je refusai catégoriquement de me battre à visage découvert. Pour finir, je fis confectionner par Poobi une cagoule de fine étoffe, à travers laquelle on ne voyait point ; elle était percée de deux trous pour les yeux, et recouvrait tout le casque. Tout cela était inutile, car j'avais croisé le fer une douzaine de fois contre Bardia en portant mon vieux voile ; mais mon masque de tissu me donnait un air très redoutable, une allure de fantôme. « S'il est bien le couard que l'on raconte, fit remarquer Bardia, voilà qui lui glacera les tripes. » Et c'est ainsi qu'il nous fallut partir dès l'aube, car la foule qui emplissait les rues voulait nous voir passer à cheval, au pas. Nous fîmes descendre Trunia de sa prison et montâmes tous en selle. On parla de l'habiller élégamment lui aussi, mais il s'y refusa.

« Que votre champion tue ou soit tué, je ne réussirai pas mieux en pourpre que dans mes vieux habits de bataille. Mais où est votre champion, Majesté ?

— Vous le verrez une fois sur les lieux, prince. »

En me voyant accoutrée en fantôme, Trunia avait eu un mouvement de recul, car on ne distinguait ni la gorge ni le casque, mais deux yeux au milieu d'un monticule blanc. Épouvantail, ou lépreuse ? Je vis sa réticence comme un excellent augure de la réaction d'Argan.

Plusieurs nobles et anciens nous attendaient aux portes du palais pour nous conduire à travers la ville. Il est aisé d'imaginer la teneur de mes pensées : c'est de la même manière que, quelque temps auparavant, Psyché était sortie soigner le peuple ; de la même manière aussi qu'elle était allée vers le sacrifice à la Brute. Peut-être était-ce ce que le dieu avait en tête, lorsqu'il avait dit : *Toi aussi tu seras Psyché*. J'étais peut-être une offrande, moi aussi. Je trouvai dans cette hypothèse de la force et du réconfort. Mais les événements se rapprochaient si vite que j'avais à peine le temps de réfléchir à ma propre vie et à ma propre mort. Avec tous ces regards sur moi, mon seul souci était de faire bonne figure, de me montrer vaillante, en cet instant puis au combat. J'aurais donné dix talents au premier prophète qui m'aurait affirmé que j'allais me battre cinq minutes, puis me faire tuer.

Les seigneurs qui chevauchaient à mes côtés arboraient un air très grave. Je supposai alors (et un ou deux d'entre eux me le confirmèrent lorsque je les connus mieux) qu'ils s'attendaient à ce qu'Argan me désarmât rapidement, mais pour eux mon pari fou était un moyen comme un autre de bouter Argan et Trunia hors de notre territoire. Contrairement aux nobles, très austères, le peuple amassé dans les rues poussait des hourras en lançant en l'air bonnets et calottes. Une telle vision m'aurait emplie de joie, si je n'avais vu leurs visages : à leur expression, je devinai facilement leur état d'esprit. Ils n'avaient en tête ni l'avenir de Glome ni mon propre sort. Pour eux, tout combat était un divertissement gratuit – plus encore un duel opposant un homme à une femme, car c'était une rareté; c'est ainsi que des êtres incapables de distinguer une note d'une autre se précipiteront pour venir écouter jouer de la harpe, pourvu que ce fût avec les orteils.

Lorsque nous atteignîmes enfin le champ à découvert au bord du fleuve, nous n'en avions pas terminé avec les retards. Arnom était déjà là, portant son masque d'oiseau, et je vis un taureau que l'on allait sacrifier; les dieux ont si bien entremêlé leurs affaires aux nôtres qu'il nous est impossible de rien faire sans qu'ils en reçoivent leur part. Face à nous, à l'autre bout du champ, se déployaient les cavaliers de Phars, Argan au milieu d'eux. C'était bien la chose la plus étrange que de le fixer ainsi, un homme semblable à n'importe quel autre, et de me dire que l'un de nous allait bientôt tuer l'autre. *Tuer* – il me semblait ne jamais avoir prononcé ce mot, jusqu'à ce jour. C'était un homme mince bien que bouffi, à la chevelure et à la barbe blondes, et qui faisait la moue – une personne fort déplaisante. Nous mîmes tous deux pied à terre et nous approchâmes pour goûter un minuscule morceau de la chair du taureau, et prêter le serment au nom de nos peuples respectifs que nous tiendrions tous nos engagements. « Et alors, me dis-je, ils vont nous laisser commencer. Veulent-ils que soyons transis pour le combat ? » Car un pâle soleil blanc poignait dans le ciel gris, et le vent se faisait mordant. L'agitation était telle qu'il fallut repousser les curieux du bout de la lance afin de dégager le champ de bataille ; ensuite Bardia alla murmurer quelques mots au capitaine de la garde d'Argan, puis tous deux durent ensuite aller converser avec Arnom, et les hérauts des deux camps adverses se placèrent enfin côte à côte, trompette à la main.

« À présent, Majesté, annonça Bardia alors que je désespérais que les préparatifs prissent jamais fin, que les dieux vous protègent. »

Le Renard se tenait droit, le visage totalement fermé. S'il avait tenté la moindre parole, il aurait pleuré. Lorsque je jetai ma cape à terre, tirai mon épée et m'avançai sur l'herbe, je lus sur le visage de Trunia un choc immense mêlé de surprise (et je ne pus le blâmer de perdre soudain ses couleurs).

Les hommes de Phars explosèrent d'un seul rire tonitruant. De notre côté, la foule poussa des cris de joie. Argan était à moins de dix pas, puis cinq ; enfin, nous y étions.

Je sais qu'il commença par me mépriser : une certaine effronterie caractérisa ses premières passes. Mais lorsque, d'une frappe heureuse, je lui arrachai la peau des jointures (lui laissant sans doute quelque engourdissement dans la main), il reprit vivement ses esprits. J'avais beau ne pas quitter son épée des yeux, je réussissais également à surveiller son visage. « Grincheux », songeai-je. Il avait en effet les sourcils froncés, ainsi qu'une irritabilité ignoble dans la lèvre, qui servait peut-être déjà à masquer sa peur. Pour ma part, je n'en ressentais aucune car, maintenant que nous nous trouvions au cœur de l'action, je ne croyais pas du tout à ce combat. Cela ressemblait tellement à mes fausses joutes avec Bardia : les mêmes coups, feintes et impasses. Même le sang qui perlait à ses doigts n'y changeait rien ; un fer émoussé ou encore le plat de la lame auraient pu causer semblable dommage.

Toi, Grec pour lequel j'écris, tu n'as peut-être jamais combattu. Ou bien, c'est probable, comme hoplite. Et à moins de me tenir près de toi avec une épée à la main, ou du moins un bâton, je ne pourrais te faire comprendre le déroulement de ce duel. Bientôt, je fus certaine qu'il ne pouvait me tuer. Mais je l'étais moins de pouvoir l'occire. Je craignais par-dessus tout que l'affrontement s'éternisât, et qu'Argan l'emportât du simple fait de sa supériorité physique. Je me rappellerai à tout jamais la métamorphose que je lus sur son visage. J'en conçus une stupéfaction totale. Je ne le compris pas, alors. Il en serait autrement aujourd'hui. J'ai depuis vu d'autres visages d'hommes, au moment où ils commençaient à penser : « Voici la mort. » Il suffit d'avoir été témoin une fois de pareille expression pour la reconnaître : la vie dans son ultime palpitation, son intensité décuplée et torturée. Puis il commit sa première erreur, et je ratai ma chance. Le temps me parut très long (mais ce ne furent en réalité que quelques minutes) avant qu'il la commît de nouveau. Cette fois, j'étais prête. J'assenai une attaque directe et, d'un seul mouvement, fis voler mon épée et lui tranchai profondément l'aine, là où nul médecin ne saurait arrêter le saignement. Je bondis instantanément en arrière, afin qu'il ne m'entraînât pas dans sa chute. Ainsi mon premier mort m'éclaboussa-t-il moins que mon premier cochon.

On se précipita vers lui, mais les chances de sauver sa vie étaient nulles. Les hurlements de la foule résonnaient à mes oreilles avec toute l'étrangeté des sons que l'on perçoit à travers un casque. J'étais à peine essoufflée ; pour la plupart, mes entraînements avec Bardia avaient été bien plus longs. Pourtant, je me sentis brusquement frappée de faiblesse, les jambes tremblantes. Et j'étais moi aussi métamorphosée, comme si quelque chose m'avait été retiré. Je me suis souvent demandé si c'était ainsi que se sentaient les femmes, lorsqu'elles perdaient leur virginité.

Bardia (le Renard sur ses talons) accourut vers moi, les yeux brillants de larmes et le visage rayonnant de joie. « Bénie ! Bénie ! s'exclama-t-il. Reine ! Guerrière ! Ma meilleure élève ! Par les dieux, avec quelle élégance vous l'avez mené ! Voilà un coup qu'on se rappellera longtemps. » Et il porta ma main gauche à ses lèvres. Je pleurais violemment, la tête baissée afin qu'il ne vît point les larmes couler sous le masque. Bien avant que j'eusse récupéré ma voix, ils étaient tous autour de moi (Trunia toujours à cheval, car il ne pouvait marcher), à m'assaillir de louanges et de mercis, au point de m'importuner, bien qu'une petite pointe de fierté douce-amère m'agitât le cœur. On ne me laissa point en paix. Je devais parler au peuple, ainsi qu'aux hommes de Phars. Il me fallait me plier à toutes sortes d'obligations. « Oh, que ne donnerais-je pour ce bol de lait que je bus dans la fraîcheur de la crémerie, le premier jour où je tins une épée ! » pensais-je en m'acquittant de ma tâche.

Dès que j'eus recouvré la voix, je fis approcher mon cheval, me mis en selle et me plaçai contre la monture de Trunia. Je lui tendis la main et nous parcourûmes ainsi quelques mètres en direction des troupes de Phars.

« Étrangers, dis-je lorsque nous leur fîmes face, vous avez vu le prince Argan se faire tuer en combat loyal. La succession de la couronne de Phars est-elle encore objet de débat ? »

Une demi-douzaine d'entre eux, sans doute la garde rapprochée d'Argan, n'émirent d'autre réponse que de faire volte-face et de disparaître au grand galop. Les autres levèrent leurs casques à la pointe de la lance en saluant Trunia et la paix. Ainsi je lui lâchai la main, et il rejoignit le groupe afin de s'entretenir avec les capitaines.

« À présent, Majesté, me glissa Bardia à l'oreille, il est primordial que vous invitiez certains de nos notables et de ceux de Phars à un grand banquet au palais. Et Arnom, également.

— Un banquet, Bardia ? Un festin de pain de fèves ? Tu sais que les garde-manger de Glome sont vides.

— Il reste le cochon, Majesté. Et Ungit nous laissera peut-être partager le taureau ; j'en toucherai un mot à Arnom. Vous devez ouvrir les caves du roi pour la bonne cause, ce soir, et alors on prendra moins garde au pain. »

Ainsi s'évanouit tout espoir d'un souper douillet avec Bardia et le Renard ; je n'avais pas encore essuyé sur ma lame le sang de ma première victime qu'il me fallait redevenir pleinement femme et me soumettre de nouveau à des obligations de ménagère. Si seulement j'avais pu me débarrasser de tous ces importuns et me précipiter au palais avant eux, pour m'informer auprès du majordome de la quantité de vin dont nous disposions réellement ! Mon père (et, à n'en pas douter, Batta) avait nagé dedans, au cours de ses derniers jours.

Pour finir, nous nous retrouvâmes à vingt-cinq (y compris moi-même) à chevaucher en direction du palais. Le prince se tenait à mes côtés, me couvrant d'éloges (comme il en avait toutes les raisons) et me suppliant sans cesse de lui laisser voir mon visage. Ce n'était là que badinerie fort innocente, qui n'aurait produit aucun effet sur n'importe quelle autre femme. Pour moi, tout cela était si neuf et (je dois l'avouer) si doux que je ne pus me résoudre à mettre fin à ce jeu, et l'encourageai quelque temps. Avec Psyché et le Renard, bien avant nos malheurs, j'avais été heureuse, plus que je ne pouvais espérer l'être jamais de nouveau. Mais voilà que je me retrouvais joyeuse, pour la première (et dernière) fois de ma vie. Un nouveau monde, très brillant, paraissait s'ouvrir autour de moi.

C'était, assurément, une vieille ruse des dieux : gonfler la bulle, et la piquer à son apogée.

Ils choisirent de la faire éclater alors que je venais de passer le seuil de ma maison. Une petite fille que je n'avais jamais vue, une esclave, surgit d'un coin d'ombre où elle s'était cachée et vint chuchoter à l'oreille de Bardia. Jusqu'alors, il était d'humeur fort joviale ; soudain, le soleil sur son visage se voila. Il vint alors me trouver et, quelque peu honteux, m'annonça : « Majesté, la tâche du jour est accomplie. Vous n'aurez plus besoin de moi. Je vous serais très reconnaissant de me laisser regagner mon foyer. Ma femme est sur le point d'enfanter. Nous ne l'attendions pas si tôt. Je serais heureux de pouvoir être auprès d'elle, ce soir. »

En cet instant, je compris subitement toutes les fureurs de mon père. C'est au prix d'un effort inhumain que je répondis : « Eh bien, Bardia, tout cela est parfaitement légitime. Fais mes compliments à ta femme. Et offre cette bague à Ungit pour que la délivrance se déroule bien. » Je retirai de mon doigt le plus bel anneau que je portais.

Ses remerciements furent sincères, mais hâtifs, car il disparut à la seconde où je l'y autorisai. Je suppose qu'il n'eut aucune conscience de l'effet que produisit sur moi sa remarque *la tâche du jour est accomplie*. C'était cela, oui : la tâche du jour. Je n'étais que son travail ; il gagnait son pain en étant soldat à mes ordres. Une fois son labeur terminé, il rentrait chez lui, comme les autres hommes à ma solde, et reprenait sa vraie vie.

Le banquet de cette nuit-là fut le premier auquel j'assistai, et le dernier auquel je m'attardai (nous n'avons pas coutume, comme les Grecs, de nous allonger à table ; nous nous asseyons sur des chaises ou des bancs). Après celui-là, et même si j'en organisai un grand nombre durant mon règne, je me contentai de venir saluer trois fois les invités les plus éminents et de parler à tous, avant de me retirer ; à chaque visite, deux de mes femmes m'accompagnaient. Cela m'a épargné beaucoup de lassitude, tout en me donnant une réputation tantôt d'orgueil, tantôt de pudeur, qui m'a bien servie. Ce soir-là, je restai presque jusqu'à la fin, seule femme au milieu de cette foule masculine. Pour les trois quarts, je me sentais une Orual honteuse et apeurée qui attendait impatiemment de se faire gronder par le Renard pour sa présence en ces lieux, et se sentait dans une amère solitude ; et, pour le dernier quart, une reine, fière (bien qu'étourdie) au milieu de la chaleur et de la clameur, tantôt rêvant qu'elle pouvait rire fort et boire abondamment comme un homme et un guerrier, tantôt, avec plus d'ivresse encore, répondant aux frivolités de Trunia, comme si son voile dissimulait le visage d'une charmante jeune femme.

Lorsque je finis par me retirer et me retrouvai dans le froid et l'immobilité du balcon, j'avais la tête qui tournait et cognait. « Pouah ! pensai-je, quelle vile chose que les hommes ! » Car à cette heure, ils étaient tous saouls (hormis le Renard, qui était parti tôt), mais ce n'était pas tant leur façon de boire que de manger qui m'avait donné la nausée. Jamais auparavant je n'avais vu les hommes livrés aux plaisirs du festin – engloutissant, arrachant, éructant, hoquetant, livrant de leurs doigts graisseux les ossements aux chiens qui se battaient à leurs pieds, sous la table. Les hommes étaient-ils tous ainsi ? Bardia y compris ? Puis ma solitude revint. Ma double solitude, sans Bardia, sans Psyché. Indistinctement mêlés dans cette absence. Cette image, ce rêve fou d'idiote que tout aurait pu être différent dès le commencement, lui mon époux et Psyché notre fille. J'aurais été celle en train d'accoucher ce soir… de Psyché… et il serait rentré me retrouver. Mais je découvrais à peine l'incroyable pouvoir du vin. Je comprends comment les hommes deviennent des ivrognes. Car l'effet du breuvage sur moi n'était pas d'effacer ces chagrins, mais de les faire paraître nobles et radieux, comme une musique triste, et moi, grandie et vénérable de les éprouver. J'étais une grande reine éplorée dans une chanson. Je laissai rouler sur mes joues les lourdes larmes qui me montaient aux yeux. Je les savourai. Pour tout dire, j'étais ivre ; je jouais les idiotes.

Et c'est dans cet état que je rejoignis ma sotte couche. Qu'entendais-je ? Non, ce n'était pas une jeune fille pleurant dans le jardin, transie, affamée et bannie, tremblant dehors et n'osant entrer, malgré le désir qu'elle en avait. C'étaient les chaînes du puits qui tintaient. C'eût été folie de se lever, de ressortir et d'appeler : Psyché, Psyché, mon seul amour. Je suis une grande reine. J'ai tué un homme. Je suis ivre comme un homme. Tous les guerriers boivent trop, après la bataille. Les lèvres de Bardia sur ma main m'avaient paru un éclair de feu sur la peau. Tous les grands princes ont des maîtresses. Voici que les pleurs reprennent. Non, ce n'est que le seau du puits. Ferme cette fenêtre, Poobi. Va te coucher, mon enfant. M'aimes-tu, Poobi ? Embrasse-moi pour me souhaiter bonne nuit. Le roi est mort. Jamais plus il ne me tirera les cheveux. Une attaque directe, puis un coup à l'aine. Voilà qui l'aurait tué. Je suis la reine ; je tuerai aussi Orual.

20

Le lendemain, nous brûlâmes la dépouille du vieux roi. Le surlendemain, nous promîmes Redival à Trunia (et le mariage fut célébré un mois plus tard). Le troisième jour, tous les étrangers repartirent, et nous retrouvâmes notre maison. Mon vrai règne commença.

Je dois maintenant passer rapidement sur de nombreuses années, bien qu'elles aient constitué la majeure partie de ma vie ; durant cette période, la reine de Glome occupa une part croissante de mon être, et Orual, une part de plus en plus infime. Je l'enfermai ou l'endormis aussi bien que je le pus, au plus profond de moi ; et c'est là qu'elle demeura, recroquevillée sur elle-même. C'était comme être enceinte, mais à l'envers : la chose que je portais en moi rapetissait et perdait chaque jour de la vie.

Peut-être celui qui lira ce livre aura-t-il ouï dire de récits ou de chansons relatant mon règne, mes guerres et mes exploits. Qu'il soit ici assuré que la plus grande partie de tout cela n'est que fantaisie, car je sais déjà que les ragots, surtout dans les contrées voisines, ont doublé et triplé les faits, et que mes prouesses ont été mêlées à celles d'une autre reine qui vécut il y a bien longtemps, plus au nord me semble-t-il, et à toute une trame de prodiges impossibles inventés à partir de nos deux destins. La vérité, c'est qu'après mon duel avec Argan je ne menai que trois campagnes dont l'une, la dernière, m'opposa aux Hommes des Chariots vivant au-delà du mont Gris, et ne fut qu'une broutille. Et, bien que je chevauchasse avec mes troupes pour chaque affrontement, je ne fus jamais assez stupide pour me croire un grand capitaine. Tout le mérite revenait à Bardia et à Penuan (que je rencontrai le soir de mon succès contre Argan, et qui devint le plus loyal de mes seigneurs). Je tiens à ajouter ceci : me retrouvant dans l'action, alors que les troupes s'alignaient, que les premières volées de flèches ennemies tombaient et que tout, autour de nous, herbe et arbres, devenait subitement un champ de bataille, le genre de scène qui se raconte dans les chroniques guerrières, il n'est pas une fois où je n'eusse ardemment préféré être restée chez moi. De même que jamais je ne commis aucun acte héroïque, hormis une fois. C'était lors de la guerre contre Essur, lorsque Bardia, prenant en chasse un cheval ennemi qui se tenait en embuscade, se retrouva cerné en un instant. Alors je le rejoignis au triple galop et ne compris ce que j'avais fait qu'après : on dit que je tuai sept hommes avec ma seule épée (et je fus ce jour-là blessée). Mais à écouter la rumeur populaire, on croirait que j'avais prévu chaque guerre et chaque assaut, et tué plus d'ennemis que tout le reste de mon armée réunie.

Ma véritable force reposait sur deux atouts. Le premier était que j'avais, surtout les premières années, deux excellents conseillers. On n'aurait pu rêver meilleur attelage, car le Renard entendait ce qui échappait à Bardia, et aucun d'eux ne se souciait un instant de sa propre dignité ou de sa carrière, dès lors que mes intérêts étaient en jeu. Et j'en vins à comprendre (ce que mon ignorance de jeune fille m'avait masqué) que leurs joutes verbales et leurs moqueries n'étaient rien d'autre qu'une sorte de jeu. Ils n'étaient pas non plus des flagorneurs. Ainsi, je pus tirer un certain profit de ma laideur : ils ne me considéraient pas comme une femme. Dans le cas contraire, jamais nous n'aurions pu, tous les trois, seuls près de l'âtre dans la salle du Pilier, discuter avec une telle liberté. D'eux, j'appris mille choses sur les hommes.

Ma seconde force était mon voile. Jamais je n'aurais imaginé, avant d'en avoir la preuve, combien il me serait utile. Dès les tout premiers temps (dès la rencontre avec Trunia, dans les jardins), lorsque mon visage fut invisible, on commença autour de moi à prêter à ma voix toutes sortes de beautés. Elle fut d'abord « aussi profonde que celle d'un homme, mais féminine au plus haut point » ; plus tard, jusqu'à ce qu'elle s'enrouât avec l'âge, elle devint la voix d'un esprit, d'une sirène, d'Orphée, que sais-je encore. Tandis que les années passaient, et que ceux qui se rappelaient mon visage se faisaient de plus en plus rares dans la ville (déjà, au-delà, plus personne ne m'aurait reconnue), les histoires les plus extravagantes se répandirent comme une traînée de poudre, quant à ce que camouflait mon voile. Personne ne songea un instant que ce pût être seulement le visage d'une femme laide. Certains rapportèrent (et parmi eux, presque toutes les femmes jeunes) que c'était une vision d'horreur, au-delà du supportable : une tête de cochon, d'ours, de chat, ou même d'éléphant. Le plus beau fut la rumeur selon laquelle je n'avais point de visage du tout : si l'on retirait l'étoffe, on ne trouvait rien derrière que le vide. Mais un autre bruit courait (colporté celui-là par une majorité masculine), qui voulait que je portasse un voile car j'étais d'une beauté si éblouissante que, sans ce subterfuge, tous les hommes du monde auraient été frappés de folie. Ou encore qu'Ungit était jalouse de ma splendeur et avait juré de m'anéantir si je m'exhibais à visage découvert. L'issue de toutes ces absurdités fut que j'acquis une renommée terrible et très mystérieuse. J'ai vu des ambassadeurs, de vaillants soldats dans la bataille, blêmir comme des enfants apeurés dans ma salle du Pilier lorsque je me tournais vers eux sans prononcer un mot – ils ne pouvaient deviner si je les fixais ou non du regard. J'ai fait rougir les plus fieffés menteurs, et leur ai fait avouer la vérité grâce à cette même arme.

Ma première décision fut de déplacer mes propres quartiers dans la partie nord du palais, afin d'être hors de portée du tintement métallique des chaînes du puits. Car si, de jour, je connaissais fort bien la provenance du son, la nuit, je ne pouvais m'empêcher de le confondre avec des sanglots de jeune fille. Mais ce changement d'emplacement, tout comme d'autres, plus tard (car je m'installai successivement dans toutes les ailes de la maison), ne fut d'aucun secours. Je découvris que, la nuit, lorsque le silence était profond, il n'y avait pas un seul recoin du palais où l'on n'entendît pas ces chaînes s'entrechoquer. La nature de cette appréhension, quiconque n'a jamais redouté d'entendre un son ne peut la comprendre ; car dans le même temps, j'avais peur (et c'était Orual, la pauvre Orual qui refusait de mourir), affreusement peur de ne *plus* l'entendre, si – après mille railleries des dieux – ce son était pour une fois réel, et que Psyché m'était bel et bien rendue. Mais je savais que tout cela n'était que sottise. Si Psyché avait survécu et pu rentrer – et encore eût-il fallu qu'elle le voulût –, elle l'aurait fait depuis longtemps. Elle devait être morte à l'heure qu'il était ; ou bien elle avait été capturée, et vendue comme esclave… Lorsque cette pensée me vint, ma seule ressource fut de me lever, quoiqu'il fût tard et que le froid fût mordant, afin de me rendre dans la salle du Pilier et d'y trouver quelque tâche à régler. J'ai lu et écrit là à m'en épuiser la vue, la tête en feu et les pieds douloureux de froid.

J'avais naturellement mes commissionnaires sur tous les marchés aux esclaves et mes ambassadeurs dans toutes les parties du pays que je pouvais atteindre ; je m'informais de tous les récits de voyageurs susceptibles de nous mettre sur les traces de Psyché. Je maintins cette politique pendant des années, avec d'autant plus d'abattement que je la savais totalement vaine.

Avant la fin de ma première année de règne (je me rappelle bien la saison, car les hommes cueillaient les figues), je fis pendre Batta. Ayant saisi par hasard les dires d'un garçon d'écurie à son sujet, j'avais fini par découvrir qu'elle nuisait grandement au palais, depuis longtemps. On ne pouvait donner la moindre babiole aux autres esclaves, et il ne leur passait pas un bon morceau entre les mains, sans que Batta en eût sa part ; sinon, elle faisait courir de tels racontars à leur sujet qu'ils finissaient fouettés au poteau ou envoyés aux mines. En outre, après l'avoir fait pendre, je mis bon ordre au reste de la maison. Nous avions bien trop d'esclaves. Je vendis les voleurs et les catins. Quant à ceux de valeur, hommes autant que femmes, s'ils étaient robustes et prudents (car, dans le cas contraire, affranchir un esclave signifie se retrouver avec un nouveau mendiant à sa porte), je les rendis à leur liberté, en les dotant d'une terre et d'une ferme. Je les réunis par paires et les mariai. Parfois même, je les laissai choisir eux-mêmes leur épouse ou leur mari – ce qui est une bien curieuse façon de conclure un mariage, même chez les esclaves – et tout se déroula dans l'ensemble de manière satisfaisante. Bien que ce fût pour moi une grande perte, j'affranchis même Poobi, et elle choisit un fort bon homme. Parmi les heures les plus heureuses de ma vie, j'en compte un certain nombre dans sa ferme, près du feu. Et la plupart de ces affranchis devinrent des fermiers prospères, vivant tous non loin du palais, et d'une loyauté sans faille à mon égard. C'était comme avoir un deuxième corps de garde.

Je fis repartir les mines (des mines d'argent) d'un meilleur pied. Il semble que mon père ne les avait jamais envisagées autrement que comme punition. « Qu'on l'envoie aux mines ! ordonnait-il. Je vais lui apprendre, moi. Qu'il se tue au travail. » Mais il y avait plus de mort que de travail, dans les mines, et le rendement était faible. Aussitôt que je pus trouver un contremaître honnête (Bardia n'avait pas son pareil pour dénicher pareilles perles), j'achetai de jeunes et solides esclaves pour cette tâche, veillai à ce qu'ils eussent des logements secs et fussent bien nourris et fis savoir à chacun qu'il pourrait être libre lorsqu'il aurait extrait tant de minerai. On raconta qu'avec ce marché un homme pouvait espérer recouvrer sa liberté en dix ans ; plus tard, nous ramenâmes ce chiffre à sept. Le rendement en fut diminué la première année, mais dès la troisième, il avait augmenté d'un dixième ; aujourd'hui, il est redevenu presque aussi bon qu'à l'époque de mon père. Notre argent est le meilleur de toute cette partie du monde, et représente pour nous une source majeure de richesse.

Je sortis le Renard du misérable trou à rats où il avait dormi toutes ces années durant, et lui attribuai de nobles appartements dans l'aile sud du palais, ainsi que de la terre pour qu'il pût en vivre et n'eût pas l'air de dépendre de mes grâces. Je lui mis aussi une bourse entre les mains afin qu'il achetât des livres (si cela se révélait possible). Il fallut longtemps aux marchands, à vingt royaumes de distance, pour apprendre qu'il existait à Glome un intérêt pour ces produits, et plus longtemps encore aux livres pour arriver, en changeant maintes fois de mains et souvent retardés d'une année ou plus en cours de voyage. Le Renard s'indignait de leur prix. « Payer un talent un livre valant une obole ! » Mais nous devions prendre ce que nous pouvions, pas selon notre choix. Et c'est ainsi que nous bâtîmes ce que l'on peut appeler, en terres barbares, une noble bibliothèque : dix-huit volumes au total. Nous possédions la poésie d'Homère sur Troie, incomplète, jusqu'au passage où il décrit Patrocle en pleurs, ainsi que deux tragédies d'Euripide, l'une sur Andromède et une autre dans laquelle c'est Dionysos qui dit le prologue, et ses servantes débridées font le chœur. On comptait également un fort bon ouvrage, très utile (mais pas en vers), sur l'élevage et les soins à apporter aux chevaux et au bétail, comment vaincre les vers chez le chien, et autres sujets de cet acabit. Et certaines des conversations de Socrate ; un poème en l'honneur d'Hélène, de Stésichore ; un ouvrage d'Héraclite ; et un très long livre, difficile (pas en vers lui non plus), commençant par *Tous les hommes désirent naturellement savoir*. Dès que les livres commencèrent à arriver, Arnom vint de plus en plus souvent trouver le Renard, qui lui enseigna comment les lire ; et bientôt d'autres hommes, surtout de jeunes aristocrates, se présentèrent eux aussi.

J'appris à vivre comme on l'attend d'une reine, à connaître mes propres seigneurs et à faire des politesses aux grandes dames du pays. C'est ainsi que, par nécessité, j'en vins à rencontrer la femme de Bardia, Ansit. Je m'attendais à une beauté éblouissante ; en réalité elle était très petite et, ayant mis au monde huit enfants, très grasse et difforme. Toutes les femmes de Glome s'évasent ainsi, assez tôt dans leur vie (et cela contribua peut-être au mythe de mon beau visage, caché derrière mon voile. Étant vierge, j'avais conservé ma silhouette qui – contrairement à mon visage – demeura longtemps fort convenable). Je fis tous les efforts du monde pour me montrer courtoise envers Ansit ; davantage même que courtoise : aimante. Plus encore, j'en serais vraiment venue à l'aimer, par égard pour Bardia, si je l'avais pu. Mais en ma présence, elle restait muette comme une souris – par crainte, supposais-je. Lorsque nous tentions de parler ensemble, son regard errait dans la pièce comme pour demander : « Qui viendra me libérer de cette épreuve ? » Dans un éclair soudain, non sans une joie certaine, je me demandai : « Se pourrait-il qu'elle fût jalouse ? » Et il en alla ainsi, pendant toutes ces années, chaque fois que nous nous croisâmes. Parfois, je me disais : « Elle a couché dans le lit de Bardia, ce qui est terrible. Elle a porté ses enfants, ce qui est pire encore. Mais s'est-elle jamais accroupie à son côté dans une embuscade ? A-t-elle jamais chevauché tout contre lui pendant la charge ? Ou partagé avec lui l'eau d'une outre nauséabonde, à la fin d'une journée de soif ? En dépit de leurs œillades enamourées, ont-ils jamais eu un de ces regards qu'échangent les fidèles camarades pour se dire adieu, lorsque leurs chemins se séparent, les menant vers des dangers immenses ? J'ai connu et reçu de lui bien plus qu'elle n'en pourrait jamais rêver. Elle est son jouet, sa récréation, son loisir, son réconfort. Moi, je fais partie de sa vie d'homme. »

Il est étrange d'imaginer Bardia aller et venir chaque jour de la reine à son épouse, confiant d'avoir rempli son devoir auprès de l'une et de l'autre (et tel était le cas), sans penser, sans doute, à l'agitation qu'il créait entre elles. C'est ainsi, d'être un homme. Le seul péché que les dieux ne nous aient jamais pardonné, c'est d'être nées femmes.

Le devoir de souveraine qui me paraissait le plus ingrat était d'avoir à me rendre à la maison d'Ungit souvent, et d'y faire des sacrifices. Cela eût été bien pire si Ungit (du moins ma fierté me le fit croire) n'avait été déjà affaiblie. Arnom avait fait percer de nouvelles fenêtres dans les murs et sa maison n'était plus aussi sombre. Il entretenait les lieux, récurant les traces de sang après chaque massacre et faisant couler de l'eau fraîche ; l'odeur était plus propre, moins sacrée. Et Arnom apprenait du Renard à s'exprimer en philosophe, sur la question du divin. Le grand bouleversement se produisit lorsqu'il proposa de disposer une image de la déesse – une silhouette de femme, à la mode grecque – devant la vieille pierre informe. Je crois qu'il aurait voulu se débarrasser complètement de la pierre, mais en un sens, c'était Ungit elle-même, et le peuple serait devenu fou si on l'avait déplacée. Se procurer une image telle qu'il la voulait représentait une somme prodigieuse, car personne à Glome ne pouvait la fabriquer ; on dut la faire venir, non pas des Terres grecques mêmes, mais de contrées où les hommes avaient appris leur art des Grecs. J'étais riche, à présent, et je lui vins en aide en lui donnant de l'argent. Je ne sais point la raison de ce geste ; je devais penser qu'une image de ce genre serait un camouflet, un signe de défaite pour la vieille Ungit affamée et sans visage qui avait empreint mon enfance de terreur. Cette nouvelle statue, lorsqu'elle arriva enfin, nous parut à nous autres barbares extraordinairement belle et réaliste, même lorsque nous l'amenâmes, nue et blanche, entre les murs d'Ungit ; une fois peinte et vêtue de robes, elle devint un joyau pour toute la région, et des pèlerins se déplacèrent de très loin pour la contempler. Quant au Renard, qui avait vu de bien plus illustres ouvrages dans son pays, il se moqua copieusement d'elle.

J'abandonnai mes tentatives de trouver une pièce dans laquelle je n'entendisse pas ce bruit, tantôt chaînes s'entrechoquant dans le vent, tantôt sanglots de Psyché, perdue et indigente, prostrée devant ma porte. Je fis plutôt bâtir des murs de pierre autour du puits, poser un toit de chaume et ajouter une porte. Les parois étaient très épaisses ; le maçon me dit même que c'était pure folie. « Vous gaspillez ici assez de bonne pierre, Majesté, pour construire dix nouvelles porcheries. » Après cela, j'eus pendant un temps une affreuse vision, entre veille et sommeil, dans laquelle j'étais emmurée, la gorge étouffée par la pierre – je n'étais pas un puits, mais Psyché (ou Orual). Mais cela aussi finit par passer. Je n'entendis plus Psyché sangloter. L'année qui suivit, je vainquis Essur.

Le Renard se faisait vieux et avait besoin de repos ; nous le convoquâmes de moins en moins dans la salle du Pilier. Il s'occupait activement à écrire une histoire de Glome. Il la rédigea deux fois, l'une en grec et l'autre dans notre langue dont il percevait à présent, dit-il, les ressources d'éloquence. Il était étrange pour moi de voir notre langue inscrite en caractères grecs. Je ne révélai jamais au Renard qu'il la pratiquait moins couramment qu'il ne le croyait, et que ce qu'il écrivait en visant l'éloquence était le plus souvent risible. En vieillissant, il semblait de moins en moins philosophe et dissertait abondamment sur le discours, les figures de style et la poésie. Il parlait de plus en plus, et sa voix devenait plus stridente. Il me prenait souvent pour Psyché ; parfois il m'appelait aussi Crethis, ou encore par des noms de garçons comme Charmide ou Glaucon.

Mais j'avais trop à faire pour lui consacrer beaucoup de temps. Car que n'entrepris-je pas ? Je fis réviser toutes les lois, qui furent gravées dans la pierre au cœur de la cité. J'ordonnai qu'on resserrât et creusât le lit du Shennit, afin que les péniches pussent arriver jusqu'à nos portes. À l'emplacement du vieux gué, je fis construire un pont. Je commandai l'installation de citernes, afin que nous n'eussions pas soif, les années de sécheresse. Je m'instruisis en matière de cheptel et fis venir de bons taureaux et de bons béliers afin de parfaire nos races. J'agis sans relâche – et pour quel bénéfice ? Je ne m'intéressais à tous ces sujets que comme un homme se livre à la chasse ou au jeu, qui lui remplissent l'esprit et lui paraissent d'importance tant qu'ils durent – mais ensuite on tue la bête ou le roi est mat, et alors qui s'en soucie encore ? C'est ce que je ressentais, presque tous les soirs de ma vie : je quittais par un petit escalier tel banquet ou tel conseil, tout l'affairement, la stratégie et la gloire de mon état de reine, pour rejoindre ma propre chambre et me retrouver seule avec moi-même. Aller au lit et me réveiller le matin (bien trop tôt, la plupart du temps) étaient des moments difficiles – des centaines de soirs et de matins. Parfois je me demandais qui – ou quoi – nous envoyait cette succession absurde de jours et de nuits, de saisons et d'années : car n'était-ce pas comme entendre un simple d'esprit siffler inlassablement le même air, encore et toujours, au point qu'on se demande comment il le supporte lui-même ?

Le Renard mourut et je lui offris des funérailles royales ; je fis graver quatre vers grecs en épitaphe sur son tombeau – je ne les retranscrirai point ici, par crainte qu'un vrai Grec ne se rie de moi. Cela se produisit vers la fin des moissons. La tombe se trouve en hauteur, derrière les poiriers où il nous enseignait la philosophie, à Psyché et à moi, l'été. Puis les jours, les mois et les années se déroulèrent de nouveau comme auparavant, tournant incessamment telle une roue, jusqu'au jour où, en contemplant autour de moi les jardins et le palais, et en arrière-plan la crête du mont Gris, à l'est, je me dis que je ne pouvais endurer l'idée d'être entourée de ce même décor pour le reste de mes jours. Tout était tel qu'avant même l'arrivée du Renard à Glome, jusqu'aux cloques de chaux sur les murs en bois des étables. Je résolus de partir en voyage et de voir d'autres contrées. Nous étions en paix avec tous nos voisins. Bardia, Penuan et Arnom pouvaient tenir les affaires du royaume pendant mon absence ; car Glome était désormais une mécanique si bien huilée qu'elle pouvait presque s'administrer seule.

J'emmenai avec moi Ilerdia, le fils de Bardia, ainsi qu'Alit, la fille de Poobi, deux de mes femmes et un groupe de lanciers (tous de fort honnêtes hommes) ; un cuisinier et un valet vinrent compléter l'équipée, ainsi que des animaux de charge, pour les tentes et les vivres. Trois jours plus tard, nous quittions Glome.

21

L'événement qui donna son sens à ce voyage – et la raison pour laquelle je le narre ici – se produisit à la toute fin de notre expédition ; au point même que je croyais que nous en avions terminé. Nous nous étions tout d'abord rendus à Phars, où la moisson a lieu plus tard que chez nous, aussi était-ce comme vivre une seconde fois cette période de l'année. Nous trouvâmes ce que nous venions de quitter chez nous : le bruit de l'affûtage, le chant des moissonneurs, les étendues de chaume s'élargissant tandis que les carrés de blé en pied rétrécissaient, les chariots entassés dans les chemins, toute cette sueur, la peau tannée par le soleil et l'allégresse. Nous avions passé dix nuits dans le palais de Trunia, où j'avais été étonnée de constater combien Redival était devenue grasse et avait perdu sa beauté. Comme autrefois, elle jacassait sans cesse, mais au sujet de ses enfants, ne demandant de nouvelles de personne à Glome, en dehors de Batta. Trunia n'écoutait jamais un mot de ce qu'elle disait, mais nous eûmes lui et moi maintes longues conversations. J'avais déjà arrangé avec mon conseil que son deuxième fils, Daaran, serait roi de Glome après moi. Sachant de quelle bécasse il était le fils, Daaran était un garçon à l'esprit sensé. J'aurais pu l'aimer, si je m'y étais autorisée, et si Redival n'avait point été toujours dans nos jambes. Mais j'avais décidé de ne plus jamais ouvrir mon cœur à aucune jeune créature.

Une fois quitté Phars, nous étions entrés à Essur par l'ouest, en empruntant des cols profonds dans la montagne. C'était une terre de forêts plus vastes que toutes celles que j'avais connues et de rivières déchaînées, avec quantité d'oiseaux, de cerfs et d'autre gibier. Mes compagnons de route étaient tous jeunes et prenaient grand plaisir à cette expédition, et le voyage lui-même nous avait tous liés ; nous allions, le teint bruni par le soleil, vibrants d'espoirs, de préoccupations et de plaisanteries qui avaient surgi depuis notre départ, et que nous partagions désormais. Ils avaient commencé par me tenir dans une admiration craintive et par chevaucher en silence ; mais nous étions désormais bons amis. Je sentais mon propre cœur plein de joie. Les aigles tournoyaient au-dessus de nos têtes et les cascades grondaient.

Depuis la montagne, nous descendîmes sur Essur et passâmes trois nuits dans le palais du roi. Il n'était pas mauvais homme, me semblait-il, mais s'asservissait à l'excès devant moi ; car l'alliance entre Glome et Phars l'avait amené à changer d'attitude. Sa reine était visiblement terrifiée par mon voile, et par les histoires qu'elle avait entendu colporter à mon sujet. De chez eux, j'avais prévu de prendre le chemin du retour, mais on nous parla d'une source chaude naturelle, à quinze milles au sud. Je savais l'envie d'Ilerdia d'aller la voir, et je pensai avec un sourire triste aux gronderies du Renard, s'il avait su que je m'étais approchée d'une telle curiosité de la nature sans aller l'examiner. Aussi décidai-je que nous prolongerions notre périple d'un jour, pour rentrer ensuite.

C'était une journée des plus calmes, purement automnale : très chaude, bien que le soleil balayant l'éteule parût doux et vieillissant et non pas féroce comme celui d'été. On eût dit qu'ayant achevé son labeur, l'année se délassait. Et je murmurais intérieurement que moi aussi, je ferais bientôt de même. De retour à Glome, je n'accumulerais plus les tâches. Et je laisserais Bardia se reposer, lui aussi (car je lui trouvais depuis quelque temps l'air fatigué). Ainsi nous abandonnerions nos occupations à des têtes plus jeunes, tandis qu'assis au soleil nous discuterions de nos batailles passées. Que me restait-il à faire ? Pourquoi ne pourrais-je profiter d'un peu de paix ? Je me dis que c'était la sagesse de la vieillesse qui me gagnait.

La source chaude (comme toutes les raretés) ne nous occupa qu'un court moment, celui de l'émerveillement stupide. Une fois que nous l'eûmes vue, nous descendîmes plus bas dans la vallée verte et tiède à ses pieds et installâmes notre campement sur un emplacement idéal, entre un ruisseau et un bois. Tandis que mes gens s'occupaient des chevaux et de monter les tentes, je pénétrai dans les bois, pour m'asseoir dans l'ombre fraîche. J'entendis rapidement résonner derrière moi la cloche d'un temple (à Essur, presque tous les temples ont des cloches). Pensant qu'il serait plaisant de marcher un peu après ces heures passées à cheval, je me mis à errer entre les arbres à la recherche de l'édifice – avec oisiveté, me souciant peu de le trouver ou non. Mais en quelques minutes je débouchai sur une petite clairière tapissée de mousse, et je le vis : guère plus grand qu'une cabane de paysan, mais en pierre blanche et pure, avec des colonnes cannelées, dans le style grec. Derrière, j'aperçus une petite maison à toit de chaume, sans doute celle du prêtre.

Le lieu même était assez calme, mais à l'intérieur du temple le silence était absolu, et l'air très froid. La pièce était propre et vide, et je ne retrouvai aucune de ces odeurs typiques des lieux sacrés – j'en déduisis que ce culte était consacré à un dieu mineur et pacifique, de ceux qui se contentaient de fleurs et de fruits en guise de sacrifices. Puis je vis que ce devait être une déesse, car une statue de femme se dressait sur l'autel : haute d'une soixantaine de centimètres, en bois, l'œuvre n'était pas grossière, et d'autant plus agréable à l'œil (selon moi) qu'elle n'était ni peinte ni dorée, et avait conservé la teinte naturelle du bois. Le seul attribut était une bande d'étoffe noire nouée autour de la tête de l'idole pour en masquer le visage – exactement comme mon propre voile, à cela près que le mien était blanc.

Je songeai combien je préférais ce lieu à la maison d'Ungit, combien il était différent. J'entendis alors des pas derrière moi ; je me retournai pour voir entrer un prêtre en robe noire. C'était un vieil homme au regard paisible ; un peu simple, peut-être.

« L'étrangère souhaite-t-elle faire une offrande à la déesse ? » demanda-t-il.

Je lui glissai quelques pièces de monnaie dans la main et lui demandai de quelle déesse il s'agissait.

« Istra », répondit-il.

Ce nom n'était pas assez rare, à Glome et dans les terres avoisinantes, pour que j'en fusse alarmée ; mais je lui confiai que je n'avais jamais entendu parler de cette déesse.

« Oh, c'est parce qu'elle est encore toute jeune ; elle vient seulement de rejoindre les divinités. Car tu dois savoir que, comme beaucoup d'autres dieux, elle commença par être mortelle.

— Et comment est-elle devenue déesse ?

— Elle est tellement récente, étrangère, qu'elle est encore très pauvre. Mais pour une simple petite pièce d'argent, je te raconterai l'histoire sacrée. Merci, aimable étrangère, merci. Istra t'en sera reconnaissante. Voici donc le récit sacré. Il était une fois, dans une contrée lointaine, un roi et une reine qui avaient trois filles ; la plus jeune était la plus belle princesse du monde… »

Et ainsi poursuivit-il, comme tous les prêtres, d'une voix chantonnante, récitant des mots qu'il connaissait à l'évidence par cœur. Et il me sembla que tout – la voix de ce vieil homme, le temple, moi-même et mon expédition – faisait partie de cette histoire. Car c'était celle de notre Istra, de Psyché elle-même. Il raconta que Talapal (c'est l'Ungit essurienne), jalouse de sa beauté, la fit offrir en sacrifice à une brute au sommet d'une montagne et qu'alors son fils, Ialim, le plus beau des dieux, tomba amoureux d'Istra et l'emmena dans son palais secret. Le prêtre savait même qu'Ialim ne venait la retrouver là-bas que dans l'obscurité et qu'il lui avait interdit de voir son visage. Mais il donnait à cette bizarrerie une explication puérile : « Vois-tu, étrangère, il devait se montrer très secret, à cause de sa mère, Talapal. Elle aurait été très en colère contre lui, si elle avait su qu'il avait épousé la femme qu'elle détestait le plus au monde. »

« Il est heureux que je n'aie pas entendu cette histoire il y a quinze ans, pensai-je. Ou même dix. Car elle aurait réveillé tous mes cauchemars. Alors qu'aujourd'hui elle m'émeut à peine ». Puis, soudain frappée par l'étrangeté de tout cela, je lui demandai : « D'où tiens-tu cette légende ? »

Il me dévisagea comme s'il ne comprenait pas ma question. « C'est l'histoire sacrée. » Je vis que c'était la sottise, et non la malice, qui l'animait, et je sus vain de l'interroger plus avant. Dès que je me tus, il reprit son récit.

Mais toute cette impression de rêverie disparut brusquement pour moi. J'étais bien éveillée, et sentais le sang me battre aux joues. Il se trompait, de manière odieuse et stupide. Tout d'abord, il rapportait que les deux sœurs de Psyché lui avaient rendu visite dans le palais secret du dieu (comment imaginer Redival mettre les pieds là-bas !). « Et ainsi, lorsque ses deux sœurs eurent vu le palais magnifique et eurent festoyé et offert leurs cadeaux, elles…

— Elles *virent* le palais ?

— Étrangère, tu ralentis mon récit. Naturellement, elles virent le palais. Elles n'étaient pas aveugles. Et alors… »

On aurait dit que les dieux avaient décidé de me rire au nez, pour ensuite me cracher au visage. C'était donc le tour qu'avait pris cette histoire. Ou plutôt, la forme que les dieux lui avaient donnée. Car ce ne pouvait être qu'eux, qui avaient mis pareilles inepties dans la tête de ce vieil idiot, ou de quelque autre rêveur duquel il les avait apprises. Comment un mortel aurait-il pu avoir vent de ce palais ? Ils avaient dû semer cette parcelle de vérité dans l'esprit de quelqu'un, par un rêve ou un oracle, ou par quelque moyen connu d'eux seuls. Ils avaient conservé ce détail ; et effacé consciencieusement tout le sens, la moelle, le nœud central du récit. Ne suis-je point dans mon bon droit, d'écrire un livre contre eux, un livre qui raconte ce qu'ils ont dissimulé ? Jamais, dans le rôle de juge qui m'incombait en tant que souveraine, je n'avais surpris un faux témoin pris dans une demi-vérité plus fourbe. Car la véritable histoire eût-elle été celle qu'ils avaient conçue, il n'y aurait eu ni énigme ni erreur de choix. Plus encore : cette histoire aurait alors appartenu à un autre monde, dans lequel les dieux se montrent clairement et ne tourmentent pas les hommes au moyen d'indices trompeurs, ni ne dévoilent à l'un ce qu'ils dérobent à la vue de l'autre, ni n'exigent de vous de croire ce que vos propres yeux, vos oreilles, votre nez et votre langue contredisent. Dans un tel monde (existe-t-il ? Ce n'est en tout cas pas le nôtre), j'aurais agi à bon escient et les dieux eux-mêmes n'auraient pas été en mesure de me blâmer. Et voilà qu'ils inventaient ce que j'avais vécu en me prêtant la clairvoyance qu'ils m'avaient refusée… N'était-ce pas comme narrer la vie d'un infirme sans jamais dire qu'il boitait, ou bien dire qu'un homme avait trahi un secret, en omettant de révéler les vingt heures de torture qui l'y avaient contraint ? Je vis en un éclair comment cette légende mensongère allait croître et s'étendre, et être colportée à travers la terre entière. Et je me demandai combien des autres mythes sacrés n'étaient en réalité que des fables fallacieuses comme celle-là.

« Et ainsi, poursuivait le prêtre, lorsque ces deux sœurs malfaisantes eurent conçu leur plan pour anéantir Istra, elles lui apportèrent une lampe et…

— Mais pourquoi cette sœur… ces sœurs voulaient-elles la séparer du dieu, si elles avaient vu le palais ?

— C'est *parce qu'*elles l'avaient vu, qu'elles voulaient détruire Istra.

— Mais pour quelle raison ?

— Oh, par jalousie. L'époux et le foyer d'Istra étaient tellement plus raffinés que les leurs. »

C'est en cet instant précis que je résolus d'écrire ce livre. Depuis des années, ma querelle avec les dieux était en sommeil. J'avais rejoint l'opinion de Bardia, et décidé de ne plus me mêler de leurs affaires. Parfois, bien que j'eusse vu un dieu moi-même, j'en arrivais à croire qu'ils n'existaient pas. Le souvenir de sa voix et de son visage était enfermé dans l'une de ces pièces de mon âme que je n'ouvrais pas à la légère. Et soudain, je sus que je les affrontais de nouveau ; moi, sans aucune force, contre eux, qui les avaient toutes. Moi, visible à leurs yeux, tandis qu'ils demeuraient invisibles aux miens ; moi, si facilement blessée (et déjà tellement meurtrie qu'il me semblait n'avoir passé ma vie qu'à esquiver cette blessure ou à en étancher le sang), quand eux étaient invulnérables. Moi, seule, et eux, si nombreux. Pendant toutes ces années, ils ne m'avaient laissée m'enfuir que comme le chat laisse la souris croire à sa liberté ; et tout à coup, la patte s'abattait de nouveau sur moi. Eh bien, je pouvais parler. Je pouvais rétablir la vérité. Ce qui n'avait peut-être jamais été fait dans ce monde auparavant devait l'être maintenant. Les griefs contre les dieux devaient être consignés.

La jalousie ! Moi, jalouse de Psyché ? J'eus la nausée, non seulement devant la bassesse de ce mensonge, mais devant sa bêtise. Les dieux paraissaient avoir un esprit semblable à celui des êtres les plus grossiers. Ce qui leur venait le plus aisément, ce qui leur apparaissait comme la raison la plus vraisemblable et la plus simple, c'était la passion morne et étriquée des ruelles mal famées, des bordels, de l'esclave, de l'enfant, du chien. S'ils devaient mentir, ne pouvaient-ils le faire avec plus de brio ?

« … et erre à travers la terre, en pleurant, pleurant, encore et toujours. » Depuis combien de temps le vieil homme babillait-il ? Ce mot, *pleurant*, résonna dans mon esprit comme s'il l'avait mille fois répété. Je serrai les dents et aguerris mon âme. J'étais tout près de percevoir de nouveau ces sanglots, de l'entendre gémir dans ce petit bois, à la porte du temple.

« Assez ! m'exclamai-je. Crois-tu que je ne sache pas qu'une jeune fille pleure, quand son cœur se brise ? Continue, continue.

— Erre en pleurant, encore et toujours, reprit-il, et tombe sous le joug de Talapal, qui la hait. Et naturellement, Ialim ne peut la protéger, car Talapal est sa mère, et il la craint. Aussi Talapal torture-t-elle Istra en l'accablant de toutes sortes de tâches qui paraissent impossibles. Mais lorsque Istra les a toutes réussies, Talapal finit par la relâcher et les deux amants sont réunis. Istra devient alors déesse. Et nous ôtons son voile noir, j'échange ma robe noire contre une blanche, et nous offrons…

— Tu veux dire qu'elle sera un jour réunie au dieu, et qu'alors tu lui retireras son voile ? Quand cela doit-il se produire ?

— Nous retirons le voile et je change de robe au printemps.

— Crois-tu que je me soucie de ce que tu fais ? Je te demande si cela s'est déjà produit, ou pas encore ? Istra est-elle en ce moment même en train d'errer sur la terre, ou est-elle déjà devenue déesse ?

— Mais, étrangère, l'histoire sacrée parle de choses sacrées, de ce que nous faisons au temple. Au printemps, et tout l'été, elle est une déesse. Puis, quand vient la moisson, nous apportons une lampe au temple, à la nuit tombée, et le dieu s'enfuit. Ainsi nous voilons Istra. Et tout l'hiver, elle erre et souffre ; en pleurant, encore et... »

Il ne savait rien. Pour lui, cette histoire et le culte étaient indissociables. Il ne pouvait comprendre ce que je lui demandais.

« J'ai entendu ton histoire contée d'une autre façon, vieillard, intervins-je. Je crois que la sœur... les sœurs pourraient bien avoir plus à dire pour se défendre que ce que tu sais.

— Tu peux être certaine qu'elles auraient beaucoup à dire. C'est le cas de tous les jaloux. D'ailleurs, ma propre femme... »

Je le saluai et quittai ce lieu glacial pour regagner la tiédeur des bois. Je distinguai entre les troncs la lueur rougeâtre du feu que mes gens avaient déjà allumé. Le soleil s'était couché.

Je dissimulai tout ce que je ressentais – et je ne savais guère le nommer, sauf à dire que toute la paix de cette excursion automnale avait été anéantie – afin de ne pas gâcher le plaisir de mes compagnons. Le lendemain, j'y vis plus clair. Jamais plus je ne serais en paix, tant que je n'aurais pas écrit mon accusation contre les dieux. Elle me brûlait de l'intérieur. Elle se faisait de plus en plus urgente – j'étais grosse de ce livre comme une autre femme l'eût été d'un enfant.

Aussi ne puis-je rien dire de notre voyage de retour à Glome. Il dura sept ou huit jours et nous traversâmes maints lieux notables d'Essur ; une fois à Glome, après le passage de la frontière, nous vîmes partout tant de paix, d'abondance, de zèle et, me sembla-t-il, d'amour à mon égard que j'aurais dû en être ravie. Mais mes yeux autant que mes oreilles étaient clos. Tout le jour, et souvent toute la nuit aussi, je ressassais chaque passage de l'histoire véritable, en convoquant la terreur, les humiliations, les luttes et les angoisses que je n'avais pas ravivées durant toutes ces années ; je laissai Orual se réveiller et s'exprimer, je l'extirpai presque de la tombe, du puits muré. Plus je me remémorais de détails, plus j'étais capable de m'en remémorer ; je sanglotais sous mon voile comme si je n'avais jamais été reine, mais avec un chagrin que surpassait toujours une cuisante indignation. Et j'avais hâte. Je devais faire vite dans mon dessein, avant que les dieux ne trouvassent un moyen de me réduire au silence. Quand, vers le soir, Ilerdia tendait le bras en disant : « Voilà qui ferait un bon emplacement pour notre camp ce soir, Majesté », je répondais (sans même y réfléchir) : « Non, non. Nous pouvons parcourir trois milles de plus avant la nuit, peut-être cinq. » Chaque matin, je m'éveillais plus tôt. Au début, j'endurais l'attente ; j'allais et venais dans la brume mordante de l'aube en écoutant le souffle de mes jeunes camarades assoupis. Mais bientôt ma patience n'y tint plus. Je les réveillais de plus en plus tôt. À la fin, nous filions comme si un ennemi victorieux nous pourchassait. Je sombrai dans le silence, ce qui fit taire aussi les autres. Je voyais combien ils étaient désemparés, et aussi que toute la joie de leur voyage avait disparu. Ils devaient jaser ensemble des humeurs de la reine.

Lorsque j'atteignis le palais, même alors, je ne pus me mettre à la tâche aussi vite que je l'aurais voulu. Toutes sortes de menus travaux s'étaient accumulés pendant mon absence. Et, au moment où j'avais le plus besoin d'aide, je reçus la nouvelle que Bardia était quelque peu souffrant, et alité. Je questionnai Arnom, qui me rassura : « Ce n'est ni la fièvre ni un empoisonnement, Majesté ; rien de bien grave, pour un homme dans la force de l'âge. Mais il ferait mieux de ne point se lever. Car il vieillit. » J'en eusse conçu quelque peur pour lui, n'avais-je su (et constaté de plus en plus, ces dernières années) que sa femme le dorlotait et le gâtait comme une poule un poussin ; non pas, j'en aurais juré, par peur véritable, mais pour le retenir chez elle, à distance du palais.

Enfin, après d'infinis atermoiements, je rédigeai mon livre – et le voici. Maintenant, toi qui le lis, sois juge de la querelle entre les dieux et moi. Ils ne m'ont rien donné au monde à aimer que Psyché, puis ils me l'ont retirée. Mais cela ne leur suffisait pas. Ils m'amenèrent ensuite auprès d'elle en un lieu et un temps où il m'appartint entièrement de décider de son sort, de maintenir sa félicité ou de la jeter dans le malheur. Ils ne me dirent pas si elle était bel et bien l'épouse d'un dieu, ou folle, ou la proie d'une brute ou d'un brigand. Ils ne m'envoyèrent aucun signe clair, en dépit de toutes mes suppliques. Je devais deviner. Et parce que je fis le mauvais pari, ils me châtièrent. Pis encore, ils me punirent à travers elle. Et même alors, ce n'était pas assez : ils m'envoyaient à présent un tissu de mensonges – pas d'énigme, cette fois, mais la preuve flagrante que Psyché était bien l'épouse du dieu, que je l'avais détruite par ma propre volonté, et tout cela par jalousie. Comme si je n'étais rien d'autre qu'une Redival. J'affirme que les dieux se comportent avec nous de manière très injuste. Car ils ne veulent ni partir et nous laisser vivre notre courte existence tranquilles (ce qui serait le mieux), ni se montrer ouvertement et nous dire ce qu'ils attendent de nous. Car cela aussi serait supportable. Mais ces insinuations et ces flottements, ces visites à travers les rêves et les oracles, ou dans ces visions éveillées qui disparaissent aussitôt qu'apparues, ce silence de plomb lorsqu'on les interroge, pour revenir ensuite insidieusement et nous chuchoter à l'oreille des mots que nous ne pouvons pas comprendre, alors que nous n'aspirons qu'à être délivrés d'eux, montrer à l'un ce qu'ils cachent à l'autre… qu'est-ce que tout cela, sinon un jeu du chat et de la souris, de colin-maillard, de la jonglerie en somme ? Pourquoi les lieux saints doivent-ils être aussi obscurs ?

Je dis par conséquent qu'il n'existe aucune créature (crapaud, scorpion ou serpent) qui soit aussi hostile à l'homme que les dieux. Qu'ils répondent à mes attaques, s'ils le peuvent. Mais il est fort possible qu'au lieu de rendre des comptes, ils me frappent de démence ou de la lèpre, ou bien me transforment en bête, oiseau ou arbre. Mais alors, le monde entier ne saura-t-il pas (et les dieux sauront qu'il sait) que c'est parce qu'ils n'ont pas de réponse ?

DEUXIÈME PARTIE

1

Il ne s'est écoulé que quelques jours depuis que j'ai écrit ces mots : *pas de réponse*, pourtant je dois reprendre tout mon livre. Il serait plus sage d'en recommencer la rédaction depuis le début, mais je crains de n'en avoir guère le temps. La faiblesse me gagne rapidement, et Arnom me dit en secouant la tête que je dois me reposer. Ils croient que j'ignore qu'ils ont envoyé un message à Daaran.

Puisque je ne puis amender ce livre, je dois l'enrichir. L'abandonner dans cet état reviendrait à mourir sur un parjure ; j'en sais tellement plus qu'autrefois, sur la femme qui l'écrivit. Ce qui amorça mon changement fut l'écriture même. Je déconseille à quiconque de se lancer dans pareille entreprise à la légère. Une fois réveillée, la mémoire est un véritable tyran. Je compris que je devais coucher là des passions et des pensées que j'avais totalement oubliées, car je m'exprimais devant un tribunal, et devais écarter tout mensonge. Le passé que j'ai relaté n'était pas celui que je croyais m'être remémoré pendant toutes ces années. Même après avoir achevé le livre, je ne voyais pas certaines choses aussi clairement qu'aujourd'hui. Cette métamorphose que l'écriture avait déclenchée en moi (et de laquelle je n'ai rien dit ici) n'était qu'un prélude : elle ne visait qu'à me préparer à l'intervention des chirurgiens divins. Ils utilisèrent ma propre plume pour creuser ma plaie.

Très tôt, dans l'écriture, je fus frappée de l'extérieur. Alors que je racontais mes premières années et décrivais les pâtés de glaise que Redival et moi faisions dans le jardin, mille autres souvenirs me revenaient à l'esprit, des scènes occupant ces journées où ni Psyché ni le Renard ne faisaient partie de nos vies : rien que Redival et moi. En train de pêcher des têtards dans le ruisseau, nous cachant de Batta dans le foin, attendant à la porte du vestibule lorsque notre père donnait un banquet et soutirant par des cajoleries quelque friandise aux esclaves qui allaient et venaient. Et je me disais : « Qu'il est terrible qu'elle ait tant changé. » Tout cela n'était qu'intérieur. Puis vint le coup de l'extérieur. En plus des nombreuses entraves qui m'accablaient, il arriva un message d'un ambassadeur du Grand Roi qui vit au sud-est.

« La peste, de nouveau », annonçai-je. Et lorsque les étrangers se présentèrent (et il fallait se plier à des heures de discussion, puis à un banquet en leur honneur), je ne les aimai que moins en découvrant que leur chef était un eunuque. Dans ces contrées, les eunuques sont des hommes très importants à la cour. Celui-là était le plus gras que j'eusse vu de ma vie, si boursouflé que ses yeux perçaient à peine dans ses joues, luisantes d'huile; il était en outre accoutré comme une poupée, apprêté comme une servante d'Ungit. Mais à mesure que je l'entendais parler, il me sembla lui trouver une légère ressemblance avec quelqu'un que j'avais connu, de très nombreuses années auparavant. Et, comme il arrive souvent, je creusai cette idée et l'abandonnai plusieurs fois, jusqu'au moment où, alors que je n'y pensais presque plus, la vérité éclata dans mon esprit. « Tarin ! m'écriai-je.

— Oh oui, Majesté, oh oui, répondit-il avec une délectation venimeuse, et le regard mauvais. Je suis bien celui que vous appeliez Tarin. Votre père ne m'aimait guère, Majesté, n'est-ce pas ? Mais… ah, ah… il fit ma fortune. Oh oui, il me lança sur la bonne voie. De deux coups de rasoir. Sans lui, je ne serais point devenu le grand homme que je suis aujourd'hui. »

Je le félicitai pour sa réussite.

« Merci, Majesté, merci. C'est très plaisant. Songez que sans le caractère ombrageux de votre père… ah, ah… j'aurais continué à porter un bouclier dans la garde d'un petit roi barbare dont le royaume tiendrait tout entier dans un recoin du terrain de chasse de mon maître, sans qu'on y prêtât jamais attention ! Vous n'êtes point fâchée, n'est-ce pas ? »

Je répondis que j'avais toujours entendu dire que le Grand Roi possédait un parc remarquable.

« Et votre sœur, Majesté ? demanda l'eunuque. Ah, c'était une bien belle jeune fille… bien que… ah, ah… j'aie eu entre les mains de plus belles femmes, depuis. Est-elle toujours en vie ?

— Elle est reine de Phars.

— Ah, Phars. Je me rappelle. On oublie si vite le nom de ces petits pays. Oui… une jolie jeune fille. Je l'ai prise en pitié. Elle était si seule.

— Seule ?

— Oh oui, très seule. Après la naissance de l'autre princesse, le bébé. Elle disait toujours : “ D'abord, Orual m'aimait de tout son cœur ; puis est arrivé le Renard et elle m'a moins aimée ; puis le bébé, et elle a tout à fait cessé. ” Aussi se sentait-elle abandonnée. J'en étais navré pour elle… ah, ah, ah… Oh, j'étais un beau jeune homme, à l'époque. La moitié des filles de Glome étaient amoureuses de moi. » Je le ramenai promptement à nos affaires politiques.

Ce n'était là que le premier coup, et il était léger. Le premier flocon de neige de l'hiver dans lequel je pénétrais – ce signe qui n'a pour seule vertu que de nous annoncer ce qui nous attend. Je n'étais aucunement certaine que Tarin dît la vérité. Je suis toujours convaincue que Redival était une idiote et une menteuse. Et de sa sottise, les dieux ne peuvent me blâmer : elle la tenait de son père. Mais une chose était sûre : je n'avais jamais songé à ce qu'elle avait pu ressentir, lorsque je m'étais tournée d'abord vers le Renard, puis vers Psyché. Car depuis le début, il était très clair dans mon esprit que c'était moi qui étais maltraitée, et à plaindre. Elle avait ses boucles d'or, n'est-ce pas ?

Mais revenons à mon écriture. Et au tourment continuel de l'âme dans lequel elle me plongea, jusque dans le repos. Il s'agissait de passer au crible, de trier toutes mes expériences, de départager les motifs de mes actes, et de les distinguer du simple prétexte ; et ce labeur se poursuivait chaque nuit pendant mon sommeil, mais de manière changeante. Il me semblait avoir devant moi un immense et impossible tas de graines – blé, orge, pavot, seigle, millet, et ainsi de suite – que je devais trier et répartir en petits tas distincts. Pour quelle raison, je l'ignorais ; mais je savais qu'une punition éternelle serait mon lot, si je me reposais ne fût-ce qu'une seconde ou si, une fois tout cela achevé, une seule graine se trouvait dans le mauvais tas. Éveillé, il est aisé de voir qu'une telle tâche est insensée. Mais la torture était que, dans ce rêve, elle était concevable. J'avais une chance sur dix mille d'accomplir ce supplice à temps, et une sur cent mille de le faire sans erreur. Il était pratiquement certain que j'échouerais, et serais châtiée. Mais pas totalement certain. Ainsi je m'y attelai : fouiller, scruter, ramasser chaque graine entre le pouce et l'index. Mais pas toujours : car certaines nuits, dans une vision plus délirante encore, je devenais une minuscule fourmi, au pied de graines aussi gigantesques que des meules de pierre. Et je peinais de tout mon être à les tracter jusqu'à leur place, jusqu'à ce que mes six pattes se rompissent ; je tenais ces blocs devant moi, comme le font les fourmis, alors qu'ils étaient infiniment plus gros que moi.

Je veux pour preuve que les dieux me tenaient pleinement occupée de nuit comme de jour à ces deux tortures, que je ne pensai que rarement à Bardia pendant cette période, sauf pour pester qu'il fût absent, ce qui me contraignait dans mon écriture. Pendant tout le temps où la rage d'écrire me tenailla, il me sembla que rien d'autre ne comptait que de terminer cet ouvrage. De Bardia, je ne disais (de temps à autre) que : « Compte-t-il traîner au lit toute sa vie ? » Ou bien : « Encore une ruse de sa femme. »

Puis il vint un jour, alors que l'encre brillait encore à la dernière ligne du livre (*ils n'ont pas de réponse*), où je surpris une phrase d'Arnom qui me fit comprendre, pour la première fois, la réalité de la situation. « Veux-tu dire, m'écriai-je, que le seigneur Bardia est en danger ?

— Il est très faible, Majesté, acquiesça le prêtre. Je regrette que le Renard ne soit plus parmi nous. Nous autres, citoyens de Glome, sommes incompétents. Je crois que Bardia n'a ni la force ni l'entrain de combattre ce mal.

— Par les dieux, pourquoi ne pas me l'avoir fait comprendre plus tôt ? Ho ! Esclave ! Mon cheval. Je vais le voir. »

Arnom était vieux à présent, et il était devenu pour moi un conseiller précieux. « Majesté, dit-il en posant la main sur mon bras, la voix douce et très grave, voilà qui nuirait grandement à ses chances de se rétablir.

— Suis-je donc une infection à moi seule ? Mon aspect est-il à ce point morbide, même à travers un voile ?

— Bardia est votre sujet le plus fidèle et le plus aimant, précisa Arnom. Vous voir exigerait trop de force de lui, peut-être même cela lui serait-il fatal. Il veillerait à se montrer à la hauteur de son devoir, et de sa courtoisie. Les cent affaires dont il comptait vous entretenir se bousculeraient dans son esprit. Il mettrait son cerveau au supplice pour tout se rappeler de ce qu'il a oublié, ces neuf derniers jours. Cela pourrait l'achever. Laissez-le somnoler et rêver. C'est aujourd'hui sa meilleure chance de survivre. »

Jamais je n'avais entendu vérité plus amère, mais je dus bien m'y résigner. N'étais-je point disposée à rester prostrée en silence dans un de mes propres cachots aussi longtemps qu'il siérait à Arnom, si cela pouvait accroître les chances de Bardia de vaincre ce mal ? Je tins cette résolution trois jours (moi, vieille folle aux mamelles tombantes et aux flancs flétris). Le matin du quatrième, je m'exclamai : « Je ne puis en supporter davantage. » Le cinquième, Arnom vint me trouver, en larmes, et je sus, sans qu'il eût à prononcer un mot. Et dans mon étrange aveuglement, ce qui me parut le pire de tout, c'est que Bardia fût mort sans avoir entendu de ma bouche cet aveu qui lui aurait fait honte. Il me semblait que tout me serait tolérable si, ne fût-ce qu'une fois, j'avais pu aller lui murmurer à l'oreille : « Bardia, je t'aimais. »

Lorsqu'on le déposa sur le bûcher funéraire, je n'eus d'autre choix que de me tenir là, pour l'honorer. N'étant ni sa femme ni une parente, je ne pouvais gémir et me frapper la poitrine. Ah, si seulement je l'avais pu, j'aurais pour ce faire enfilé des gants d'acier ou de peau de porc-épic.

Je patientai trois jours, comme le veut l'usage, puis allai réconforter sa veuve. Je n'étais pas seulement mue par le devoir et la coutume. Puisqu'il l'avait aimée, elle était, à n'en pas douter, mon ennemie ; pourtant, qui d'autre en ce monde pouvait désormais me parler ?

On me fit monter dans la chambre du haut, où elle était assise, en train de filer ; très pâle, mais extrêmement calme. Plus que je ne l'étais. J'avais autrefois été surprise de la trouver beaucoup moins belle qu'on ne l'avait raconté. À présent, dans sa vieillesse, elle avait gagné une autre forme de rayonnement, un visage fier et impassible.

« Madame, Ansit, dis-je en lui prenant les deux mains (elle n'eut point le temps de se garder), que vous dire ?

Comment parler de lui sans dire que votre perte est sans fond ? Et ce n'est pas une consolation. À moins que vous ne sachiez, même en ces instants, qu'il vaut mieux avoir eu et perdu un époux tel que lui plutôt que de partager pour toujours l'existence de n'importe quel autre.

— La reine me fait grand honneur », répondit Ansit, en retirant ses mains pour se tenir debout face à moi, les bras croisés sur la poitrine et le regard baissé, à la manière de la cour.

« Oh, chère madame, laissez la reine pour un instant, je vous en conjure. Est-ce comme si vous et moi ne nous étions jamais rencontrées ? Après la vôtre (et ne croyez point que je les compare), ma perte est la plus grande. Je vous en prie, rasseyez-vous. Et reprenez la quenouille ; nous n'en parlerons que mieux. Me laisserez-vous prendre place un moment près de vous ? »

Elle s'installa et se remit à filer. Le visage ainsi au repos et les lèvres légèrement pincées, elle était l'image parfaite de la mère au foyer. Elle avait résolu de ne point m'aider.

« Tout cela a été si soudain. Avez-vous su dès le début qu'il y avait quelque danger dans sa maladie ?

— Oui.

— Vraiment ? Arnom me disait que ce ne serait qu'une broutille.

— Il m'a tenu le même discours, Majesté. Cela n'aurait été qu'une broutille pour un homme disposant de toute sa force pour la combattre.

— Sa force ? Mais le seigneur Bardia était un homme robuste.

— Oui. Comme un arbre rongé de l'intérieur.

— Rongé ? Par quoi ? Je n'en ai jamais rien su.

— Voilà qui ne me surprend guère, Majesté. Il était fatigué. Il s'était épuisé au travail. Il aurait dû renoncer il y a dix ans, et se retirer comme le font les vieillards. Il n'était ni d'acier ni d'airain, mais de chair.

— Il n'a jamais agi ou parlé comme un vieillard.

— Peut-être ne l'avez-vous jamais vu, Majesté. Son visage blême, dans les premières heures du jour. Vous n'avez jamais entendu ce grognement lorsqu'il fallait (parce qu'on l'avait promis) le secouer et le tirer du lit. Vous ne l'avez jamais vu rentrer tard du palais, affamé, mais trop éreinté pour manger. Et comment l'auriez-vous pu, Majesté ? Je n'étais que sa femme. Il avait trop d'égards, voyez-vous, pour s'assoupir ou bâiller dans la maison d'une reine.

— Vous voulez dire que c'est son travail –

— Cinq guerres, trente et une batailles, dix-neuf ambassades, toujours à penser à ci et à ça, glissant un mot à un tel ou à un autre, apaisant celui-ci, intimidant celui-là et en flattant un troisième, devisant, conseillant, se rappelant, devinant, prédisant… Et la salle du Pilier, encore et toujours. Les mines ne sont pas le seul lieu où l'on se tue à la tâche. »

Ce discours était bien plus accablant que le pire auquel je m'étais préparée. Une onde de colère me parcourut, puis la terreur du doute : bien que cela parût extravagant, pouvait-elle dire vrai ? La tristesse de cette simple suspicion remplit ma propre voix d'humilité.

« C'est votre chagrin qui parle, madame. Mais, pardonnez-moi, c'est pure fantaisie. Je ne me suis jamais plus épargnée que lui. Êtes-vous en train de me dire qu'un homme solide romprait sous le joug qu'une femme pourrait porter sans faillir ?

— Qui, connaissant les hommes, pourrait en douter ? Ils sont plus forts, mais nous sommes plus dures. Ils ne vivent point aussi vieux que nous. Ils ne réchappent pas mieux de la maladie que nous. Les hommes sont fragiles. Et vous, Majesté, étiez plus jeune. »

Mon cœur se flétrissait à l'intérieur de moi, froid et ignoble. « Si c'est la vérité, alors j'ai été trompée. Il eût suffi qu'il m'en touchât un mot et je l'aurais soulagé de tous ces fardeaux. Je l'aurais renvoyé chez lui pour toujours, couvert de tous les honneurs que je pouvais offrir.

— C'est bien mal le connaître, Majesté, que de croire qu'il aurait prononcé ce mot. Oh, quelle souveraine chanceuse vous avez été ; aucun prince n'eut jamais de serviteurs plus aimants.

— Je sais que j'ai eu des serviteurs aimants. M'en tenez-vous rigueur ? Même maintenant, dans le chagrin qui est le vôtre, mettrez-vous votre cœur au service de cette rancune ? Vous moquez-vous de moi parce que c'est le seul amour que j'aie eu, et pu espérer recevoir ? Ni époux, ni enfants. Et vous… vous avez eu tout…

— Tout ce que vous m'avez laissé, Majesté.

— Laissé ? Idiote ! Quelle est cette folle pensée qui vous traverse l'esprit ?

— Oh, je sais bien que vous n'étiez point amants. Vous m'avez épargné cela. Le sang divin ne peut se mêler à celui du commun, dit-on. Vous m'avez laissé ma part. Une fois que vous vous étiez servie de lui, vous lui permettiez de s'esquiver, et alors il me revenait – jusqu'au moment où vous aviez de nouveau besoin de lui. Après des semaines et des mois passés à la guerre – vous et lui, ensemble nuit et jour, partageant les conseils, les dangers et les victoires, le pain des soldats et jusqu'à leurs plaisanteries – , alors il pouvait rentrer chez moi, toujours un peu plus maigre et grisonnant, avec de nouvelles cicatrices. Et il tombait de sommeil avant d'avoir touché à son souper, et il criait dans ses rêves : “ Vite, par la droite ! La reine est en danger ! ” Et le lendemain matin – la reine de Glome est incroyablement matinale – le retour à la salle du Pilier. Je ne le nierai pas : je n'ai eu que ce que vous me laissiez de lui. »

Aucune femme ne pouvait se méprendre sur son regard et sa voix.

« Quoi ? m'écriai-je. Est-il possible que vous soyez jalouse ? »

Elle ne répondit rien.

Je me levai d'un bond et écartai mon voile. « Regarde, regarde, idiote ! Es-tu jalouse de ceci ? »

Elle eut un mouvement de recul et me fixa, interdite, si bien que je me demandai un instant si mon visage lui faisait à ce point horreur. Mais ce n'était pas la peur qui l'animait. Pour la première fois, je vis sa bouche pincée trembler et ses yeux se remplir de larmes. « Oh, souffla-t-elle, oh, je ne savais pas… Vous aussi… ?

— Quoi ?

— Vous l'aimiez. Vous avez souffert, vous aussi. Toutes deux, nous… »

Elle sanglotait, et j'en fis autant. En un instant, nous nous retrouvâmes dans les bras l'une de l'autre. Quel étrange rebondissement, que notre haine s'évanouît à l'instant même où elle comprit que son mari était l'homme que j'aimais. S'il avait été vivant, tout aurait été tellement différent. Mais sur cette terre désolée (notre vie lugubre, vide de Bardia), nous étions les deux seules naufragées. Nous parlions une langue, pour ainsi dire, que personne d'autre dans ce monde immense et impitoyable ne comprenait. Pourtant, ce n'était qu'un langage de sanglots. Nous ne pouvions même pas nous résoudre à l'évoquer par les mots ; car aussitôt les lames de poignards auraient surgi.

Cette douceur ne dura pas. J'ai vu déjà se produire pareil moment, dans la bataille. Un homme s'avançait vers moi, et moi vers lui, pour tuer. Soudain, une violente bourrasque drapait nos capes autour de nos épées, nous voilant le visage, si bien que nous n'avions d'autre choix que de combattre le vent lui-même. Et ce contretemps ridicule, si étranger à l'affaire qui nous occupait, nous faisait tous deux rire, face à face – amis pour un instant, puis soudain redevenus ennemis, à jamais.

Très vite (je ne me rappelle pas comment), nous nous retrouvâmes de nouveau séparées ; je remis mon voile et elle retrouva son visage dur et froid.

« Bien ! Tu as peint de moi le portrait de l'assassin du seigneur Bardia. Ton but était de me torturer. Et tu as bien choisi tes armes. Sois satisfaite : tu es vengée. Mais dis-moi : parlais-tu seulement pour blesser, ou croyais-tu à tes propres paroles ?

— Les croire ? Je ne *crois* pas. Je *sais*, avec certitude, que Votre Altesse a bu son sang jusqu'à la dernière goutte, au fil des ans, et englouti sa vie.

— Dans ce cas, pourquoi ne pas me l'avoir dit ? Il aurait suffi d'un mot de toi. Ou bien es-tu comme les dieux, qui ne s'expriment que lorsqu'il est trop tard ?

— Vous le dire à vous ? s'étonna-t-elle en me fixant avec fierté. Et ainsi, lui retirer son travail, qui était sa vie et toute sa gloire, son haut fait ? Car que représente une femme pour un homme, et un soldat, au bout du compte ? Faire de lui un enfant et un gâteux ? Le garder pour moi à ce prix ? Le faire tellement mien qu'il ne fût plus lui-même ?

— Et pourtant, il eût été tien.

— Mais je voulais être sienne. J'étais sa femme, pas sa catin. Il était mon époux, pas mon chien domestique. Il lui fallait vivre l'existence qu'il estimait la meilleure et la plus appropriée, pour un grand homme – pas celle qui m'aurait le plus contentée. Et à présent vous avez aussi pris Ilerdia. Il tournera de plus en plus le dos au foyer de sa mère ; il partira en quête de terres étrangères, et s'occupera de sujets que je n'entends point, ira où je ne peux le suivre et chaque jour il sera un peu moins mon enfant – il appartiendra à lui-même, et au monde. Croyez-vous que je lèverais le petit doigt, si cela pouvait l'en empêcher ?

— Et tu pourrais… tu peux endurer cela ?

— Vous me posez la question ? Oh, reine Orual, je commence à croire que vous ne savez rien de l'amour. Ou plutôt non, je ne dirais point cela. Votre amour est celui d'une reine, pas des roturiers. Peut-être vous, qui descendez des dieux, aimez-vous comme eux. Comme l'Ombre-Brute. On dit qu'aimer et dévorer ne sont qu'une seule et même chose, n'est-ce pas ?

— Femme, l'interrompis-je, je lui ai sauvé la vie. Bête ingrate ! Tu aurais été veuve bien des années plus tôt, si je n'avais point été là, ce jour-là, sur le champ de bataille d'Ingarn – où j'ai récolté cette blessure qui me tourmente encore dès que le temps change. Où sont tes cicatrices ?

— Ce sont celles d'une femme qui a mis au monde huit enfants. Oui, vous avez sauvé sa vie. Eh bien, elle vous était bien utile. C'était de l'économie élémentaire, reine Orual. Perdre une aussi bonne lame eût été sacrilège. Pouah ! Vous êtes bien nourrie ! Gorgée de la vie d'autres hommes, et de femmes. Celle de Bardia, la mienne, celle du Renard, de votre sœur – de vos deux sœurs.

— Assez ! » ordonnai-je. L'air de cette chambre était éclaboussé d'écarlate. Il me vint l'idée atroce que, si je la condamnais à la mort par la torture, personne ne pourrait la sauver. Arnom marmonnerait. Ilerdia se rebellerait. Mais elle se balancerait au bout d'une pique pointue (tel un hanneton) sans que personne pût l'empêcher.

Quelque chose (et si c'étaient les dieux, qu'ils en soient remerciés) me rendit incapable d'une telle action. Je ne sais comment, j'atteignis la porte. Puis je me retournai une dernière fois vers elle : « Si tu t'étais ainsi exprimée devant mon père, il t'aurait fait trancher la langue.

— Quoi ? Ferait-elle si peur ? »

Tandis que je chevauchais vers le palais, je me disais : « Je lui rendrai son Ilerdia. Il pourra aller vivre sur ses terres. Il deviendra un mufle gras, qui se plaint entre deux rots du prix des bouvillons. J'aurais fait de lui un grand homme. À présent, il ne sera plus rien, grâce à sa mère. Elle ne pourra plus dire que je dévore la chair de ses hommes. »

Mais je ne fis rien de tel.

Ainsi les chirurgiens divins m'avaient-ils ligotée pour se livrer à leur œuvre. Ma colère ne me protégea qu'un temps; son propre est de s'évanouir pour laisser ressurgir la vérité. Car tout était vrai; plus encore que ne l'imaginait Ansit. Je m'étais réjouie de la moindre surcharge de travail, j'avais moi-même accumulé des tâches inutiles, afin de retenir Bardia le plus tard possible au palais; je l'avais assailli de questions, pour le simple plaisir d'entendre sa voix. Tout pour retarder le moment où il partirait, m'abandonnant à ma vacuité. Et je l'avais haï, d'oser partir. Je l'avais puni, aussi. Les hommes trouvent mille moyens de se rire d'un de leurs semblables qu'ils soupçonnent d'aimer un peu trop sa femme, et Bardia se retrouvait sans défense. Il était de notoriété publique qu'il l'avait épousée sans dot, et Ansit elle-même se vantait de n'avoir aucun besoin (contrairement à la plupart des femmes) d'aller chercher les filles les plus laides du marché aux esclaves pour servir chez elle. Jamais je ne me moquais de lui moi-même, mais je déployais mille ruses et stratagèmes (derrière mon voile) pour orienter la conversation dans des directions où je savais que les autres ne l'épargneraient pas. Je les haïssais pour cela, mais je prenais un plaisir doux-amer à scruter son visage renfrogné. Le détestais-je, alors ? Oui, je crois bien. L'amour peut parfois se composer pour ses neuf dixièmes de haine, et pourtant se prétendre toujours amour. Une chose était certaine : dans mes délires nocturnes (qui me montraient Ansit morte ou, mieux encore, convaincue de prostitution, de sorcellerie ou de traîtrise), lorsque enfin Bardia venait quémander mon amour, je commençais toujours par lui faire implorer mon pardon. Parfois, il avait grand-peine à l'obtenir. Je l'amenais à un cheveu de se donner la mort pour prouver sa foi.

Mais, lorsque toutes ces heures amères prirent fin, l'issue en fut étrange. Mon besoin irrépressible de Bardia avait pris fin lui aussi. Personne ne me croira, qui n'a point vécu longtemps et beaucoup cherché, et qui sait avec quelle rapidité une passion qui a entièrement enveloppé le cœur pendant des années peut se dessécher, et faner. Peut-être que, comme dans le sol, les pousses qui donnent les couleurs les plus éclatantes dans l'âme, et qui exhalent le parfum le plus envoûtant, ne sont pas toujours celles qui ont les racines les plus profondes. Ou peut-être est-ce un des effets de l'âge. Mais la raison principale, je crois, en était la suivante : mon amour pour Bardia (et non Bardia lui-même) était devenu pour moi écœurant. J'avais été ballottée sur de telles hauteurs et avais plongé dans de tels précipices de vérité que cet amour ne pouvait survivre dans l'air que je respirais. Il dégageait une puanteur putride, celle de cette pulsion dévorante pour quelqu'un à qui je ne pouvais rien donner, et dont j'attendais tout. Le ciel sait combien nous l'avions tourmenté, Ansit et moi. Car il n'était nul besoin d'être Œdipe pour deviner que, maintes et maintes fois, la jalousie de cette femme avait dû réserver à Bardia un accueil plein d'amertume, quand il rentrait du palais à la nuit tombée.

Mais lorsque cette obsession disparut, presque tout ce qui me constituait s'évanouit aussi. Comme si toute mon âme avait été une dent, qu'on avait à présent arrachée. Je n'étais qu'un trou béant. Et je pensais avoir atteint le tréfonds du malheur, et que les dieux ne pourraient m'accabler davantage.

2

Quelques jours après ma rencontre avec Ansit se déroula le rituel de la Naissance de la nouvelle année. C'est alors que le prêtre se fait enfermer dans la maison d'Ungit au coucher du soleil, et que durant la lune suivante il lutte pour en ressortir, et renaître. Mais naturellement, comme toutes les questions sacrées, cela *est* et *n'est pas* (c'est pourquoi il était si facile au Renard d'en souligner les multiples contradictions). Car le combat se fait avec des glaives en bois, et au lieu de sang c'est du vin qui est versé sur les combattants. Et, bien que l'on prétende que le prêtre est enfermé dans la maison, c'est seulement la grande porte de la cité et la porte ouest qui sont verrouillées, alors que les deux entrées plus petites sont ouvertes, et permettent aux fidèles d'aller et venir à leur guise.

Lorsque Glome a un roi, ce dernier doit entrer avec le prêtre au coucher du soleil, et rester dans la maison jusqu'à la Naissance. Mais il est interdit par nos lois qu'une vierge soit présente lors des événements qui s'y déroulent, cette nuit-là. Aussi dois-je entrer par la porte nord, une heure seulement avant la Naissance (les autres participants sont un membre de la noblesse, un membre des anciens et un membre du peuple, tous choisis par une voie sacrée qu'il m'est interdit de décrire).

Cette année-là, l'air matinal était frais et odorant, avec un vent léger venu du sud. Et du fait de cette fraîcheur qui enveloppait la nature, je sentis plus que jamais toute l'horreur d'avoir à pénétrer dans l'obscurité sacrée de la maison d'Ungit. Je crois avoir déjà dit qu'Arnom l'avait rendue plus claire et plus propre ; mais elle restait malgré tout un lieu d'enfermement et d'étouffement, surtout le matin de la Naissance, où l'encens et les relents du sacrifice imprégnaient l'air, où l'on avait versé le sang et le vin, brûlé la graisse, dansé et festoyé toute la nuit. La puanteur et l'odeur de sueur étaient telles que, aussi sûrement que dans la maison d'un mortel, elles eussent convaincu la souillon la plus paresseuse d'ouvrir les fenêtres et de récurer le sol.

J'entrai et m'assis sur le rocher plat qui est ma place, face à la pierre sacrée qui est Ungit elle-même – la nouvelle image en forme de femme se trouvait légèrement à ma gauche, et le siège d'Arnom, à ma droite. Il portait son masque et dodelinait de la tête sous l'effet de la fatigue. Hormis le son étouffé des tambours, rien ne venait briser le silence.

Je vis ces filles terribles, assises en tailleur, alignées le long des deux murs, chacune devant sa cellule. C'est là qu'elles se tenaient, saison après saison (et souvent, stériles après quelques années), jusqu'à devenir de vieilles biques édentées qui entretenaient le feu et balayaient par terre en claudiquant – parfois, après un bref coup d'œil alentour, elles piquaient aussi promptement qu'un oiseau pour ramasser une pièce ou un os à moitié rongé, qu'elles dissimulaient dans leurs robes. Et je songeais au grain des hommes qui, au lieu de nourrir des garçons robustes et des filles fécondes, était répandu dans cet antre, sans rien en retour ; et aussi à l'argent que les hommes avaient chèrement gagné et dont ils avaient grand besoin, gaspillé lui aussi ; et à ces servantes elles-mêmes, dévorées pour rien.

Puis je levai les yeux vers Ungit. Contrairement à beaucoup de pierres sacrées, elle n'était pas tombée du ciel. L'histoire voulait qu'au commencement, elle se fût frayé un chemin à travers le sol – témoin ou messager de ce qui œuvrait dans les profondeurs, ces entités entassées jusqu'au cœur de la terre, dans l'ombre, la pesanteur et la chaleur. J'ai dit qu'elle n'avait pas de visage ; cela signifie qu'elle en avait mille. Car elle était très inégale, avec des bosses et des creux de sorte que, comme lorsque l'on fixe le feu, on pouvait distinguer tantôt l'un, tantôt l'autre. Ses contours étaient en ce jour plus imprécis que jamais, du fait du sang dont on l'avait aspergée toute la nuit. Je réussis à dessiner un visage entre les caillots et les aspérités : une vision fuyante mais que, pourtant, on ne pouvait écarter de son esprit, une fois qu'on l'avait aperçue. Un visage comme on l'aurait pu voir dans un pain, gonflé, songeur, infiniment féminin. Un peu comme celui de Batta, telle que je me la rappelais, dans certaines de ses poses. Car lorsque nous étions enfants, notre nourrice avait des moments de tendresse, même envers moi. Je me revois m'enfuir en courant dans le jardin pour échapper à ses embrassades – pour ainsi dire me rafraîchir et me laver de ce contact chaud, fort et flasque à la fois, de cette ténacité étouffante et dévorante.

« Oui, me dis-je, aujourd'hui Ungit ressemble beaucoup à Batta. »

« Arnom, chuchotai-je, qui est Ungit ?

— Je crois, Majesté, répondit-il de sa voix que le masque rendait étrange, qu'elle signifie la terre, qui est la matrice et la mère de toutes les choses vivantes. » C'était le nouveau discours sur les dieux qu'Arnom, et d'autres, avaient appris du Renard.

« Si elle est la mère de toute chose, en quoi est-elle plus particulièrement celle du dieu de la montagne ?

— Il est l'air et le ciel, car nous voyons les nuages monter de la terre en brume et en exhalaisons.

— Alors pourquoi entend-on parfois dire qu'il est aussi son époux ?

— Cela signifie que, par ses averses, le ciel rend la terre féconde.

— Si c'est tout ce que cela veut dire, pourquoi l'envelopper de si étrange façon ?

— Sans doute (et j'entendis Arnom bâiller derrière son masque, épuisé par sa longue nuit de veille) pour la cacher de l'œil vulgaire. »

Je ne voulais point le torturer davantage, mais je pensai en moi-même : « Il est bien curieux que nos pères aient jugé nécessaire de nous instruire de ce que la pluie tombait du ciel pour ensuite, par crainte qu'un secret aussi remarquable ne s'ébruite (pourquoi dans ce cas ne pas avoir tenu leur langue ?), l'enrober d'un récit obscène, afin que personne n'en comprenne le sens. »

Les tambours battaient toujours. Mon dos était endolori. C'est alors qu'une petite porte s'ouvrit sur ma droite, laissant entrer une femme, une paysanne. On voyait qu'elle ne venait pas pour le banquet de la Naissance, mais pour quelque course plus urgente. Elle n'avait point travaillé son apparence (effort auquel se pliaient même les plus indigents, pour cette occasion) et ses joues étaient baignées de larmes. On aurait dit qu'elle avait pleuré toute la nuit, et elle tenait entre ses mains un pigeon vivant. L'un des pontifes s'empressa de la rejoindre, lui prit sa minuscule offrande qu'il égorgea de son couteau de pierre avant d'en répandre le sang sur Ungit (et ce sang me parut couler de la bouche du visage que j'avais distingué). Il tendit ensuite le cadavre de l'oiseau à l'un des esclaves du temple. La paysanne tomba à genoux aux pieds d'Ungit et s'enfouit le visage dans la terre. Elle demeura ainsi un long moment, à trembler sous la force des sanglots. Les pleurs cessèrent enfin. Elle se redressa sur les genoux, écarta les cheveux de son visage et inspira profondément. Puis elle se releva et, au moment où elle partait, nos regards se croisèrent. Elle avait le visage grave ; pourtant (j'étais si près d'elle que je ne pus en douter), on eût dit qu'on lui avait passé une éponge sur la figure. Son tourment était apaisé. Elle était calme, patiente, prête à affronter ce qui l'attendait.

« Ungit t'a-t-elle consolée, mon enfant ? demandai-je.

— Oh oui, Majesté, répondit cette femme, le visage presque rayonnant. Oh oui. Ungit m'a donné un grand réconfort. Il n'y a aucune autre déesse comme elle.

— Adresses-tu toujours tes prières à *cette* Ungit, dis-je en désignant de la tête la pierre informe, plutôt qu'à celle-là ? » La nouvelle statue se dressait bien droit dans ses robes et, quoi que le Renard pût en dire, elle était bien l'œuvre la plus ravissante qu'on eût vue sur nos terres.

« Oh, toujours à celle-ci, Majesté. L'autre, la grecque, elle ne comprendrait pas ma langue. Elle est pour les seigneurs et les érudits. Elle n'apporte aucun réconfort. »

Bientôt, il fut midi et il fallut se plier au combat de pacotille à la porte ouest ; puis nous sortîmes au grand jour, derrière Arnom. J'avais déjà assisté maintes fois à ce qui nous attendait dehors : la foule immense, qui hurlait : « Il est né ! Il est né ! » en faisant tournoyer les crécelles et en jetant des grains de blé en l'air. Tous suant, luttant, grimpant sur le dos de leur voisin pour apercevoir Arnom et le reste de notre groupe. Ce jour-là, je fus frappée d'une manière nouvelle. C'est la joie du peuple qui me stupéfia. Ils se tenaient là, après des heures d'attente, tellement agglutinés qu'ils pouvaient à peine respirer, chacun portant à n'en pas douter mille soucis et chagrins. Pourtant chaque homme et chaque femme et même les enfants semblaient convaincus que le monde allait bien parce qu'un homme déguisé en oiseau avait passé une porte après avoir frappé quelques coups avec une épée en bois. Et ceux qu'écrasait la foule curieuse de nous voir s'en amusaient, riaient et criaient plus fort que les autres. Je vis deux fermiers dont je savais qu'ils étaient ennemis jurés (ils avaient à eux deux gaspillé plus de mon temps de juge que la moitié de mon peuple réuni) applaudir et s'écrier : « Il est né ! », comme deux frères en cet instant.

Je rentrai me reposer dans ma propre chambre car, à mon âge désormais avancé, rester assise sur cette pierre plate m'épuise cruellement. Je plongeai rapidement dans de profondes réflexions.

« Debout, ma fille », dit soudain une voix. J'ouvris les yeux et vis mon père, qui se tenait près de moi. Et brusquement, toutes ces longues années de mon règne rétrécirent comme un rêve. Comment avais-je pu y croire ? Comment avais-je osé espérer échapper au roi ? Je me levai docilement de ma couche pour me tenir en face de lui. Alors que je m'apprêtais à mettre mon voile, il m'arrêta : « Assez de ces idioties, tu m'entends ? » Aussi le reposai-je sans insister. « Accompagne-moi dans la salle du Pilier », ordonna-t-il.

Je le suivis dans l'escalier (le palais était totalement vide), jusqu'à ladite salle. Il l'inspecta du regard, et j'eus très peur, car j'étais persuadée qu'il cherchait son fameux miroir. Mais je l'avais donné à Redival, lorsqu'elle avait été sacrée reine de Phars ; qu'allait-il m'infliger, lorsqu'il verrait que j'avais volé son trésor favori ? Mais il se rendit dans un coin de la pièce, où il trouva (à mon grand étonnement, dans un emplacement aussi incongru) deux pioches et un levier. « Au travail, laideron », lança-t-il en me tendant l'une des pioches. Il se mit à casser le sol pavé au centre de la pièce, et je lui prêtai main-forte. C'était un labeur très éprouvant, du fait de mon dos douloureux. Lorsque nous eûmes dépavé quatre ou cinq des énormes masses de pierre, nous découvrîmes dessous un trou noir, semblable à un large puits.

« Jette-toi là-dedans », dit le roi en me prenant la main. Et j'eus beau me débattre, je ne parvins pas à me libérer, et nous sautâmes tous deux dans l'orifice. Après une longue chute, nous atterrîmes sur nos pieds, indemnes. Il faisait plus chaud et l'air était à peine respirable, mais la pénombre ne m'empêchait pas de distinguer ce qui m'entourait. C'était une autre salle du Pilier, en tous points semblable à celle que nous avions quittée, hormis qu'elle était plus petite et entièrement en terre battue (le sol, les murs et jusqu'aux colonnes). Une fois encore, mon père balaya la pièce du regard et, une fois encore, je craignis qu'il ne me demandât ce que j'avais fait de son miroir. Au lieu de quoi, il se rendit dans un coin de la pièce en terre battue, où il trouva deux pelles ; il m'en mit une entre les mains. « À présent, à l'ouvrage. Comptes-tu paresser au lit jusqu'à la fin de tes jours ? » Ainsi nous fallut-il creuser un trou au centre de la pièce. Et cette fois-ci, l'effort fut pire encore, car la terre était de l'argile collante et compacte, de sorte qu'il valait mieux la découper en carrés avec la pelle, plutôt que d'excaver le sol. L'air était étouffant. Mais nous finîmes par venir à bout de notre tâche, et un autre trou béant s'était ouvert à nos pieds. Devinant ce qu'il allait faire, je tentai cette fois-ci de l'empêcher de toucher ma main. Mais il parvint à s'en saisir, et lança : « As-tu décidé de faire de l'esprit et de me résister ? Dans ce trou, sur-le-champ !

— Oh non, non, je ne veux plus descendre, pitié !

— Il n'y a pas de Renard pour t'aider, répliqua mon père. Nous sommes bien en dessous de toutes les tanières que ces animaux peuvent creuser. Des tonnes de terre te séparent de la plus profonde d'entre elles. » Nous sautâmes une nouvelle fois, plus loin encore, sans heurts ni blessures. Il faisait beaucoup plus sombre, pourtant je pus discerner autour de nous une autre salle du Pilier ; mais elle était faite de roche vivante, et de l'eau ruisselait le long de ses parois. Elle ressemblait fort aux deux autres salles, mais c'était la plus petite. Et en y regardant bien, je constatai qu'elle rapetissait encore. Le plafond se rapprochait de nous. Je tentai de crier à mon père : « Si vous ne faites pas vite, nous mourrons enterrés vivants. » Mais j'étouffais, et aucun son ne sortit de ma bouche. Puis je songeai : « Il s'en moque. Peu lui importe d'être enseveli, car il est déjà mort. »

« Qui est Ungit ? » me demanda-t-il en me tenant toujours la main.

Puis il m'entraîna dans la pièce et, bien avant d'arriver jusqu'à lui, j'aperçus contre le mur son miroir, à sa place habituelle. À cette vue, ma terreur ne fit que croître, et je me débattis de toutes mes forces. Mais sa main qui enserrait la mienne était devenue très grosse, aussi douce et étouffante que les bras de Batta, ou que la glaise que nous avions creusée, ou encore que la pâte collante d'une énorme miche. Il ne me traînait pas tant qu'il m'aspirait derrière lui, jusqu'au miroir. Et je l'y vis se refléter, semblable à ce jour où il m'avait forcée à affronter mon image, des années auparavant.

Mais mon visage à moi était celui d'Ungit, tel que je l'avais vu dans sa maison, le jour de la Naissance.

« Qui est Ungit ? répéta le roi.

— Je suis Ungit. » Ma voix s'échappa de moi comme une complainte, et je me retrouvai dans ma chambre, à la lumière froide du jour. Tout cela n'avait donc été que ce que l'on appelle un rêve. Mais je dois prévenir mon lecteur qu'à partir de ce moment, mes rêves m'abreuvèrent de tant de visions que j'eus de plus en plus de peine à les distinguer de la réalité, ou à dire où résidait la vérité. Cette vision-là ne permettait aucune dénégation. Elle était sans conteste vraie. C'était moi qui étais Ungit. Ce visage ravagé était le mien. J'étais une chose semblable à Batta, dévorante, matrice stérile. Glome était une toile d'araignée, et moi, l'insecte repu et bouffi accroupi en son centre, gorgé des vies volées des hommes.

« Je ne serai pas Ungit », affirmai-je en me levant de mon lit, comme tremblante de fièvre, pour aller verrouiller ma porte. Je décrochai du mur ma vieille épée, celle-là même que Bardia m'avait appris à manier, et la tirai de son fourreau. Elle était empreinte d'une telle félicité (quelle lame parfaite, loyale et chanceuse) que j'en eus les larmes aux yeux. « Chère épée, lui dis-je, tu as mené une vie heureuse. Tu as tué Argan. Tu as sauvé Bardia. Voici, pour ces chefs-d'œuvre. »

Mais ce n'étaient là que sottises. L'épée était devenue trop lourde pour moi. Cette main marbrée de veines, telle une serre aux jointures osseuses, n'avait même plus la force d'une poigne d'enfant. Jamais je n'aurais pu porter le moindre coup ; et j'avais vu assez de guerres pour savoir l'effet d'une attaque trop faible. Cesser d'être Ungit par ce moyen était devenu impossible pour moi. Je m'assis au bord de mon lit, pauvre chose minuscule, glacée et impuissante, et me remis à réfléchir.

Que les dieux la vissent ou pas, il devait y avoir quelque grandeur dans l'âme des mortels. Car il me semblait que la souffrance était infinie, et notre propre capacité, sans limites.

Des événements qui suivirent, je ne saurais dire s'ils étaient ce que les hommes nomment réalité, ou ce qu'ils appellent un rêve. Et, pour autant que je puisse dire, la seule différence est la suivante : ce que le grand nombre voit est désigné comme réel, alors que ce que ne voit qu'un seul est qualifié de rêve. Pourtant, ce que perçoit la masse peut être sans saveur ni importance, quand ce qui est montré à un seul peut être une trombe éclatante jaillissant du cœur même de la vérité.

La journée s'écoula tant bien que mal. Elles finissent toutes par passer, et c'est un grand réconfort ; à moins qu'il n'existe dans les terres mortes quelque affreuse contrée où le jour ne finit jamais. Mais une fois que la maison fut endormie, je me drapai d'une cape sombre et m'armai d'un bâton de marche ; car je pense que la faiblesse du corps, de laquelle je suis en train de mourir, dut commencer à peu près à cette époque. Puis une nouvelle pensée me vint. Mon voile n'était plus le moyen d'aller masquée. Il révélait au contraire mon identité : tous les hommes connaissaient la reine voilée. Mon meilleur déguisement serait désormais d'avancer à visage découvert : presque plus personne ne m'avait vue ainsi. Aussi, pour la première fois depuis de nombreuses années, sortis-je sans mon voile, montrant ce visage dont beaucoup avaient dit, avec plus de vérité qu'ils ne pouvaient le deviner, qu'il était trop effrayant pour être vu. Je n'aurais été plus honteuse de sortir nue comme un ver. Car je pensais qu'à leurs yeux, je ressemblerais à Ungit, telle que je m'étais vue dans ce miroir sous la terre. Je ressemblerais à Ungit ? *J'étais* Ungit : moi en elle et elle en moi. Peut-être, si l'on me voyait, me vénérerait-on. J'étais devenue ce que le peuple et le grand prêtre appelaient *sacrée*.

Je sortis, comme souvent, par la petite porte est, qui donne sur le jardin aromatique. De là, avec une infinie lassitude, je traversai la ville assoupie. Je songeai qu'ils ne dormiraient point si profondément, s'ils savaient tous quelle sombre créature claudiquait sous leurs fenêtres. J'entendis un enfant pleurer ; peut-être avait-il rêvé de moi. « Si l'Ombre-Brute commence à descendre dans la cité, le peuple sera terrorisé », disait le grand prêtre. Si j'étais Ungit, je pouvais aussi être l'Ombre-Brute. Car les dieux échangent leurs identités aussi souvent qu'ils empruntent les nôtres.

Enfin, défaillante de fatigue, je quittai la ville pour descendre vers le fleuve ; c'est moi-même qui l'avais fait creuser profond. Le vieux Shennit, tel qu'il était avant mes travaux, n'aurait su noyer une vieille bique, sauf lors d'une crue.

Je dus m'avancer quelque peu le long de la berge, jusqu'à l'endroit où je la savais la plus haute, afin de pouvoir m'en jeter dans l'eau ; car je doutais de mon courage d'entrer progressivement, et de sentir la mort me lécher d'abord les genoux, puis le ventre, puis le cou, et ainsi de suite. Lorsque j'atteignis le point le plus élevé, je dénouai ma ceinture et m'en ceignis les chevilles, de crainte que, même dans mon grand âge, je réussisse à sauver ma vie, ou à allonger ma mort, en nageant. Puis je me redressai, haletante après cet effort, et me tins les pieds joints, tel un prisonnier.

Je me mis à sautiller (quel mélange de malheur et de bouffonnerie cela devait être !), les pieds entravés, pour me rapprocher du bord.

« Ne fais pas cela », ordonna une voix, par-delà le fleuve.

Alors que j'étais transie de froid, je sentis instantanément une onde de feu me traverser le corps, jusqu'à mes pieds engourdis. C'était la voix d'un dieu. Qui l'eût mieux su que moi ? C'est la voix d'un dieu qui avait jadis fait voler toute ma vie en éclats. On ne peut s'y méprendre. Il se peut que, par quelque traîtrise des prêtres, les hommes aient déjà pris une voix de mortel pour celle d'un dieu. Mais la réciproque n'est point possible. Quiconque a déjà entendu une voix divine ne pourra jamais la confondre avec celle d'un mortel.

« Seigneur, qui êtes-vous ? demandai-je.

— Ne fais pas cela, répéta le dieu. Tu ne peux échapper à Ungit en t'enfuyant dans les terres mortes, car elle y est aussi. Meurs avant de mourir. Il n'y a aucune chance, après.

— Seigneur, je suis Ungit. »

Mais je ne reçus pas de réponse. Et c'est là un autre indice, au sujet de la voix des dieux : une fois qu'elle a cessé, il suffit d'un battement de cœur – alors que les rudes syllabes, les lourdes barres et les puissants obélisques sonores résonnent toujours à nos oreilles – pour que l'on croie qu'elle s'est tue un millier d'années plus tôt. Et alors, en attendre un mot de plus serait exiger une pomme d'un arbre qui n'a plus donné de fruits depuis le jour où le monde fut créé.

La voix du dieu n'avait pas changé, après toutes ces années, mais moi, si. La rebelle en moi avait disparu. Je ne devais pas me noyer et, à n'en pas douter, je n'en étais pas capable.

Je rentrai en rampant, troublant une nouvelle fois la ville silencieuse de ma démarche funeste de sorcière, que scandaient les coups de ma canne. Et lorsque je posai la tête sur l'oreiller, il me parut que l'instant d'après, mes femmes venaient déjà me réveiller. Que ce fût parce que toute cette expédition n'avait été qu'un rêve, ou du fait de mon extrême fatigue, mon sommeil avait été très profond.

3

Puis les dieux me laissèrent quelques jours ruminer l'étrange pain qu'ils m'avaient donné. J'étais Ungit. Quel sens cela avait-il ? Les dieux entrent et sortent-ils de nous comme ils le font entre eux ? Ils ne me laisseraient point mourir tant que je ne serais pas morte. Je savais qu'il existait loin de Glome certaines initiations, à Éleusis, dans les Terres grecques, lors desquelles on disait qu'un homme mourait et revenait à la vie avant que son âme n'eût quitté son corps. Mais pouvais-je me rendre là-bas ? Je me remémorai ce dialogue de Socrate avec ses amis, avant de boire la ciguë, dans lequel il décrivait la véritable sagesse comme l'expérience et la pratique de la mort. Et je songeai que Socrate entendait ces sujets mieux que le Renard, car il disait dans le même livre que l'âme « est tirée en arrière vers le monde visible par la crainte de l'invisible » ; à tel point que je me demandai s'il n'avait pas goûté lui-même cette horreur que j'avais connue dans la vallée de Psyché. Mais par cette sagesse de la mort, je suppose qu'il parlait de la mort de nos passions, de nos désirs et de nos vaines opinions. Et immédiatement (quelle terrible chose que d'être sot), je crus distinguer clairement ma voie, comme si elle cessait d'être impossible. Dire que j'étais Ungit signifiait que j'avais l'âme aussi laide qu'elle : avide et gorgée de sang. Mais, si je pratiquais la vraie philosophie telle que l'entendait Socrate, je devais rendre cette âme juste. Et j'étais désireuse de faire cela, avec l'aide des dieux. Je comptais même m'y mettre sur-le-champ.

Avec l'aide des dieux... Mais m'assisteraient-ils seulement ? Je devais m'atteler à la tâche. Il me semblait qu'ils me refuseraient tout secours. Il faudrait chaque matin m'essayer bravement à être juste, calme et sage dans toutes mes pensées et mes actions. Cependant, avant même qu'on eût terminé de m'habiller, je constatai bientôt que j'étais retombée (sans savoir comment) dans quelque vieille colère, ressentiment ou fantaisie dévorante, ou encore dans une morne amertume. Je ne pouvais tenir une demi-heure. Un souvenir atroce me revint à l'esprit, de ces jours où j'avais voulu amender la laideur de mon corps par de nouveaux artifices dans ma coiffure ou les couleurs que je portais. Je ne pouvais pas plus embellir mon âme que mon visage. Du moins, sans l'appui des dieux. Et pourquoi me le refusaient-ils ?

Babai ! Une pensée terrible, aussi flagrante et insurmontable qu'une falaise, se dressa devant moi, et elle me parut d'une vérité indiscutable. Aucun homme ne vous aimera, à moins que vous ne donniez votre vie pour lui, si vous n'avez point un joli visage. De même (pourquoi en serait-il autrement ?), les dieux ne vous aimeront pas (quoi que vous fassiez pour leur plaire, quelles que soient vos souffrances) si vous n'avez cette beauté d'âme. Dans une race comme dans l'autre, qu'il en soit de l'amour des dieux ou de celui des hommes, les gagnants et les perdants sont désignés dès la naissance. Dans les deux royaumes, nous apportons notre laideur ; et avec elle, notre destin. Cette amertume, toute femme que la nature n'a pas favorisée la reconnaîtra. Nous avons tous rêvé d'une autre terre, d'un autre monde, d'une répartition différente des récompenses qui ferait de nous tous des conquérants ; de laisser derrière nous les membres ronds et lisses, les petits visages roses et blancs et les chevelures d'or bruni, que leur règne s'achève et que le nôtre commence. Mais s'il n'en était pas du tout ainsi ? Si nous devions n'être que la lie et l'ordure, partout et en tout temps ?

C'est alors que me vint une autre rêverie – si on peut l'appeler ainsi, car cela ne ressemblait pas à un rêve. L'apparition se fit dans ma chambre, une heure après midi (aucune de mes femmes n'était avec moi), sans que je fusse allongée ou même assise. Elle entra dans mon champ de vision en ouvrant simplement la porte. Je me retrouvai sur les bords d'une grande rivière étincelante. Sur l'autre berge, j'aperçus un troupeau – de moutons, me sembla-t-il. Mais, à les observer plus attentivement, je vis qu'il s'agissait de béliers, hauts comme des chevaux, couronnés de cornes puissantes et à la toison d'or si resplendissante que je ne pouvais les fixer sans cligner les paupières. Au-dessus de nous, le ciel était d'un bleu profond, et l'herbe sous mes pieds d'un vert lumineux comme l'émeraude ; sous chaque arbre s'étalait une flaque d'ombre très noire, aux contours brillants, et l'air environnant était aussi doux qu'une musique. « Ce sont les béliers des dieux, songeai-je. Si je réussis à voler ne serait-ce qu'une bourre de cet or à leurs flancs, j'aurai la beauté. Les boucles de Redival feraient pâle figure, à côté de cette laine. » Et, dans ma vision, je ne craignais point de faire ce qui m'avait arrêtée, au bord du Shennit, car je pénétrai dans l'eau glacée, jusqu'aux genoux, jusqu'au ventre, jusqu'au cou, puis je perdis pied et nageai pour rejoindre les pâturages des dieux. Et c'est d'un cœur bon et joyeux que je foulai cette sainte prairie. Mais tous les béliers dorés vinrent à moi. Ils se rallièrent les uns aux autres, ce qui en un instant les rapprocha de moi, comme un mur massif d'or vivant. Puis, avec une force considérable, ils me renversèrent de leurs cornes courbes et me piétinèrent de leurs sabots. Ils n'agissaient pas par colère. C'est dans l'allégresse qu'ils se précipitaient vers moi ; peut-être ne m'avaient-ils point vue. Car, à coup sûr, je ne représentais rien pour eux, et je le comprenais bien. Ils m'avaient terrassée et écrasée dans l'élan de leur joie, qui les portait de l'avant. La nature divine nous blesse et parfois nous détruit par le simple fait d'être ce qu'elle est. Nous l'appelons le courroux des dieux ; comme si la grande cataracte de Phars était furieuse contre chaque mouche qu'elle emporte dans son tourbillon vert.

Pourtant, ils ne me tuèrent point. Une fois qu'ils furent passés, je constatai que j'étais vivante et consciente, et que je tenais sur mes pieds. Je remarquai alors qu'il y avait une autre mortelle, avec moi, dans ce champ. Elle ne semblait pas me voir. Elle marchait lentement, avec précaution, longeant la haie qui bordait cette pâture, la scrutant comme une glaneuse, ramassant çà et là quelque chose. Et je vis de quoi il s'agissait : de l'or étincelant pendait en lambeaux aux épines. Bien sûr ! Les béliers avaient accroché leur laine dorée, en se ruant dans les buissons. C'est cela qu'elle glanait, poignée après poignée, une riche moisson. Ce que j'avais cherché en vain en m'avançant vers ces brutes joyeuses et terribles, elle le récoltait paisiblement, à sa guise. Elle gagnait sans effort ce que l'effort le plus extraordinaire ne m'aurait acquis.

Je désespérais désormais de jamais cesser d'être Ungit. Bien que ce fût le printemps dehors, en moi sévissait un hiver que je pensais ne jamais voir finir et qui paralysait tous mes pouvoirs. On eût dit que j'étais déjà morte, mais pas comme les dieux, ou Socrate, me l'auraient ordonné. Pourtant, tout ce temps, j'étais en mesure de vaquer à mes occupations, de dire et de faire ce que les circonstances exigeaient, et personne ne devina ce profond malaise. Certes, les jugements que je rendais, depuis mon trône, étaient considérés comme plus sages et plus justes qu'autrefois ; je consacrais beaucoup d'efforts à cette tâche, et je savais que j'y excellais. Mais tous ces prisonniers, ces plaignants et ces témoins me paraissaient désormais plus des ombres que des hommes. Je me moquais éperdument (bien que je fisse toujours de mon mieux pour les départager) de savoir qui des deux parties avait effectivement des droits sur tel petit champ, ou qui avait volé les fromages.

Il ne me restait dans cette vie qu'un seul réconfort. Bien que j'eusse dévoré Bardia, au moins avais-je sincèrement aimé Psyché. Là, sinon ailleurs, j'avais raison, et les dieux, tort. De même qu'un captif dans son cachot ou qu'un malade sur son lit tirent le meilleur de la moindre étincelle de plaisir qui leur reste, ainsi me reposais-je sur cette certitude. Et, un jour que mon labeur avait été particulièrement épuisant, je pris ce livre dès que j'en eus le loisir et l'emportai dans les jardins afin d'y puiser quelque consolation, de m'en repaître même, en relisant comme j'avais aimé et éduqué Psyché, et aussi tenté de la sauver, allant jusqu'à me blesser pour elle.

Ce qui suivit était certainement une vision, et non un rêve. Car elle m'assaillit avant même que je fusse assise ou eusse déroulé mon parchemin. J'entrai dans ce tableau les yeux grands ouverts.

Je marchais sur des sables brûlants, une vasque vide entre les mains. Je savais bien ce que j'avais à faire : il me fallait trouver la source jaillissant du fleuve qui coulait dans les terres mortes, remplir ma vasque de l'eau de la mort et la rapporter sans en renverser une seule goutte, afin de l'offrir à Ungit. Car dans cette vision ce n'était plus moi qui étais la déesse : j'étais son esclave ou sa prisonnière et, à condition que j'accomplisse toutes les tâches qu'elle m'ordonnerait, peut-être me libérerait-elle. Ainsi, je cheminais dans ce désert aride, du sable jusqu'aux chevilles, blanchie de poussière jusqu'à mi-corps, la gorge desséchée. Le soleil au zénith m'accablait d'une chaleur écrasante, sans aucune ombre à l'horizon. Et je rêvais de boire l'eau de la mort ; car, quelque amère qu'elle fût, elle devait au moins être froide, puisqu'elle venait d'un pays sans soleil. Je marchai durant cent ans. Mais le désert s'acheva enfin, au pied de hautes montagnes, une suite d'arêtes, de pics et de falaises pourrissantes que nul ne pouvait gravir. Des rochers ne cessaient de se détacher des hauteurs pour choir autour de moi ; le grondement et le fracas de leur chute tandis qu'ils rebondissaient de saillie en saillie, puis le choc mat lorsqu'ils atterrissaient sur le sable, étaient les seuls sons alentour. Je scrutai cet immense amas de pierre, le crus d'abord vide et pris le scintillement sur la pierre pour le jeu d'ombre des nuages. Mais il n'y avait point de nuages. C'est alors que je compris. Ces montagnes grouillaient d'innombrables serpents et de scorpions qui sinuaient et rampaient frénétiquement. Le lieu n'était qu'une vaste salle de torture dont les instruments étaient vivants. Et je savais que le puits que je recherchais se trouvait au cœur même de ces montagnes.

« Jamais je ne pourrai grimper », dis-je pour moi-même.

Je m'assis sur le sable pour contempler ce spectacle, et restai là jusqu'à ce que la chair semblât se dessécher sur mes os. Puis vint enfin une ombre. Oh, miséricorde des dieux, se pouvait-il qu'il y eût un nuage ? Je levai les yeux vers le ciel et en fus presque aveuglée, car le soleil était toujours droit au-dessus de ma tête ; j'étais arrivée, semblait-il, dans ce pays où jamais le jour ne finit. Pourtant, bien que cette lumière implacable parût me creuser les orbites pour vriller mon cerveau, je vis quelque chose : du noir sur fond bleu, mais bien trop petit pour un nuage. Aux cercles qu'il décrivait, je sus qu'il s'agissait d'un oiseau. Il descendit en tournoyant, et je reconnus clairement un aigle ; mais un aigle envoyé par les dieux, bien plus grand que ceux des hautes terres de Phars. Il vint se poser sur le sable et me fixa. Sa tête rappelait celle du masque du vieux prêtre, mais ce n'était point lui. C'était une créature divine.

« Femme, me dit-il, qui es-tu ?

— Orual, reine de Glome.

— Alors c'est toi que l'on m'a envoyé aider. Quel est ce rouleau que tu tiens ? »

Je vis alors, pour mon plus grand désarroi, que tout ce temps, c'était un livre, et non une vasque, que j'avais à la main. Cela ruinait tous mes projets.

« C'est ma doléance contre les dieux. »

L'aigle fit claquer ses ailes, releva la tête et s'écria d'une voix puissante : « Elle est enfin venue. Voici la femme qui a une doléance contre les dieux. »

Une centaine d'échos grondèrent instantanément contre la paroi de la montagne. « Voici la femme… doléance contre les dieux… les dieux… »

« Viens, ordonna l'oiseau.

— Où ?

— Viens au tribunal. Ton cas doit y être entendu. » Et il se mit de nouveau à crier : « Elle est venue. Elle est venue. »

Alors, de chaque crevasse, de chaque niche dans la roche sortirent des formes noires qui ressemblaient à des hommes, et, avant d'avoir pu m'enfuir, je me retrouvai entourée d'une véritable foule. On me saisit, on me pressa et l'on me fit passer de l'un à l'autre, dans les cris, en direction de la montagne : « Elle est venue. Voici la femme. » Il me sembla que, des confins de la roche, des voix leur répondaient : « Amenez-la. Qu'on l'emmène au tribunal. Son cas doit y être entendu. » Je fus traînée et poussée, parfois même hissée à flanc de montagne, jusqu'au moment où je vis un vaste trou d'ombre s'ouvrir sous moi. « Qu'on l'amène. Le tribunal attend », répétèrent les voix. Et, dans un souffle glacé, on m'attira hors de la fournaise dans les entrailles sombres de la montagne, de plus en plus profond, dans la hâte, de main en main, dans le vacarme incessant des voix : « La voici. Elle est enfin venue. Au juge, au juge. » Puis les voix se firent moins fortes. « Lâchez-la. Qu'on la relève. Silence, dans la salle. Qu'on écoute sa plainte. »

J'étais à présent libérée de toutes ces mains, seule (du moins le croyais-je) dans l'obscurité silencieuse. Ensuite une sorte de lumière grise apparut. Je me tenais debout sur un piédestal, une colonne ou un caillou, dans une grotte si vaste que je n'en voyais ni les parois ni le plafond. Tout autour de moi, en dessous de moi, jusqu'au bord de la pierre sur laquelle je me tenais, une pénombre agitée régnait. Bientôt, mes yeux s'y accoutumèrent, et je distinguai que ces ténèbres étaient vivantes. Une nombreuse assemblée me dévisageait en contrebas, car j'étais juchée sur mon perchoir, au-dessus des têtes. Jamais, que ce fût en temps de guerre ou en temps de paix, je n'avais vu pareille affluence. Ils étaient des dizaines de milliers, à me contempler sans bruit. Parmi eux, je distinguai Batta, et le roi mon père, ainsi que le Renard et Argan. Tous des fantômes. Dans mon insouciance, je n'avais pas songé auparavant au nombre de morts qu'il devait y avoir. Ces visages alignés les uns au-dessus des autres montaient et descendaient telle une vague dans un halo grisâtre, au point que l'obsession de les compter – non pas les visages, ce qui aurait été pur fantasme, mais les rangées mêmes – devint intolérable. Cette agora était bondée. La cour siégeait.

Au même niveau que moi, mais très loin, se trouvait le juge. Homme ou femme, comment le dire ? Son visage était voilé ; son corps, intégralement recouvert d'étoffe d'un noir de suie.

« Qu'on la découvre », ordonna le juge.

Des mains surgirent de derrière moi pour m'arracher mon voile, puis tous les haillons que je portais. La vieille bique avec son visage d'Ungit se tenait nue face à ces innombrables témoins. Plus un fil pour me couvrir, plus de vasque entre mes mains pour recueillir l'eau de la mort. Rien d'autre que mon livre.

« Lis ta doléance », exigea le juge.

Je baissai les yeux sur le rouleau, et vis immédiatement que ce n'était pas le livre que j'avais écrit. C'était impossible : il était bien trop petit. Et trop ancien – une vieille chose rabougrie, en lambeaux, rien qui ressemblât de près ou de loin à ce noble ouvrage auquel j'avais travaillé des heures durant, jour après jour, tandis que mourait Bardia. Je songeai à le jeter à terre et à le piétiner. À dire qu'on avait volé mon livre pour le remplacer par cette chose. Mais je me surpris à le dérouler. Il était recouvert d'écriture à l'intérieur, mais ce n'était pas la mienne. C'était un gribouillage infâme, aux lignes vicieuses et sauvages à la fois, comme le grognement qui montait de la gorge de mon père, ou les visages atroces que l'on distinguait dans la pierre d'Ungit. Une grande terreur et un dégoût immense s'emparèrent de moi, et je me jurai : « Quoi qu'ils me fassent, je ne lirai pas cela. Qu'on me rende mon Livre. » Pourtant, j'entendais déjà ma voix déchiffrer les mots. Et voici quels ils étaient :

« Je sais ce que vous allez me dire : que les dieux ne sont en rien semblables à Ungit, et qu'ayant eu la chance de voir un vrai dieu et sa demeure je devrais le savoir. Hypocrites ! Je le sais. Comme si cela apaisait le moins du monde mes blessures ! Si vous aviez été semblables à Ungit ou à l'Ombre-Brute, j'aurais pu le supporter. Vous savez bien que je n'ai réellement commencé à vous haïr que lorsque Psyché s'est mise à parler de son palais, de son amant et de son mari. Pourquoi m'avez-vous menti ? Vous disiez qu'une brute la dévorerait. Eh bien, pourquoi ne l'a-t-elle pas fait ? J'aurais pleuré ma sœur et inhumé ce qui serait resté d'elle, je lui aurais bâti un tombeau et… mais me dérober ainsi son amour ! Ne comprenez-vous donc pas ? Pensez-vous que nous autres mortels vous trouverons plus agréables à supporter si vous êtes beaux ? Si tel est le cas, je vous affirme que nous vous trouverons mille fois plus détestables. Car alors (et je connais les effets de la beauté), vous nous séduirez et nous manipulerez. Vous ne nous laisserez rien, rien qui vaille que l'on se batte pour le garder, ni pour vous de nous le prendre. Ceux que nous aimons le plus – qui sont le plus dignes d'être aimés –, voilà ceux que vous choisirez de nous voler. Oh, je l'imagine déjà, au fil des siècles, et cela ne fera qu'empirer à mesure que vous nous révélerez votre beauté : le fils se détournant de sa mère, et la jeune mariée de son époux, arrachés à eux par cet appel éternel, le leurre des dieux. Emmenés là où nous ne pouvons les suivre. Il vaudrait bien mieux pour nous que vous fussiez immondes et voraces. Nous préférerions que vous bussiez leur sang plutôt que de voler leur cœur. Nous les préférerions nôtres et morts plutôt que vôtres et devenus immortels. M'arracher ainsi son amour, lui faire miroiter des choses que je ne pouvais voir... Oh, vous direz (c'est ce que vous me murmurez depuis quarante ans) que j'avais reçu assez de signes de la réalité de son palais ; que j'aurais su reconnaître la vérité, si je l'avais voulu. Mais comment l'aurais-je voulu ? Dites-le-moi. Cette petite était mienne. Quel droit aviez-vous de l'enlever ainsi, vers vos cimes effrayantes ? Vous direz que j'étais jalouse. Jalouse de Psyché ? Pas tant qu'elle était mienne. Si vous aviez procédé autrement – si c'étaient mes yeux que vous aviez ouverts –, vous auriez bientôt pu voir comment je l'aurais éduquée, pour lui montrer et lui apprendre à me rejoindre si haut. Mais entendre une simple gosse, incapable de la moindre idée que je ne lui eusse d'abord soufflée (ou du moins aurait-il fallu qu'il en fût ainsi), se poser ainsi en pythie et en prophétesse, presque une déesse... comment quiconque aurait-il pu l'endurer ? C'est pourquoi j'affirme que votre beauté ou votre laideur n'y changent rien. C'est le fait même qu'il doive y avoir des dieux qui fait notre malheur et notre grand tort. Il n'y a pas assez de place pour vous et pour nous dans ce monde. Vous êtes un arbre dans l'ombre duquel nous ne pouvons nous épanouir. Nous voulons être maîtres de nous-mêmes. J'étais maîtresse de moi-même, et Psyché était mienne, et personne d'autre n'avait de droits sur elle. Oh, vous prétendrez l'avoir emmenée vers une allégresse et une plénitude que je n'aurais jamais su lui offrir, et que je devrais m'en réjouir pour elle. Pourquoi ? Pourquoi devrais-je m'enchanter de ce bonheur atroce et nouveau que je ne lui aurais pas donné et qui la séparait de moi ? Pensez-vous que c'est ainsi que je la voulais heureuse ? Il aurait mieux valu que je visse de mes yeux la Brute la réduire en pièces. Vous l'avez enlevée pour son propre bien, n'est-ce pas ? Eh bien, n'importe quel fieffé coquin au sourire enjôleur essayant de voler la femme, l'esclave ou même le chien de son voisin pourrait en dire autant. À propos de chien, d'ailleurs, voilà qui tombe fort à propos. Je vous serais reconnaissante de me laisser nourrir le mien ; il n'a nul besoin des restes de votre table. Vous êtes-vous jamais demandé à qui elle était ? À moi. Elle était *à moi*. Ne savez-vous point ce que cela signifie ? À moi ! Vous êtes des voleurs, des ravisseurs. Voici mon tort : je ne me plaindrai pas (pas maintenant) que vous soyez des sangsues et des charognards, avides du sang et de la chair des hommes. Je suis au-delà de cela…

— Assez », ordonna le juge.

Il régnait dans la grotte un silence de plomb. Ce n'est qu'alors que je compris ce que j'étais en train de faire. Pendant que je lisais, il m'avait de temps à autre paru étrange que cette lecture prît si longtemps – car le rouleau était petit. Je savais maintenant que je n'avais fait que le relire, encore et encore. J'aurais continué ainsi éternellement, aussi vite que je le pouvais, reprenant la première ligne avant même que d'avoir prononcé le dernier mot, si le juge ne m'avait interrompue. Et la voix avec laquelle je lisais paraissait étrangère à mes propres oreilles. J'avais la certitude, enfin, que c'était bien là ma vraie voix.

Le silence plana un long moment dans l'obscurité, un silence qui m'aurait laissé le temps de lire une fois de plus mon livre. Le juge finit par le rompre.

« As-tu reçu ta réponse ?

— Oui. »

4

C'est la plainte elle-même qui était la réponse. M'être entendue la prononcer signifiait qu'on m'avait répondu. C'est avec bien de la légèreté que les hommes parlent de dire leur vérité. Souvent, alors qu'il m'enseignait à écrire en grec, le Renard disait : « Mon enfant, il faut énoncer la chose précise que tu veux dire, dans sa totalité, sans rien y ajouter ni en ôter. C'est là tout l'art et toute la joie du langage. » Paroles en l'air. Quand vient l'heure où l'on est finalement forcé de prononcer le discours qui repose depuis des années aux confins de son âme, que l'on a, tout ce temps, comme un idiot, répété mille et mille fois, il ne s'agit plus de joie du langage. Je compris clairement pourquoi les dieux ne nous parlent pas directement, ni ne nous laissent répondre. Tant que ce mot ne peut nous être arraché, pourquoi les dieux devraient-ils écouter le babil que nous prenons à tort pour notre vérité ? Tant que nous n'aurons pas de visage, comment pourraient-ils venir à notre rencontre ?

« Laissez-moi m'occuper d'elle, suggéra une voix familière. Je vais lui apprendre. » Ainsi parlait le spectre qui avait été jadis mon père.

Puis une autre voix s'éleva de sous moi. Celle du Renard. Je pensais que lui aussi allait avancer quelque terrible preuve à ma charge. Au lieu de quoi, il dit : « Ô Minos, ou Rhadamanthe, ou Perséphone, ou quel que soit le nom que l'on te donne, c'est moi qu'il faut blâmer pour tout cela, et moi qui subirai son châtiment. C'est moi qui lui ai appris, comme les hommes l'enseignent à un perroquet, à dire " Mensonges de poètes ", ou " Ungit n'est qu'une image trompeuse ". Je lui ai fait accroire que cela mettait fin à la question. Jamais je ne lui ai dit qu'il s'agissait là d'un reflet trop fidèle du démon intérieur. Et que l'autre visage d'Ungit (car elle en a mille)... avait quelque chose de vivant. Ou que les dieux aussi étaient réels, plus vivants encore. Ni eux ni Ungit n'étaient de simples pensées ou de simples mots. Jamais je ne lui ai expliqué pourquoi le grand prêtre trouvait dans la maison obscure ce que mes sentences bien tournées ne sauraient m'apporter. Elle ne m'a jamais demandé (et je me réjouissais qu'elle ne voulût point le savoir) pourquoi le peuple tirait de cette pierre informe ce que personne n'obtint de la poupée peinte d'Arnom. Bien sûr, je ne le savais point; mais je ne lui ai pas dit mon ignorance. Je ne le sais guère plus aujourd'hui. Si ce n'est que le chemin vers les dieux véritables ressemble plus à la maison d'Ungit... oh, c'est improbable, aussi, plus improbable que nos rêves, mais c'est le savoir naturel, la première leçon. Seul un imbécile en resterait là, à prendre des poses et à répéter ce discours. Le prêtre au moins savait qu'il devait y avoir des sacrifices. Il y en aura un : l'homme paiera dans sa chair. Oui, et jusque dans son cœur, ses entrailles, son ancrage et ses racines, aussi sombres, forts et précieux que son sang. Renvoie-moi, Minos, même dans le Tartare, si un tel lieu peut guérir la facilité de parole. J'ai inculqué à cette petite qu'une poignée de maximes bavardes, aussi transparentes et fugaces que l'eau, feraient l'affaire. Car, naturellement, l'eau est bonne; et elle ne coûtait presque rien, là où j'ai grandi. Aussi l'ai-je nourrie de mots. »

Je voulus hurler que tout cela était faux, qu'il ne m'avait point nourrie de mots mais d'amour, qu'il avait offert, sinon aux dieux, du moins à moi, tout ce qu'il y avait de plus précieux. Mais je n'en avais pas le temps. Le jugement, semblait-il, touchait à sa fin.

« La paix, réclama le juge. Cette femme est une plaignante, pas une prisonnière. Ce sont les dieux qui sont accusés. Ils lui ont répondu. S'ils l'accusent en retour, un juge plus grand et un tribunal supérieur devront siéger. Qu'on la relâche. »

Dans quelle direction devais-je me tourner, ainsi perchée sur cette colonne de pierre ? Je regardai en tous sens. Et, pour mettre fin à tout cela, je me jetai dans la mer noire de spectres. Mais avant que j'eusse atteint le sol de la grotte, l'un d'eux bondit pour me rattraper dans ses bras vigoureux. C'était le Renard.

« Grand-Père ! m'écriai-je. Mais tu es réel, et chaud. Homère prétendait que l'on ne pouvait embrasser les morts… qu'ils n'étaient que des ombres.

— Mon enfant, ma bien-aimée, répondit mon maître en embrassant mes paupières et mon front, comme autrefois. Parmi les choses que je t'ai enseignées, il y avait une vérité. Les poètes se trompent souvent. Mais pour tout le reste… ah, sauras-tu me pardonner ?

— Que je te pardonne, Grand-Père ? Non, non, je dois parler. Je savais, à l'époque, que toutes les bonnes raisons que tu avançais pour rester à Glome alors que je t'avais affranchi étaient autant de déguisements de ton amour. Je savais que tu ne restais que par pitié et par affection pour moi. Et que ton cœur pleurait amèrement les Terres grecques. J'aurais dû t'y renvoyer. Je lapais tout ce que tu m'offrais comme un animal assoiffé. Oh, Grand-Père, Ansit a raison. Je me suis gorgée de la vie des hommes. C'est vrai. N'est-ce point vrai ?

— Eh bien, mon enfant, c'est vrai. Je pourrais presque être heureux : cela me donnerait quelque chose à pardonner.

Mais je ne suis pas ton juge. Nous devons à présent nous rendre auprès de tes véritables juges. C'est moi qui dois t'y emmener.

— Mes juges ?

— Eh bien, oui, mon enfant. Tu as accusé les dieux. C'est maintenant leur tour.

— Je ne puis espérer aucune pitié.

— Les espoirs – et les peurs – infinis te sont tout autant permis. Sois assurée que, quoi que tu récoltes, ce ne sera pas la justice.

— Les dieux ne sont-ils pas justes ?

— Oh non, mon enfant. Qu'adviendrait-il de nous, s'ils l'étaient ? Mais viens plutôt voir. »

Il me conduisait quelque part, et la lumière croissait à mesure que nous avancions. Une lueur d'été, verdâtre. Et, bientôt, le soleil jouant à travers les feuillages. Nous nous trouvions dans une salle fraîche, délimitée par trois murs et, en guise de quatrième, une colonnade de piliers et d'arches à l'extérieur desquels courait une vigne. Entre les colonnes et les tendres ramures, j'aperçus de l'herbe et le miroitement de l'eau.

« Nous devons attendre que l'on vienne te chercher, m'avertit le Renard. Mais il y a ici beaucoup qui mérite d'être étudié. »

Je vis alors que les murs de cette salle étaient entièrement recouverts de fresques. Nous ne sommes guère expérimentés dans cet art, à Glome, aussi affirmer que ces peintures me parurent extraordinaires n'est-il que de peu de prix. Mais je pense que tout mortel se serait extasié de même.

« Ça commence ici », m'indiqua mon maître en m'entraînant par la main vers une extrémité du mur. Un instant, je craignis qu'il m'emmenât jusqu'à un miroir, comme mon père l'avait fait par deux fois. Mais avant que nous fussions assez proches du mur pour le comprendre, la beauté pure de ce pan coloré écarta toute pensée de mon esprit.

Ce n'est qu'une fois en face que je perçus l'histoire qu'il racontait. Je vis une femme qui s'approchait d'une rivière ; à sa posture, il apparaissait qu'elle était en train de marcher. Dès l'instant où j'eus compris cela, l'eau se mit à clapoter, les roseaux à se balancer et l'herbe à onduler sous la brise, et la femme s'anima. Une fois sur le bord de la rivière, elle se pencha et sembla faire un mouvement des pieds – au bout d'un instant, je compris qu'elle se liait les chevilles avec sa ceinture. Je l'observai de plus près. Ce n'était pas moi. C'était Psyché.

Je suis trop vieille, et je n'ai plus guère le temps de m'épancher de nouveau sur sa beauté. Mais rien, pas même les mots que j'aurais pu trouver alors, ne saurait rendre justice au miracle de sa grâce. J'avais le sentiment de ne l'avoir jamais réellement vue, auparavant. Ou peut-être avais-je oublié… Non, jamais je n'aurais pu oublier sa splendeur, ni le jour ni la nuit, pas même le temps d'un battement de cœur. Mais tout cela ne fut qu'un éclair dans mon esprit, englouti par mon horreur des raisons qui l'avaient amenée au bord de cette rivière.

« Ne fais pas cela. Ne fais pas cela », lui criai-je – follement, comme si elle pouvait m'entendre. Néanmoins elle s'immobilisa, se délia les chevilles et s'en alla. Le Renard me mena à l'image suivante. Elle s'anima à son tour : dans cette caverne ou ce cachot, en scrutant de toutes mes forces l'obscurité, je distinguai que la forme qui se mouvait était Psyché : en haillons, dans les fers, triant des graines en tas distincts. Mais le plus étrange fut que je ne lusse point sur son visage l'angoisse à laquelle je m'attendais. Elle était grave, le front plissé comme lors d'une leçon difficile, lorsqu'elle était enfant (et cette pose lui allait si bien… mais quelle attitude n'était pas chez elle flatteuse ?). Je n'y vis cependant aucun désespoir. Et c'est alors que je compris pourquoi. Des fourmis lui venaient en aide. Le sol en était noir.

« Grand-Père, dis-je, est-ce que…

— Chut. » Mon maître posa son vieux doigt épais sur mes lèvres (sentir le contact de ce doigt, après tant d'années !) puis m'indiqua le tableau suivant.

Celui-là me ramena dans le pâturage des dieux. Je vis Psyché ramper, prudente comme un chat, le long de la haie ; puis se relever, l'index posé contre sa lèvre, et se demander comment elle pourrait obtenir une boucle de leur toison d'or. Une fois de plus, avec davantage d'émerveillement encore, je m'extasiai devant son visage. Car, bien qu'elle eût l'air interdit, tout cela ne paraissait qu'un jeu pour elle – comme lorsque nous étions elle et moi restées perplexes devant le jeu de perles de Poobi. Psyché avait même l'air de rire intérieurement de son propre ébahissement (dans cette situation aussi, je l'avais déjà vue par le passé, lorsqu'elle progressait maladroitement dans ses devoirs ; jamais elle ne s'impatientait, ni contre elle-même, ni contre son professeur). Mais elle ne demeura pas longtemps incertaine. Car, sentant la présence d'un intrus, les béliers tournèrent le dos à Psyché et relevèrent leurs têtes terribles avant de les baisser rageusement pour charger, vers l'autre extrémité du champ ; ils se rapprochèrent de l'ennemi comme un mur d'or ou une vague gigantesque et le submergèrent. Alors Psyché éclata de rire en battant des mains, libre de ramasser sa brillante récolte dans les buissons.

Dans le tableau suivant, je nous vis toutes deux, Psyché et moi ; mais je n'étais qu'une ombre. Nous cheminions péniblement sur le sable brûlant, elle chargée d'une vasque vide, et moi du livre rempli de mon poison. Elle ne me voyait pas. Et, bien qu'elle fût blême et les lèvres craquelées par la chaleur, elle n'inspirait pas plus la pitié que lorsqu'elle rentrait, souvent pâle et assoiffée, d'une journée d'excursion sur les anciennes collines avec le Renard et moi, en été. Elle était joyeuse, le cœur léger. À voir le mouvement de ses lèvres, il me sembla qu'elle chantait. Lorsqu'elle parvint au pied des précipices, je disparus du décor. Mais l'aigle fondit vers elle et lui prit sa vasque, avant de la lui rapporter, remplie à ras bord de l'eau de la mort.

Nous avions désormais inspecté deux des trois parois ; ne restait que la dernière.

« Mon enfant, me demanda le Renard, as-tu compris ?

— Mais ces images sont-elles la vérité ?

— Tout est vrai.

— Mais comment a-t-elle pu... a-t-elle vraiment fait tout cela, s'est-elle rendue dans tous ces lieux, sans... ? Grand-Père, elle était indemne. Presque heureuse.

— C'est une autre qui a porté presque toute son angoisse.

— Moi ? Est-ce possible ?

— C'est l'une des vérités que j'avais coutume de te répéter. Ne te rappelles-tu pas ? Nous ne sommes qu'une partie du grand tout. Et donc, une partie les uns des autres. Les hommes et les dieux se mêlent et s'interpénètrent.

— Oh, j'exprime ici ma reconnaissance. Je bénis les dieux. Alors c'était vraiment moi qui...

— ... toi qui portais l'angoisse. Mais elle a réussi à accomplir les tâches. Aurais-tu préféré obtenir justice ?

— Te moques-tu de moi, Grand-Père ? Justice ? Oh, je suis reine et je sais que lorsque le peuple demande la justice à cor et à cri, il doit être entendu. Mais pas mon cri à moi. Un murmure de Batta, un geignement de Redival : " Pourquoi pas moi ? " ; " Pourquoi elle ? " ; " Ce n'est pas juste ". Et ainsi de suite. Pouah !

— C'est bien, ma fille. Mais à présent, sois forte et affronte le troisième mur. »

Nous vîmes Psyché marchant seule sur un large chemin, sous la terre ; une pente douce, descendant sans fin.

« C'est la dernière des tâches qu'Ungit lui a imposées. Elle doit...

— Ainsi Ungit existe vraiment ?

— Tous, même Psyché, sont nés dans la maison d'Ungit. Et tous doivent s'affranchir d'elle. Ou plutôt, Ungit en chacun doit porter le fils d'Ungit et mourir en couches – ou se métamorphoser. Maintenant, Psyché doit descendre dans les enfers pour y récolter la beauté dans un flacon, auprès de la reine du pays des morts, la mort en personne, et la rapporter ensuite à Ungit, afin que cette dernière devienne belle. Mais voici la loi, pour ce voyage : si, par peur ou par faveur, par amour ou par pitié, elle parle à quiconque en route, alors jamais elle ne se retrouvera de nouveau à la lumière du soleil. Elle doit poursuivre son chemin droit devant, en silence, jusqu'au moment où elle se tiendra en face du trône de la reine des Ombres. Tout en dépend. Maintenant, observe. »

Il n'avait nul besoin de m'y encourager. Nous regardâmes tous deux Psyché poursuivre sa descente aux confins de la terre, où il faisait de plus en plus froid et de plus en plus sombre, à mesure qu'elle s'enfonçait. Nous vîmes enfin apparaître une faible lueur d'un côté du chemin et c'est alors, me sembla-t-il, que le grand tunnel ou la galerie dans laquelle elle progressait s'ouvrit. Car là, dans cette lumière froide, se tenait une immense foule. À la langue qu'ils parlaient et à leurs tenues, je sus immédiatement qu'il s'agissait de sujets de Glome. J'aperçus même des visages connus.

« Istra ! Princesse ! Ungit ! » s'écrièrent-ils en tendant les mains vers elle. « Restez avec nous. Soyez notre déesse. Régnez sur nous. Prononcez vos oracles. Recevez nos sacrifices. Soyez notre déesse. »

Psyché continua de cheminer sans leur jeter un regard.

« Quel que soit l'ennemi, dis-je, il n'est guère habile, s'il croit qu'elle succombera à si peu.

— Attends », répondit le Renard.

Psyché, le regard droit et fixe, descendit de plus en plus profond et une nouvelle fois, à gauche de sa route, une lumière parut. Une silhouette s'y dessina. Je sursautai, et regardai à mon côté. Le Renard y était toujours, pourtant c'était aussi lui qui venait de surgir sur le bord du chemin dans la lumière implacable, pour rencontrer Psyché – mais plus vieux, plus gris et plus pâle que celui que j'avais près de moi.

« Oh, Psyché, Psyché, dit celui du tableau (ou plutôt, celui de l'autre monde, car ce n'était pas vraiment une peinture), quelle est cette folie ? Que fais-tu, à errer dans ce tunnel sous la terre ? Quoi ? Tu crois être sur la voie des terres mortes ? Et que ce sont les dieux qui t'envoient ici ? Ce ne sont que mensonges de prêtres et de poètes, mon enfant. Il ne s'agit là que d'une grotte ou d'une mine désaffectée. Les terres mortes dont tu rêves n'existent pas plus que les dieux. Tout mon enseignement ne t'aura-t-il donc pas été profitable ? Le dieu auquel tu devrais obéir, c'est celui qui est en toi : raison, calme et tempérance. Honnie sois-tu, mon enfant ! Tiens-tu à demeurer une barbare toute ta vie ? J'ai voulu te donner une âme claire, grecque, pleinement consciente. Mais il est encore temps. Viens à moi et je te guiderai hors de ces ténèbres ; nous retournerons sur notre pan d'herbe derrière les poiriers, où tout était limpide, solide, limité et simple. »

Mais Psyché continua de cheminer sans lui jeter un regard. Et c'est alors qu'elle atteignit une troisième trouée de lumière, sur sa gauche. Dans cette lumière, ce qui ressemblait à une silhouette de femme se dressa : son visage m'était inconnu. En la regardant mieux, je sentis s'emparer de moi une pitié immense qui tua presque mon cœur. Elle ne pleurait pas, mais l'on voyait à ses yeux qu'elle avait déjà épuisé toutes ses larmes. Le désespoir, l'humiliation, la supplication et le reproche éternel : tout cela s'y lisait. Alors, je tremblai pour Psyché. Je savais que cette chose n'avait pour seul dessein que de la piéger et de la détourner de sa voie.

Mais la pauvre enfant le savait-elle ? Et si elle en avait conscience, elle si aimante et prompte à la pitié, pourrait-elle s'en détourner ? C'était une épreuve trop ardue. Son regard ne vacilla pas ; mais elle avait vu l'apparition du coin de l'œil. Un frisson la parcourut. Sous la menace des sanglots, sa lèvre se mit à trembler. Elle la mordit pour la maîtriser. « Ô dieux illustres, défendez-la, me dis-je intérieurement. Faites qu'elle passe vite son chemin. »

La femme tendit les mains vers Psyché, et je vis que du sang dégouttait de son bras gauche. Soudain, j'entendis sa voix – et quelle voix ! Si profonde, et pourtant si féminine, animée d'une telle passion qu'elle vous aurait ému même en évoquant des choses heureuses ou futiles. Et, dans ces circonstances, elle aurait brisé un cœur de fer.

« Oh, Psyché, gémit-elle, oh, mon enfant à moi, mon seul amour. Reviens. Reviens. Rentre dans cet ancien monde où nous étions heureuses ensemble. Reviens à Maia. »

Psyché se mordit jusqu'au sang et se mit à sangloter amèrement. Je me dis qu'elle souffrait plus que cette Orual gémissante. Mais cette Orual n'avait qu'à souffrir, alors que Psyché devait en plus garder son cap. Elle poursuivit vaillamment sa route, disparut de notre vue, s'enfonçant toujours plus profond dans la mort. C'était la dernière image.

Nous nous retrouvâmes de nouveau seuls, le Renard et moi.

« Lui avons-nous réellement fait endurer tout cela ? demandai-je.

— Oui. Tout ici est vrai.

— Et nous disions l'aimer.

— Mais nous l'aimions. Elle n'avait pas d'ennemis plus dangereux que nous. Et en ce jour lointain où les dieux deviendront pleinement beaux, ou bien où nous percevrons enfin combien ils l'ont toujours été, cela se produira de plus en plus. Car les mortels, comme tu l'as dit, seront de plus en plus jaloux. Et la mère, l'enfant, l'épouse et l'ami se ligueront pour empêcher l'âme d'être réunie à la nature divine.

— Et Psyché, en ce temps terrible où je la croyais cruelle… peut-être souffrait-elle plus que moi ?

— Elle a beaucoup enduré pour toi, à l'époque. Tu en as fait autant pour elle, depuis.

— Et les dieux seront-ils un jour aussi beaux que tu le dis, Grand-Père ?

— On raconte… mais même moi, qui suis mort, n'entends guère de leur langue que quelques mots déformés. Je ne sais que ceci : le temps que nous vivons fera un jour partie d'un passé lointain. Et la nature divine peut changer le passé. Rien encore n'a pris sa forme véritable. »

Mais, tandis qu'il prononçait ces paroles, de dehors montèrent des voix douces et inspirant toutefois la crainte, et elles criaient : « La voilà. Notre dame rentre dans sa maison. La déesse Psyché, revenue du pays des morts, rapportant le flacon de beauté de la reine des Ombres.

— Viens », me dit le Renard. Il me semblait qu'il ne restait plus en moi une once de volonté. Il me prit par la main et me mena entre les colonnes (les feuilles de vigne me caressaient les cheveux) jusqu'à la douce lumière du soleil. Nous nous tenions dans une belle cour herbue, sous le ciel bleu et limpide : un ciel de montagne. Au centre de la cour se trouvait un bassin d'eau pure où l'on aurait pu nager et s'amuser en grand nombre. Puis je perçus du mouvement, comme si des formes invisibles se déplaçaient, et d'autres voix, cette fois-ci étouffées. L'instant d'après, je me retrouvai à plat ventre : Psyché était entrée, et je lui baisais les pieds.

« Ô Psyché, ô déesse, jamais plus je ne t'appellerai mienne, mais tout ce que je suis sera à toi. Hélas, tu sais maintenant ce que cela vaut. Je n'ai jamais voulu ton bien, n'ai jamais eu à ton endroit une pensée désintéressée. Je profitais de toi. »

Elle se baissa pour me remettre debout. Puis, voyant que je refusais, elle me dit : « Mais Maia, chère Maia, tu dois te relever. Je ne t'ai pas donné le flacon. Tu sais que j'ai parcouru un long chemin pour rapporter l'eau qui rendra Ungit belle. »

Alors j'obéis, toute trempée d'une sorte de larmes qui ne coule pas dans ce pays. Elle se tenait face à moi, me tendant quelque chose. Je savais désormais qu'elle était bien une déesse. Lorsqu'elles rencontrèrent les miennes, ses mains me brûlèrent, mais sans provoquer de douleur. Le parfum qui se dégageait de ses vêtements, de ses membres et de sa chevelure était sauvage et doux ; la jeunesse semblait pénétrer en moi, tandis que je le respirais. Pourtant (et voilà qui est difficile à admettre) avec tout cela, et même à cause de tout cela, elle était toujours l'ancienne Psyché : mille fois plus elle-même qu'avant le Grand Sacrifice. Car tout ce qui alors n'apparaissait que par éclairs, dans un regard ou dans un geste, la nature même de ce qui était contenu dans le simple fait de prononcer son nom, était à présent pleinement là – et non plus par bribes ou par lambeaux, selon les instants. Déesse ? Je n'avais jamais vu une vraie femme auparavant.

« Ne t'ai-je point dit, Maia, me glissa Psyché, qu'il viendrait un jour où toi et moi serions réunies dans ma maison, sans aucun nuage entre nous ? »

La joie me réduisit au silence. Et je compris que j'avais désormais atteint la plénitude la plus élevée de l'être que puisse contenir l'âme humaine. Mais qu'était-ce que cela ? Avez-vous déjà vu les flambeaux perdre de leur éclat lorsqu'on ouvre les persiennes et que la lumière éclatante de l'été pénètre dans la salle de banquet ? C'est ainsi qu'il en allait pour moi en cet instant. Soudain, en apercevant une étrange expression sur le visage de Psyché (je vis qu'elle taisait quelque secret), ou peut-être était-ce l'effet de quelque éclat intense et terrible dans ce ciel bleu et radieux, ou d'un profond soupir poussé autour de nous par des lèvres invisibles, ou encore d'une hypothèse troublante et craintive conçue par mon propre cœur, je sus que tout cela n'avait été que les préparatifs. Quelque chose de bien plus vaste nous attendait. Les voix résonnèrent de nouveau – affaiblies, chargées de crainte et d'admiration, tremblantes. « Il arrive, annoncèrent-elles. Le dieu rentre chez lui. Le dieu vient juger Orual. »

Si Psyché ne m'avait point retenue par la main, je me serais effondrée. Elle m'avait amenée au bord du bassin. Autour de nous, la lumière s'intensifiait, comme si un incendie s'était déclaré. Chacune de mes inspirations me remplissait d'une nouvelle terreur, mais aussi de joie et d'une douceur infinie. Ses flèches me transperçaient tout entière. Je me délitais. Je n'étais personne. Mais c'est peu dire – Psyché elle-même, plutôt, n'était personne. Je l'aimais comme il m'aurait paru jadis impossible d'aimer ; pour elle, j'aurais souffert mille morts ; pourtant, en cet instant, ce n'était pas elle qui comptait vraiment. Ou bien, si elle comptait (et oui, elle comptait, dans toute sa splendeur), c'était au nom d'un autre. La terre, les étoiles et le soleil, tout ce qui avait été ou serait, n'existait que pour lui. Et il venait. Le plus effrayant, le plus beau, le seul effroi et la seule beauté qui fussent venaient à nous. De l'autre côté du bassin, les colonnes rougeoyaient à son approche. Je baissai les yeux.

Deux silhouettes, deux reflets dont les pieds touchaient ceux de Psyché et les miens, apparurent dans l'eau, la tête en bas. Mais qui était-ce ? Deux Psyché, l'une vêtue, l'autre nue ? Oui, toutes deux Psyché, toutes deux splendides (pour autant que cela fût important) au-delà de l'imaginable, et pourtant pas exactement semblables.

« Toi aussi tu es Psyché », déclara une voix puissante. Alors je relevai les yeux, aussi surprenante une telle audace puisse-t-elle paraître. Mais je ne vis nul dieu, nulle cour à colonnades. J'étais dans les jardins du palais, mon livre stupide entre les mains. La vision s'était évanouie, me semblait-il, une seconde avant que l'oracle se fût tu. Car les mots résonnaient toujours à mes oreilles.

C'était il y a quatre jours. On me retrouva allongée dans l'herbe, et je ne pus pendant de nombreuses heures prononcer la moindre parole. Ce vieux corps n'endurera plus longtemps de telles visions. Peut-être – mais qui peut le dire ? – l'âme n'en aura-t-elle plus besoin. J'ai arraché la vérité à Arnom : il pense que je suis à présent bien proche de ma mort. Quelle chose étrange que de le voir pleurer, et mes femmes aussi. Qu'ai-je jamais fait pour les contenter ? J'aurais dû faire venir Daaran, apprendre à l'aimer et lui enseigner, si je l'avais pu, comment les aimer.

J'ai achevé mon premier livre par les mots *pas de réponse*. Je sais maintenant, Seigneur, pourquoi tu n'en prononces point. Tu es toi-même la réponse. Devant ton visage, les questions s'évanouissent. Quelle autre réponse saurait suffire ? Des mots, rien que des mots, qui ne servent qu'à lutter contre d'autres mots. Je t'ai longtemps haï, longtemps craint. Je pourrais –

(Moi, Arnom, prêtre d'Aphrodite, ai sauvé ce parchemin et l'ai préservé dans le temple. D'après les autres traces suivant le mot *pourrais*, nous pensons que la tête de la reine a dû basculer en avant au moment de sa mort, nous empêchant de les déchiffrer. Ce livre fut écrit dans son intégralité par la reine Orual de Glome, qui fut la souveraine la plus sage, la plus juste, la plus vaillante, la plus chanceuse et la plus miséricordieuse de tous les princes connus dans notre partie du monde. Si un voyageur en route pour la Grèce découvre ce manuscrit, qu'il l'emporte avec lui dans ces contrées, car il semble que tel ait été le désir le plus cher de notre reine. Le prêtre qui me succédera a pour charge de transmettre ce livre à tout étranger qui prêtera serment de le mener jusqu'en Grèce.)

Cet ouvrage a été composé par

CPI
FIRMIN-DIDOT

et achevé d'imprimer sur Roto-Page
par l'Imprimerie Floch,
à Mayenne, en août 2011
N° d'impression : 80096
Dépôt légal : septembre 2011
N° d'édition : 661

Imprimé en France